尋龍記
無極 著
第二輯
風雲變幻
卷2
魔教

目錄

第一章　渾身解數

項思龍邊對孟姜女說著時邊閃身掠到天絕背後，揮掌抵在他背後，把功力源源不絕的通過天絕輸入苗疆三娘體內。

過得盞茶功夫，苗疆三娘突地「嘩」的吐出一口胸中瘀血，臉上漸漸有了些許血色，呼吸也調勻起來，緩緩睜開了雙目，但目中卻是一片安祥之色，少了先前的凶狠之態。

天絕亦也因得項思龍的緩助，本身功力慢慢恢復過來，感覺苗疆三娘轉好，頓然收了雙掌，起身欲退，發覺項思龍的雙掌還抵在自己背後，扭動了一下身子劈頭道：「夠了小子！為了救你這凶惡的丈母娘，累得義父平生第一次給人運功療傷。嘿，小子，你可怎麼謝我啊？」

項思龍收功調息一陣後，談笑道：「怎麼謝你？嗯，讓我想想！對了，義父不是看中了羅剎雙豔的老大鳳媚嗎？那我就給你作個紅娘，為你們牽針引線，怎麼樣？」

天絕老臉一紅道：「去！你胡說了什麼啊？」

項思龍故作訝異的道：「怎麼？我說錯了是嗎？那怎麼辦？我已叫了蘭英說動青青給我兩位義父作媒呢！原來大義父卻沒有娶妻之意，這可咋辦呢？但願羅剎雙豔不答應這婚事才好！要不事情可就有點麻煩了！」

天絕聞得項思龍這話，臉上頓然放光的道：「少主，你可是沒有騙我嗎？你……你真的囑託過蘭英請青青為我們兄弟倆作媒？這……這太好了！我就勉為其難的娶了吧！」

項思龍還未答話，孟姜女已是率先失笑道：「想吃葡萄卻說葡萄酸，吃到了嘴裡甜在心裡，可表面上還是滿不在乎的。項少俠，你這義父可也當真風趣得很呢！」

項思龍嘿然笑道：「前輩說得不錯！不過義父這酸葡萄還只到嘴邊，並沒有吃著呢！他要再這麼嘴硬，說不定那酸葡萄可就沒得吃囉！」

天絕頓然苦笑道：「少主，算我剛才說錯了，你大人有大量，可得說話算話，幫人幫到底啊！記著你可是要謝我救你丈母娘之恩呢！」

項思龍怪聲道：「哇咋！你剛才不是說我是胡說八道嗎？怎麼現在……」

項思龍的話還未說完，突聽得苗疆三娘冷聲道：「你們兩個都是胡說八道！羅剎雙豔沒有我的同意，她們決不敢答應任何婚嫁之事。因為她們體內有我的『天蜂毒蠱』，青青可是解不了的！」

天絕聞言氣得跳了起來，轉到苗疆三娘身前四尺來遠處，怒目橫瞪著她大聲道：「你這毒婆娘怎麼這麼霸道？難道你對自己的每一個屬下都下毒蠱控制嗎？怪不得連你女兒也要背叛你了！剛才可真是不該救你！」

說到這裡，頓了頓，突又放緩語氣道：「苗疆三娘，你的『人蠱心魔陣』已是被我少主破了，那你的女兒石青青也就是我少主的未婚老婆了對不對？這樣我們也就攀上了親了，我是思龍的義父，你是思龍的丈母娘，那我托大就可喊你一聲『大妹子』了。妹子自是要聽老哥哥的話的對不對？拜託你了大妹子，我天絕地滅兄弟倆年快三甲了還沒娶到老婆，這次好不容易才有了一次機會，你就行行好，通行通行吧！」

天絕自顧自的與苗疆三娘攀親，弄得她有些啼笑皆非，但還是繃緊著臉道：「誰是你大妹子了？你想老婆想得發瘋，可也不要找我的下屬嘛！告訴你啊……」

項思龍見天絕聽著苗疆三娘的話，臉色氣得鐵青，連肌肉也在輕輕側動著，心知要糟，忙截斷苗疆三娘的話道：「現在苗疆夫人敗了，就得依諾言行事，五毒門交由在下打理，羅剎雙豔是五毒門中人，自也是全權由在下作主管束她們，苗疆夫人你就少為她們操心吧！」

苗疆三娘聽得神色一怔，天絕卻是轉怒為喜的跳了起來，像小孩般的手舞足蹈道：「對了，毒婆娘，你從今天起不是五毒門門主，管不到羅剎雙絕了！害得我剛才還對你低聲下氣呢！真是糊塗透頂了！毒婆娘，你……」

天絕還待諷嘲臭罵苗疆三娘幾句，項思龍已是喝斥道：「義父，對苗疆夫人不可無理！要知道她可是我……是我未來的岳母大人呢！你得罪了她，也就等於得罪了我，到時可不要怪我……不給你開後門了！」

天絕聽了頓時傻了眼，苦著臉連連向苗疆三娘道歉道：「大妹子，你這老哥是張烏鴉嘴，不，是狗嘴吐不出象牙，你可是大人有大量，權當我是放屁好了！」

苗疆三娘本是對項思龍先前的那番話感到又氣又惱，這刻又見項思龍給足她面子，且稱自己為……岳母大人，當下心中氣惱消去了一大半，但還是板著臉道：「對我拍馬屁有個什麼用？我現在是你們的手下敗將，你們愛怎麼弄就怎麼弄好了！」

項思龍聽得出苗疆三娘語意雖是氣惱，但更多的卻是她心中的一份沮喪，有些歉然，可又有一絲興奮，因為苗疆三娘此刻說話語氣已是溫和了許多，且透露著一股親切的責怪。

神色一正，項思龍走到苗疆三娘身前，恭恭敬敬的朝她行了個大禮後，誠聲道：「岳母大人在上，請受思龍一拜！」

禮結，站了起來，又道：「適才思龍對岳母出言不遜，還請多多見諒。」

苗疆三娘此刻也不知是氣是喜，只覺心中有一股奇異的感覺，少年時年幼的純真感情突地如山洪洩塌般的湧上心頭，嬌軀微微顫抖著，眼睛有些濕潤，喉嚨裡乾濕而又似有什麼東西哽咽住了似的，突發出「咕！咕！」的聲音而說不出一句話來，怔怔的望著項思龍，思想似是凝滯住了，卻又似是奔突的熔岩。

我這是什麼了？這麼多年的無情生活已是讓得自己只知道權勢和利益，根本就成了個冷血動物般無情無愛的人，但這刻為何卻……卻是想流淚？

難道是因為年老了，情感難受控制了嗎？這……我不能流淚！敗了也得敗得乾脆利索，反正自己也活不了多久了，體內的七步毒蠍母蠱已是明顯的不受自己控制了，只可惜八大素女卻也年紀輕輕就要陪自己香消玉殞。

唉，死就死吧！黃泉路上有個伴也不寂寞，青青有了這項思龍照顧，自己也可以安心了，五毒門呢？由項思龍來打理，憑他的武功定可以發揚光大的！自己在苗疆最顧忌憎恨的是飛天銀狐花赤眉，這傢伙對自己的五毒門虎視眈眈，且多次姦污過自己的門人，自己一直閉關練功而無暇管及此事，但願花赤眉犯在項思龍手上，讓項思龍殺死！

嘿，自己也成了長輩了！有了個女婿，一個挺不錯的女婿！再過一兩年，自己或許就可做外婆了！白白胖胖的可愛小子或小公主，自己抱在懷裡，那種日子多幸福啊！也就是喚作天倫樂的生活吧！亦或叫作安度晚年！

苗疆三娘怔怔的想著，不知不覺已是落下了兩行熱淚，不過她並沒有意識到，仍是沉浸在對生活的一種完美幻想之中。

坎坎坷坷飽經風霜的過了這大半輩子，可真是感覺有點累了！可是此刻悔恨已經晚矣！

自己的生命已是快結束了，再也不能享受如想像般中的生活了！這或許就叫報應吧！自己一生作惡多端，晚年也落得個死在自己毒蠱上的下場！不過，這一刻的真實感情迸發卻也讓得自己就是到了陰間，也會有個美好的回憶了！

項思龍等見得苗疆三娘沉浸在沉思當中，也都默默無語，沒有出聲打擾。氣氛在一種無聲中打發著時間。

差不多過了小半個時辰的工夫，苗疆三娘才突地長長的舒了一口氣，斂神過來，見得項思龍、天絕、孟姜女三人都沉默無聲的望著自己，老臉上突地起了一片紅潮，乾咳了一聲，收拾了一下心情，沉聲對項思龍道：「項少俠不必如此多禮，老身定會如賭約之言退隱江湖的，只不過老身的八個屬下被少俠給困在真氣冰圈中，還請你高抬貴手，放過她們。」

項思龍聞言略一遲疑，因為他擔心釋放了八大護毒素女後，她們體內的七步毒蠍子蠱解凍後又給活躍起來，不知是否會讓苗疆三娘魔性再次大發。看來最好先施「音波嫁蠱大法」，把苗疆三娘體內的七步毒蠍母蠱轉嫁到自己體內後，再釋放八大護毒素女顯得穩妥許多。

想到這裡，項思龍微笑道：「八女困在真氣冰圈中尚且安全得很，倒是岳母內腑受傷急需治療，還有你體內功力已不能控制你的七步毒蠍母蠱了。放出她們，或許還會對岳母構成危險，所以我看還是先解了岳母體內的七步毒蠍母蠱再說吧！」

苗疆三娘想不到項思龍對自己的情況如此清楚，愣了愣道：「是青青告訴你我『人蠱心魔大法』的破綻的吧！唉，想不到這丫頭為了夫君，就真的不要娘親了！」

說到這裡，神色一黯的頓了頓又道：「七步毒蠍母蠱自小是我施養長大的，並且在我體內生活了十多年，已經與我的生命連為一體，如不是我死了，牠是不會脫離我的身體的。項少俠就不要為老身的生死費心吧！只要你能好好的對待青青一輩子，我也就死得瞑目了！」

項思龍見苗疆三娘情緒如此低落，不由得急中生智道：「思龍如有辦法使娘體內的七步毒蠍飛出你的體內，並且不傷害八護毒素女，不知娘接不接受我的安排呢？」

苗疆三娘一怔，卻是臉色突地又是飛紅的道：「要解去我體內的七步毒蠍只有一法，那就是『合體轉蠱大法』，但此法甚是危險，接受轉盤的人不但要功力高超，且需懂『密宗合歡』的閨房秘技，刺激我的情慾，與對方達到靈與慾融為一起的至高合歡境界。

「如此對方在我情慾最是高昂的時候，吸去我的元陰，渡過陽性之物，那我體內的七步毒蠍母蠱就會對我體內的陽性生活環境生出煩念，而轉入對方體內，因為對方體內有我供養七步毒蠍的元陰。但世上沒有此等可克制七步毒蠍劇毒的人不說，我也絕對不會與任何人行此『合體轉蠱大法』！」

苗疆三娘說到最後已是聲音越來越低，頭也不由自主的低了下去，目光不敢與項思龍等三人對視，顯得嬌態撩人。

苗疆三娘更是已年過四旬，但卻因蠱道能養顏，所以使得她看上去還是非常嬌豔逼人，風韻猶存，像是三十出頭少許，再加上她身上散發出的一種女強人的特有氣質，這刻顯出少女般的嬌羞來，使得項思龍和天絕均是心神一震。

項思龍收斂心神道：「思龍還有一法，不知娘認為可不可以？那就是孟前輩發音波功擾亂體內生存的平衡，讓你進入假死狀態中去，我則用『渡氣過動』之法把功力用口渡入娘體中，以硬架之勢把你體內的七步毒蠍母蠱給吸進我的體內，如此就不需用什麼『合體轉蠱大法』了！」

苗疆三娘皺起眉頭的沉思了好一陣後道：「七步毒蠍在我體內與我一道生活了十多年，可以說是達到了心心相印感情深厚也，我對牠的一舉一動都非常瞭解，牠對我的一言一行也照樣可以感知，我這話的意思是說，七步毒蠍可以洞察我體內的心肺氣機感應，要想瞞過牠實在很難。不過，反正我都是要死之人，倒也可以一試的。我這話可不是向你屈服示好，而是為了驗證你所說的方法是否可以破解『人蠱心魔大法』而已，但依我看，成功的機會不大。」

項思龍聽苗疆三娘願與自己配合，大喜過望的道：「這太好了！我想娘吉人天相，定會沒事的！對了，不知娘現在是不是感覺身體狀況良好？」

苗疆三娘點了點頭道：「隨時可以接受你的什麼『音波嫁蠱大法』！不過項少俠可是想清楚了？七步毒蠍乃是天下七大絕毒之物中排名第三的劇毒活蟲，再加上我用特殊的食物餵養牠，使得七步毒蠍的毒性，更是比野生的厲害一籌，你如不能抑制七步毒蠍，那我本是將死之人死了沒什麼，可是你卻或許也將白白陪上一條命，那就大是不值得了，因為你現在正值風華正茂的時候，有許多事情等著你去做呢！」

項思龍哂笑道：「生死由天定！一個人活在世上如對自己想去做的事情，總顧慮到自己的生與死，那活得豈不是太累了？」

天絕聽了這話豎起大拇指的讚道：「說得好！生死由天定！活著時就應該無拘無束的去追求自己想做的任何事情，死了後也可落得個安安心心，這才叫作真真實實的人生了！」

苗疆三娘則是喃喃自語的道：「生死由天定！真的有人可以活著就從沒考慮過他的生與死？生命如完結了，那他在這世上所擁有的一切也隨之消散，包括功名利祿，包括喜怒哀樂，一切就都再也不復存在了，生命如延續著呢，他就可以享受大自然，享受陽光，享受親人和朋友的溫情，亦或享受罪惡的快感。」

項思龍聽得苗疆三娘這話，知她還是非常熱愛生命的，不過，這種熱愛已是由對生命的一種恐懼的珍惜轉化為了對生命美好追求的嚮往，這份質的轉變已是由魔入道了。

項思龍心中非常欣喜的想著，微笑道：「娘，不要想得太多了！你的生命現在正值中年的黃金時期，生活還有許多美好的東西在等著你去享受呢！滿懷信心的去面對人生，會讓自己快樂得多，悲傷與憂愁總是讓人痛苦消沉的，就不要去想了，樂觀點，你不會有事的！」

說到這裡，轉向孟姜女道：「孟前輩，你看我們是否就在這神女峰頂為夫人解毒？」

孟姜女搖頭道：「不！苗疆夫人說得不錯，我們這『音波嫁蠱大法』有不少的破綻，七步毒蠍母蠱與夫人一道生活了十多年，可以說已是成了夫人身體的一部份，音波功刺激夫人身體時，七步毒蠍定也會受音波功影響，弄不好就是蠍人全亡。即便七步毒蠍被項少俠功力制住，但牠既為苗疆夫人身體一部份，夫人有危險，牠已通靈性，自是不願捨棄夫人了。少俠制住牠的功力或許會因此會起反作用，七步毒蠍狂命掙扎起來，那就不是我們可以想像的後果了。」

說到這裡，神色古怪的望了項思龍和苗疆三娘一眼，頓了頓，又道：「還是苗疆夫人所說的『合體轉蠱大法』既安全又可靠，我師父孔雀公主在她的遺記中寫過，人體種蠱乃是蠱道的至高境界，但人和蠱融為一體就再也難以分解開來。只有當人或蠱進入一種極度興奮的狀態時，也就是人和蠱有了距離的時候，要破人體種蠱大法此時乃是唯一的良機。但到底用何法，卻也沒有記錄。不過此段話的原理卻也是與苗疆夫人的『合體轉蠱大法』原理大致相同的，所以用此法最是理想，只不知……」

項思龍和苗疆夫人未待孟姜女把話說完，已是均都臉色通紅，前者羞窘中顯得有些焦燥不安，後者嬌羞中顯得風情無限。

孟姜女見了二人神色，歎了一口氣道：「冒險之舉還是不要做的好！其實苗疆的習俗，女人死了丈夫，沒有兒子只有女兒，女兒出嫁時，婦人是需隨女兒一起嫁給對方作為妾室的。苗疆夫人現在正是這種狀況，你夫君已死去多年，並且你沒有兒子，只有一個女兒，那你女兒石青青現在已可說是嫁給了項少俠，依你們苗疆的習俗，你也就可以說是項少俠的妾室了。所以你們發生什麼關係，在苗疆的風俗習慣來說，並不是什麼有違倫常的事。夫人，我說的沒錯吧！我看你們就……」

苗疆三娘突地神經質的大喝道：「可是我並不是苗疆人！我是匈奴人！怎麼可以做這種苟且之事呢？」頓了頓，又緩聲道：「你怎麼也這麼清楚苗疆的風俗習性？莫非你是苗疆人？」

孟姜女點了點頭道：「我爹娘都是苗疆人，我自也是苗疆族後代了！」說著似突地想到什麼似的，臉上現出兩片通紅的雲潮來，並且低下了頭去。

苗疆三娘見著孟姜女突起的羞態，似是若有所悟，詭笑著望向孟姜女道：「孟女俠既是苗疆人，也是只有一個女兒且死了夫君，按理到時豈不是也需依苗疆風俗嫁給女婿了？」

孟姜女被苗疆三娘點破心事，怒嗔的瞪了苗疆三娘一眼，一顆芳心卻是如鹿亂撞。

項思龍則是因先前曾對孟無痕起過幻想，此得這話，暗呼一聲：「我的媽呀！」同時告誡自己日後遇著孟無痕，決不可對她起半點歪心。

不過現在的問題就已是讓項思龍頭大如斗了，聽孟姜女的話意，就是想叫自己與苗疆三娘用什麼「合體轉蠱大法」來為苗疆三娘解蠱，換了如沒有石青青，以苗疆三娘的成熟迷人風姿，項思龍或許還真會樂意嘗嘗這惡毒婦人的滋味。但現在石青青可以說成了自己的未婚妻，而苗疆三娘卻是石青青的親娘，這……自己無論如何也不能做這等苟且之事的了，因為這就叫作亂倫啊！自己如此作來，豈不是……雖說自己是為了救人，且苗疆還有一個什麼鳥風俗，可如若真行了那什麼鳥蛋的「合體轉蠱大法」，自己還有面目見人麼？這……絕對不行！

項思龍想到這裡，頓然開口道：「孟前輩，此法是行不通的！你也知道我可是中原漢人，苗疆的風俗我可不需接受。我們另想他法吧！」

苗疆三娘聽得項思龍這話，臉色微微一變，淒然道：「還是用思龍想出的『音波嫁蠱大法』吧！反正我都是要死的人，還不如來個死馬當作活馬醫。如果成功的話，那就又多了一種破解『人蠱心魔大法』的方法了，也是蠱道的一個突破呢！」

項思龍見苗疆三娘直呼己名，知她更是諒解自己了，又聽她語氣淒涼，不覺一陣黯然神傷，沉默無語的低頭看著擺動的腳尖。

孟姜女看苗疆三娘神色語氣，知她已是被自己說通，願與項思龍行「合體轉蠱大法」了，只是礙於項思龍一口出言斷絕，所以也言不由衷罷了。看來這項思龍對女性的吸引力真是大得驚人，連苗疆三娘這等凶名遠昭的一方霸主，也被項思龍感化得凶性全消，且對他一見傾心，還有自己……又何償不是對他也怦然心動？苗疆三娘和自己都是孤身一人生活了近二十餘年的堅強女性啊！可一見項思龍卻是不由自主的對他所表現出的英雄男兒氣概心動不已，這到底是怎麼回事？難道苗疆三娘和自己還都有慾念……

想到這裡，孟姜女只覺心頭一陣燥熱。抑住燥動的心神，點頭道：「既然如此，那我們就去神女石像裡施行『音波嫁蠱大法』吧！那裡面安全清靜些！天絕前輩，外面的護法工作可就交給你了！我們施法時可絕對不允許外人來打攪，要不我們三人就會非死即傷！所有上神女峰來搞亂的人，那定得把他們趕下峰去，亦或格殺勿論！前輩可得凝神了！」

天絕嘿然笑道：「除非我睡著了，要不，我擔保連隻螞蟻也上不了這神女峰頂！你們去吧，我一定會全力戒備的！嘿，為了討好我家少主，讓他為我們兄弟說媒，我不賣力行麼？」

項思龍心懷忐忑不安，當下也說些笑話來調節心情道：「只要我丈母娘完全康復過來，二話不說，羅剎雙豔我打包票就是你們的老婆了！」

天絕大喜過望道：「有了少主這句話，那我就祈禱大妹子的病情早些好過來了！」

說完雙掌合什，嘴裡念念叨叨的低聲嘀咕著些什麼。

苗疆三娘被天絕和項思龍的話說得既感好笑又感激動，幽幽道：「無論我是否能好過來，你們對我的這份關心，我會永記不忘的！」

孟姜女這時插口道：「好了，時候已經不早了，我們準備進神女石像裡去給苗疆夫人逼毒吧！要不八大護毒素女如禁受不住項少俠真氣冰圈的寒冰之氣，出了什麼事情可就……」

項思龍心神一斂，抬頭看了看天色，果是殘陽如血的黃昏時分了，頓時也道：「那我們就事不宜遲，進石像內為夫人去蠱吧！」

苗疆三娘望了項思龍一眼，目光裡似有無限的幽怨，輕輕的點了點頭道：「確實是事不宜遲了，思龍的妻妾和朋友都定在急切的盼著你回去呢！我們進神女石像內去吧！」

孟姜女見項思龍和苗疆三娘都意見一致了。當下也沒再說什麼，對二人說了聲道：「那就走吧！」說著時，身形一閃已是飛上神女石像。

項思龍本想叫孟姜女攜挽苗疆三娘上石像，但剛當他準備開口說時，孟姜女已是身形縱起了，當下只得伸出手來，對苗疆三娘尷尬的道：「娘，我攜你上去吧！你傷勢……」

苗疆三娘遲疑了片刻，還是伸出手來，任由項思龍攜挽著，低聲道：「如此就勞煩你了！」

項思龍挽著苗疆三娘豐實的手臂，聞著她身上散發出來的女人體香，心中不自禁的一陣漣漪，一顆心突突的跳著，猛吸了一口氣，收拾了一下心神，暗喝了聲「起！」輕輕一動，身法一展，攜挽著苗疆三娘如脫弦之箭的向神女石像飛縱上去，跟緊在孟姜女身後。

孟姜女待項思龍和苗疆三娘到得身邊後，右手一伸，倏地射出一縷指勁向神女石像腹間一塊突起的岩石上射去，只聽得一陣「軋軋」「轟轟」之聲隨著突起岩石的下陷響起，不多一會，石像腹間現出一個約合四五平方米大的圓形洞口來，卻見神女石像的腹內全是空的，裡面點著數十盞長明燈，把內中景物照得清清楚楚。

項思龍來不及細細察看神女石像腹中的情景，孟姜女已是對他和苗疆三娘道：「進洞內去吧！」說著身形又是一閃，進得了神女石像洞內。

項思龍和苗疆三娘均是滿肚子的驚疑，跟著孟姜女進了石像洞內，當他們身體剛進洞內，洞門又倏然在「轟轟」「軋軋」聲中緩緩關閉。

項思龍這時才有得閒暇來打量石洞內的情景，卻見洞內四壁均是光滑平整如鏡，洞頂距地面足是有十多米高，洞壁四周掛有十幾顆夜明珠，洞底面積約有三四百平方米，甚是寬大，整個石洞如神女石像的上半身，下大上小。

洞內的擺設有石床、石桌、石凳、石椅，還有許多的生活用器和食物，都擺放得整整齊齊。最是讓項思龍注意的卻是石洞中壁上有一約合十多釐米寬，三米多長的斜面開口，此開口處射進來的光線正好落在洞內的一口水井上，水井四旁種有許多的奇花異草，伊然有著一種濃重的異域生活情調。

孟姜女見項思龍一心察看洞內的景況，當下微笑著道：「此神女像腹內像是個天然石洞，又像是人為建造的，當年我發現此洞時，便決定留在此處作為後半生的隱居之所了。

「洞中的許多什物都是就有的，像那些長明燈，夜明珠，我只是把它們重新擺設了一下。

「還有那口水井，乃是我把一地泉改造成的，但那水井卻有許多的怪異之處，日光雖是從外面剛好射在井水上，但那井水卻長年四季都是恒溫的，像是日光被井水吸了般；還有當晚上的月光射在井上時，井中的水會變色，並且冒出一股紫氣。反正這石像裡讓人不明白的地方挺多的，我研探了十多年還是一無所獲，可惜項少俠沒得時間，要不可留下來與我一起探研探研這石洞的玄奧了。」

項思龍不置可否的笑笑道：「那定是這石洞乃傳說中的神女所住的地方了，孟前輩得此靈福之地作為隱居之所，可真是福緣深厚呢！如此人間清靜之所，確是世所難覓！隱世清修，此洞當屬極佳之地！孟前輩看來深通風水之術，至時哪年晚輩也想隱居，倒是得請前輩這風水高手去為了我覓他了！」

孟姜女赧然道：「項少俠說笑了！我可哪裡是什麼風水高手嘛！只是機緣巧合偶然發現了此石洞罷，說來只能算是運氣較好吧！」

苗疆三娘這時卻是正色的訝然插口道：「孟女俠發現此石洞之前，此地定是什麼前輩高人的隱居之所，孟女俠有沒有得著那隱居此地的前輩高人的什麼遺物呢？」

項思龍暗忖道：「魔女還是魔女，雖是心性有了懺悔誠意，但心中卻還是只想到私欲之念，沒聽到孟姜女說『雖是探研了此洞十多年，卻仍是一無所獲』麼？那也就是說她沒有得著什麼前輩高人的遺物了嘛！」

心下雖是如此想來，但目中卻是也突地問道：「前輩隱居此洞十多年仍是一無所察，卻又感覺此洞內大有玄奧之處，會不會是此洞內還別有洞天呢？」

孟姜女搖頭接口答道：「我剛發現此洞時，也以為會有什麼前輩高人的遺物，但過得洞來後，卻是什麼也沒見著，除了洞內現有的這些什物外。至於項少俠所說的懷疑此洞內別有洞天，我也一直有這種想法，但二十多年過去了，我還是一無所察。

「其實說來對於機關玄學一道，我師父孔雀公主還算有著較深的研究，在她的遺記中對於這方面的記述也頗多並且甚是詳盡，拿在今天來說，我師父也可稱得上是絕頂的機關玄學高手。可我根據我師父的機關玄學理論來探研這洞內的每個角落，還是沒有什麼發現，所以在我看來，此洞別有洞天的可能性不大。」

項思龍嘿然笑道：「晚輩也只是隨口說說而已，既然前輩在這洞內探研了十多年仍是一無所察，想來這洞也是沒什麼玄奧的吧！時間已是不早了，我們還是準備給苗疆夫人實施『音波嫁蠱大法』吧！」

孟姜女聞言點了點頭，倏地往洞當中的石床掠去，運掌往石床一拍，只聽得「咔嚓！」一聲異響，石床從中心向兩邊突地斷開，露出一個黑黝黝的洞口來。孟姜女望著那床上黑洞，沉默了好一陣，才緩緩把雙手伸入洞內端出一架黑色古筝來，嘴裡突地喃喃自語的道：「已是十八年未曾用過這天梵古筝了！當年自西域長城一戰過後，就一直把它擱置起來，想不到今天卻又要用它！」

項思龍知孟姜女睹物思人，從這天梵古筝想到了死去的萬喜良，幽歎一聲後安慰道：「往事已矣，孟前輩就不要再想那麼多了吧！」

孟姜女苦笑道：「已經事隔了這麼多年，任何的痛苦都已經淡薄多了，時間沖淡了一切的悲傷，時間也撫平了一切痛苦的創傷。我不是黯然神傷，只是心下有些感慨罷了！」

項思龍聽得出孟姜女話中有些言不由衷的傷感，但也不便再提她的傷心事，當下轉過話題道：「晚輩的內功屬一陰一陽，亦可陰陽相合，但不知到時我該用何種功力？」

孟姜女沉吟道：「以苗疆夫人的傷勢而言，自是用陽性內勁較好，如此陰陽相配，可加速她內傷的恢復，增強她身體對七步毒蠍燥動的抵抗力，但是以七步毒蠍的喜好而言呢，則是用陰性內勁較好，因為七步毒蠍性子屬陰，陰性內勁可穩住七步毒蠍的燥動，並且對牠有一股吸引力，基於此，以我看來你是用陰陽相合的內勁較好，如此既可治癒苗疆夫人的內傷，又可兼顧七步毒蠍性子的喜好。」

說到這裡，突地歎了一歎長氣道：「最好的辦法自是『合體轉蠱大法』了！如此你身屬陽，功用功陰，陰陽自然而然的配合相輔相成，既可事半功倍，又是穩重無險，你們二人是否可以考慮一下呢？其實說來醫道無男女之分，你們二人的交合也只是一種醫道手段方法而已，根本就不能用一般世俗的眼光去看待，所以……」

項思龍見孟姜女又說到什麼「合體轉蠱大法」上了，並且愈說愈是讓自己又是心動又是緊張，忙截口道：「孟前輩不要說了，我們還是先試試『音波嫁蠱大法』再說吧！如若不成，那就……再想他法也不遲！」

說到這裡，項思龍已是俊臉飛紅一片，低垂下了頭去。

孟姜女聽得項思龍此說，也便不再堅持，臉色一正的沉聲道：「項少俠，苗疆夫人，你們先準備好了，我待會就施發音波了！」

項思龍和苗疆三娘聞言，忙皆面對面的盤膝而坐，雙掌對接著，凝神閉目運動。

孟姜女等二人進入狀態，左手抱住天梵古箏，身形在空中一陣翻飛，掠至二人頭頂二米有多之高處，身體斜掛，右手一揮，射出十餘道天蠶絲，使天蠶絲射入洞壁，以便穩住身形。

望了一眼如老僧入定的項思龍一眼，孟姜女皺了幾下眉頭。

突地銀牙一咬，右手五指倏往在懷中的天梵古箏一撥，發出「咯咯咯」幾聲清脆的琴音。

頓了頓，接著五指在天梵古箏上運指如飛，琴音頓即急促起來，卻見琴弦自震動一下，就有一個勁氣音波迸了。

一個接一個的從空中向地面的苗疆三娘大腦的各大神經和穴道震射而去。

苗疆三娘只覺掌中項思龍的功力如長江大河般從掌心勞宮穴輸入自己體內，而頭部孟姜女的音波功刺激得大腦神經昏之欲睡，整個身心都如進入了一種飄飄然若靈魂出竅的境界。

但腹中突地一陣鑽心的劇痛，卻又讓她保持著一份清醒，額上的汗水是如雨而下。

項思龍整個精神都集中在苗疆三娘體內的感應，只覺開始還可運作完好。過得盞茶功夫，卻是有一股反震力在抗擊著自己功力在苗疆三娘體內的動行。心神一震的暗叫「要糟！」時，卻突聽得苗疆三娘淒厲的慘叫一聲，身體向後倒去。

第二章　西方魔教

項思龍驚駭得大叫一起道：「夫人，你沒事吧？」

說著伸手在苗疆三娘身上的幾大穴道上一陣驟點，以止住她身形的扭動和口中鮮血的噴出，見她昏迷過去停了手。

孟姜女見了苗疆三娘出差錯，也是驚得慌忙從天蠶絲網上飛下，落到項思龍和苗疆三娘二人身邊，剛一落地，就伸出手去起苗疆三娘的右腕來為她把脈，過了好大一會兒，才神色緩舒下來，卻是語氣沉重的道：「她體內的七步毒蠍聽到我音波功欲傷苗疆三娘的信號，馬上刺激她體內的功力進行反抗，不想苗疆三娘功力受到你功力的控制，所以七步毒蠍發出自身的內丹欲破我音波功對苗疆三娘的催眠，如此一來苗疆三娘的身體便成了我和七步毒蠍的拚鬥戰場，使得苗疆三娘的內傷加深了。」

說到這裡頓了頓又道：「幸得我發現及時，撤出了音波功，再加上項少俠的功力給苗疆三娘護體，所以她才沒有……看來我們都低估了七步毒蠍的厲害，『音波嫁蠱大法』是行不通的了！」

項思龍聞得此言，緊張的心神略略一鬆，但卻是黯然神傷的歎了口氣道：「想不到以我們二人聯手的功力竟然敵不過一隻七步毒蠍，看來冥冥中似有天意要苗疆夫人的命了。」

孟姜女搖頭道：「現在苗疆夫人的性命就全把握在項少俠手中了，只要你拋開一切倫理觀念的束縛，以一個醫者的心態，與苗疆夫人實施『合體轉蠱大法』，那麼她就大有可能有救了！」

項思龍聽得全身的肌肉又是繃緊起來，臉色羞紅的沉默冥思了好一陣，才尷尬的點了點頭道：「既然再無他法，那晚輩就只有……依前輩之言行事了！不過，事後還請前輩為晚輩保密，因為此事傳揚出去，晚輩……嘿，在他人面前就會自感無地自容了！」

頓了頓，似想到了什麼似的低聲道：「對了！晚輩記得苗疆夫人說過行『合體轉蠱大法』還需要懂什麼『密宗合歡』之術，這個……晚輩卻是還不知『密宗合歡』之術是怎麼一回事呢！不知前輩……」

孟姜女不待項思龍的話說完，已是滿臉通紅的截口道：「對於這什麼『密宗合歡術』，我也只是略有耳聞，傳聞中稱它是一種閨房之樂，可以讓人享受到情慾的至高境界，乃是西方魔教傳入我中土的，已是有四五百年的歷史了，但現今懂得此術的人卻是寥寥無幾。」

項思龍聽到西方魔教時，心中大訝，怎麼在這古秦時代西方國家就與中原有過交往歷史了嗎？但這在歷史上怎麼就沒有記載過？

心中滿是疑惑，不由脫口問道：「孟前輩，西方魔教是我中原的一個什麼教派組織嗎？」

孟姜女談笑道：「不是！西方魔教乃是距離我們中土很遠很遠的一個外國邪派組織，它對我中原武林一直都是虎視眈眈，曾多次入侵過我中原武林，但均被我中原高手給擊敗而退。

「秦始皇一統天下期間，曾嚴令過海關邊防，絕對不允許外國教派入我中土，否則一律格殺勿論。如此一來，西方魔教在這幾十年裡就再也沒有出現在我中土上，但它的思想毒素已是植根於它的餘孽心裡，使得它在我中土還有一定的存活力。

「苗疆三娘看來似懂此術，她對西方魔教的瞭解也就多一些，項少俠不妨待她醒來後問問她吧！我就只知道這麼多了，乃是我表姐石素芳告訴我的，她是當年七國並立末期的四大名姬之一，對於江湖中的鮮聞自也知道得不少，項少俠去了西域，去『鳳仙閣』問石慧芳姑娘就可知我表姐石素芳的居住地，你可以去向她探聽一下有關西方魔教的事情。」

說到這裡，見項思龍目光有些訝異的望著自己，知他不解自己為何如此熱衷於他去調查有關西方魔教的事，當下主動解釋道：「西方魔教的野心並不只是想獨霸我中原武林那麼簡單，它真正的目的乃是想通過控制我中原武林，充實它在我中原的實力和生存空間，以便與它的王國來個裡應外合復占我中原領土。

「秦始皇在這一點上確實有高瞻遠矚的目光，他禁止了西方魔教勢力在我中原的生存和發展，使得西方魔教在我中原近乎於已被消殆了。

「要不然，如任由西方魔教在我中原發展的話，現在這天下局勢動亂的時期，就是西方魔教實施野心的時候了。但我想西方魔教雖然在我中原銷聲匿跡了幾十年，但它卻從來也沒有放棄過對我中原的野心，中間由明代暗，在一旁察看我中原局勢的動靜去了。

「憑它教中高手如雲的能耐，刺查朝中的情況定是非得什麼難事，它教中能人看到秦始皇的殘暴冷酷和朝中的勾心鬥角，當也不難推測到我中原在一定的時日後，會發生大動盪。所以西方魔教見我中原一亂，定會乘隙而入，說不定會是洶湧而來。」

頓了頓，舒了口氣，語重心長的又道：「無論怎樣，我中原決不允許外國人干涉立足甚至吞併，所以阻止西方魔教入侵我中原的事情，可就得靠重項少俠了，你可一定得全力阻止西方魔教勢力在我中原的蔓延和擴大，把它趕出我中原本土。你義弟劉邦如有一天一統天下，你可也得告誡他深防西方魔教。」

項思龍心中聽得不勝唏噓，想不到自己好奇之下的一問，就讓得孟姜女講出了一個沉重的擔子，不由苦笑道：「晚輩定謹遵孟前輩的囑託，為保我中原河山，誓與西方魔教抗戰到底！」

孟姜女讚道：「項少俠能有此等鬥志豪情，確是我中原之福了！要不我中原落入西方洋人的控制之下，可真就是一場彌天浩劫！」

二人正說著時，苗疆三娘突然呻吟一聲，把二人給驚覺過來。孟姜女再為苗疆三娘把了一陣脈，面色沉重的道：「苗疆夫人的整個氣機反應及部份精神都被七步毒蠍母蠱給控制住了！真想不到苗疆夫人體內的七步毒蠍母蠱已如此通靈，且魔性如此之大，我看牠比之天下七絕毒物之首的奪命金錢蛇也遜色不了多少了！」

項思龍心神一突道：「那『合體轉蠱大法』是否還有效呢？苗疆夫人不會有事吧？」

孟姜女輕笑道：「『合體轉蠱大法』可以通過靈與慾的交融使施法二人達到神意氣合而為一的至高境界，那時施法二人可以說是如同一人，七步毒蠍母蠱的精神抵抗能力也最是薄弱的時候，項少俠可以用體內的寒氣對七步毒蠍母蠱進行引誘，此法成功的可能性就有百分之九十以上。

「不過，項少俠在施治時要盡力拋開心中的一切雜念，完全進入一種生理需求的強烈衝動之中，如此你才可以與苗疆夫人完全融合，吸收她體內的元陰之氣。如項少俠做不到這點，那施此法會出現什麼情況我也測知不出，但至少會使『轉蠱大法』沒那麼順暢吧！」

項思龍邊運掌把內力由苗疆三娘背後的中樞穴緩緩渡入她的體內，邊赧然道：「晚輩會權衡輕重盡力而為的！啊，苗疆夫人似醒過來了！」

言語間，苗疆三娘果真睜開了一雙失神的秀目，舒了幾口氣，慘然一笑的弱聲道：「思龍，是你嗎？我還沒有死啊！」

項思龍強作起幾分歡顏道：「娘，你還沒有給青兒帶孫子孫女呢！閻王爺又怎會要你命呢？」

苗疆三娘目中顯出憧憬之色，緩緩道：「我也希望自己能活到那一天！剛才我覺著自己似已到了陰間，四周全是黑通通的，陰風怒號著，一陣一陣的鬼魂在我眼前閃過，我看見了青兒她爹『絕毒淫魔』，我看見了被我殺死的許多孤魂怨鬼，它們都向我瞪著綠螢螢的雙目，吐著血紅的長舌，張著長滿尖利牙齒的嘴，並且向我張手揮爪的獰笑著怪叫著，我感到恐懼極了，我好想回到陽世間來。這時我聽到了思龍對我的呼喚聲，我精神一振，突地就又醒了過來。

「思龍，我不想死！在陰間裡我的仇家太多了，他們都會找我報仇，我一個人孤伶伶的脆弱無助，我好害怕！思龍，你救救我吧！我不想死啊！我害怕死後的孤獨無助！我好害怕！」說到這裡，已是泣不成聲的緊緊抱著項思龍，並且把頭也撲進了項思龍的懷中。

項思龍心裡一酸，苗疆三娘這刻還哪裡像什麼女強人嘛！根本就是一個脆弱撒嬌的女孩子！唉，一個人經受死亡前的懺悔，確實是變得真實純真多了！其實女人還是遵守婦道一點的好，她們本身就沒有男人那麼堅強的承受力！

項思龍心中怪怪的想著，口中也安慰苗疆三娘道：「放心吧娘，我一定會全力救治你的！天要人活著，誠心誠意的改過自新，深刻懺悔，我想陰世間的怨魂也會寬恕他的吧！」

苗疆三娘嘶啞道：「如果我真能不死，我就入了空門，天天為被我害死的怨魂念經吃齋，多燒些紙錢給它們，以祈它們對我罪惡的寬恕。思龍，那時青兒可就全交給你照顧了！」

項思龍感覺眼睛有些發脹，不過想來苗疆三娘入得空門也可說是她餘生的最好歸宿，當下也沒有勸解，只是喉嚨有些哽咽道：「娘，你放心吧！我一定會好好照顧青青的！」

說到這裡，沉默了片刻，又暗暗道：「娘，西方魔教的『密宗合歡術』到底是怎麼一回事？你……你可以告知我嗎？你也說過，施行『合體轉蠱大法』需要『密宗合歡術』的配合才能進行。」

苗疆三娘聞得此言，蒼白的臉上浮起幾許紅潤之色，卻又顯得有些驚惶道：「你……你怎麼也知道西方魔教？」

項思龍沒有作答。只望了孟姜女一眼。孟姜女會意的接口答道：「是我告訴他的！對了，夫人對西方魔教是否有比較詳盡的瞭解呢？」

苗疆三娘牙齒輕咬著下唇，眉頭急促的跳了幾跳，長長的歎了一口氣似有無限恐懼的道：「西方魔教乃是一個極為邪惡的教派組織，它在我們中原七國紛戰時期勢力盛極一時，我們苗疆和西域就是西方魔教的兩處總壇。

「西方魔教在我苗疆的總壇領頭人物叫作骷髏魔尊，此人一身功力深不可測，神出鬼沒，戴著一副骷髏面具，從不以真面目示人，他的兵器也是一根骷髏手杖，堅硬無比不說，並且內藏機關，可以使之變形，一手骷髏杖法更是威猛絕倫，魔教的目的是想吞併我中原武林，實現他們一統中原的野心。

「怎奈秦始皇雄才武略，比他們先一步控制了中原局勢，使他們計畫全盤失敗，而且還被秦始皇給驅逐出了中原，使得他們只有返回他們國家，但他們還是留有極少數的教徒在苗疆和西域以刺探中原情況。」

頓了頓接著又道：「西方魔教一直都是拉籠我五毒門。想使我們為它所用，我沒有答應但也不直接拒絕，所以雙方保持有某一定程度上的聯繫，因為至少我們在苗疆有些共同的利益。

「但去年秦始皇死後，西方魔教在苗疆的活動變得明目張膽和猖狂起來，也漸漸不把我五毒門放在眼裡，時時跟我們作對。現今魔教在苗疆的領頭人叫飛天銀狐，此人乃是我中原人氏，當年被骷髏魔尊收為門徒，作為留在苗疆的內線。

「飛天銀狐把骷髏魔尊的武功只學了個十之五六，但已是除了我五毒門他稍有顧忌外，苗疆的其他門派勢力全歸他門下了。近段時間來飛天銀狐更是鬧得沸沸揚揚，糾集著他的黨羽也準備高舉反秦義旗了，要不是為了等待上級的命令，說不定已發整中原。」

項思龍愈聽愈是心驚，這西方魔教派來中原的一個骷髏魔尊已是讓苗疆三娘聞之色變，那麼魔教教主要是親臨中原的話，那可真是中原武林及至天下河山的一場浩劫了。

不行，自己一定得阻止西方魔教入侵中原！要不中原局勢被魔教所控，那這天下還不更要大亂？歷史由於自己和父親項少龍來到這古代已是顯得動盪不安了，現在又加上個歷史上所沒有的什麼個鳥蛋西方魔教，那歷史的危機豈不是更重？自己的歷史責任已是愈來愈重了！但不管怎樣，自己一定得堅強的扛下來！

嗯，苗疆三娘說西域也是魔教當年植根中原的另一落腳總壇，看來這內中也定有不少複雜的隱情了！但為何沒有聽達多、童千斤和韓信等說起呢？

難道魔教勢力已完全撤離了西域？亦或是……魔教轉明為暗，控制了西域的某一教派勢力，指使這被他們控制的教派來為他們服務，而自己則在幕後指使？

想到這裡，項思龍的心猛的一突，自己的這種推斷不無可能，要知道西方魔教對中原虎視眈眈了幾百年，又怎麼會撤去他們辛苦營建，籌畫多年的基業呢？

最大的可能就是轉化為別的幫派來作為掩飾了，而這個幫派的最佳選擇就是……地冥鬼府！地冥鬼府為西域第一大幫派，勢力遍及整個西域，連匈奴國君也要對它禮讓三分，鬼王西門無敵領了教中一眾好手去了中原剿滅通天島，此等情況下，地冥鬼府教中正是空虛的時刻，再加上鬼靈王、鬼笑王和鬼哭王幾人膽小怕事，亦或是魔教暗插的奸細，魔教中人正好伺機乘虛而入，控制了地冥鬼府，說不定達多、童千斤等進發中原都是魔教中人所設的陷阱，引得匈奴國內空虛，讓他們互相殘殺，好一舉控制匈奴國，那他們進犯起中原來就更顯得冠冕堂皇多了！

這……如真是這樣，那在西域坐鎮的魔教中人可真是個工於心機的絕頂高手了！比之苗疆的飛天銀狐來手段不知高明了多少倍！兵不血刃的就全權控制了西域的整個大局！

難怪鬼靈王和鬼笑王、鬼哭王膽敢作反，可能十有八九是魔教中人給他們撐腰，他們已是成為魔教利用的傀儡了！

看來自己的西域之行可真是險境重重，要不是孟姜女提起西方魔教引起自己注意，自己等大大咧咧的去西域，說不定就要吃大虧了！

項思龍的心情漸漸沉重起來，目光裡透出憂鬱之色，一種歷史的危機感湧上心頭。

苗疆三娘見項思龍沉默不語的怔怔望著自己，知道自己的話引起了他的關注，微歎了一口氣後道：「飛天銀狐勢力的擴張，也都怪我一直只專注於『人蠱心魔大法』和『人蠱天門陣』的研究中去了，而疏忽了五毒門勢力的發展，才弄得今天這等局面。唉，若是中原被魔教所吞併，我可也真算得是一個罪人了吧！」

項思龍這刻斂回了心神，突地道：「苗疆和西域都是中原的附屬國，也可以說是我中原的領土，想來兩國的人民都還是心向中原，不願被外國魔教入侵我中原的吧！

「如此我們就可以施出『以其人之道還治其人之身』的計策，攻破魔教的防線，把他們對我中原的狼子野心現出原形，只要我中國人都知道了西方魔教對我中國不安好心，我想大家都會對之生出戒備甚至反抗之心，那麼西方魔教也就難以在我中原生存乃至發展了。

「西域地冥鬼府乃是第一大教派，苗疆則是五毒門，這兩大門派本都是我們所控制的，西方魔教為了達到他們侵佔中原的目的，就務必剷除掉我們這兩大教派，亦或把這兩大門派收服下來為他們所用。基於此，我們就可能施展『以其人之道還治其人之身』的計策了。我們可以假裝虛與委蛇的與魔教合作，而後制他們內部的矛盾，對他們進行各個擊破，或讓他們狗咬狗一嘴毛，把西方魔教趕出我中原領土，教他們不敢侵犯我中原！」

項思龍這一番話侃侃道來，聽得孟姜女拍掌叫了道：「好一個『以其人之道還治其人之身』的絕妙佳計！我中原有了項少俠這等少年英雄，可真是我中原武林乃至天下萬民之福了！」

苗疆三娘也一去神傷之色，臉上放光的吆喝道：「此計確是大妙！思龍乃是地冥鬼府的少主，又是北冥宮的少宮主，這兩大幫派在一百多年以前乃是中原武林的泰山北斗，教中高手如雲，就是現在也是中原武林不可低估的重量級幫派，又有思龍這等武功才智均是尖中尖的絕世英才領導，還加上個五毒門，西域魔教定無法在我中原威風了！」

項思龍羞愧道：「孟前輩和娘都太抬舉思龍了！我也只是盡力獻出我作為中國人的一點能力罷了！但願能如願以償吧！」

項思龍這刻受得孟姜女和苗疆三娘的鼓勵，胸中的鬥志更是勢氣如虹，驀地仰天一聲長嘯道：「有我項思龍在一天，西域魔教就永遠也無法在我中原稱雄！我一定會把他們驅出我中原的！」

神女石像空腹內盡是迴盪著項思龍嘯叫的聲音，項思龍發洩了一下胸中的激情後，各種傷感一掃而光，心緒回復了平靜，望了苗疆三娘一眼，轉過話題道：「對了，娘，你還是先說說有關『密宗合歡術』吧！待解去了你體內的七步毒蠍蠱和治好了內傷，我們再來談及其他事情好了！石像外的八大護毒素女還等著我去釋放她們呢！再有，就是天色定已是暗了下來，我的眾位妻妾和屬下定都擔心得很，說不定他們待會也趕來這神女峰呢！那……事情可就有點難堪了！」

苗疆三娘目中感情複雜的望著項思龍，胸部有些急促的起伏著，沉思了好一陣，才長長的舒了一口氣道：「密宗合歡術乃是西方魔教用來練功的一門淫邪之術，它可以極大限度的催發男女之間的情慾，使之功力在交配中增長。施行此術者功力愈高，進境也就愈快，這跟我們中原的採補之術有相同之處又有不同之處。

「但我們中原的武功乃是功力愈高就愈難有什麼進境，武功到了一定的地步，就很難再有突破了。西方魔教的『密宗合歡術』就打破了我們中原武學的局限，他們的功力可以通過『密宗合歡術』永無止境的進展。

「我當年曉之此術，乃是骷髏法王為了控制我，教了我這『密宗合歡術』，想以此催發我的情慾。可不想我練的乃是『絕情神功』，對男女之慾根本提不起興致來，再加上我體內的七步毒蠍也抑制著我的情慾，所以骷髏法王的心機也就白廢了，我卻因此知曉了他們魔教的這個邪派武功，後來由此想出了破解我創出的『人蠱心魔大法』的『合體轉蠱大法』，這本是我無意中想出的，想不到今天……卻派上了用場！」

苗疆三娘說到最後一句已是臉上通紅，秀目微閉，垂下嬌首，一副少女懷春模樣，配合著她絕豔的容貌和成熟的氣質，更增無限撩人心扉的風情，看得項思龍目光為之一呆，慾念蠢蠢欲動，十指大動不已。

苗疆三娘似感應到了項思龍對自己生出的慾念，更是不勝嬌羞，音若蚊蚋的繼續道：「我練的『絕情神功』本已絕斷了我的情慾，可我卻因不敵思龍，內腑受傷，功力大減，所以也就再度升起了……生理需求來，我……思龍和孟女俠說怎麼樣就怎麼樣吧！我想我留著苟且的生命或許對思龍還是會有什麼幫助的吧！」

項思龍見苗疆三娘也不反對與自己施行「合體轉蠱大法」，放下了心來，但另一種忐忑卻又掠向了心頭，因為苗疆三娘這刻對自己是更加溫柔了，也再不提什麼要入空門而說是要幫助自己的話來，這讓項思龍心中升起一股怪怪的感覺，卻又不願細想這種感覺是什麼。

孟姜女見項思龍和苗疆三娘已達成協議，都同意了施行「合體轉蠱大法」，心中大喜，但卻又有一股怪異的刺激和不舒服的感覺在湧動，不過又說不出來為什麼會有這種感覺。

語氣中又是欣喜又有些酸意的道：「好了，那就開始施法吧！我為你們護法！」說這話時，臉上倏地一紅，心中升起一股漣漪，全身有一種爆熱的感覺。

他們施行「合體轉蠱大法」可是在男女交合之事啊！自己在一旁看著，這……太尷尬了吧！不過，話既已出口，總不能又收回吧！

嗯，是為了救人呀！自己又不是存心偷看的……不過，那到底是怎麼樣的一種情景呢？

自己當年在中指峰頂被秦始皇和萬喜良……非禮時，乃是在一種沒有意識的情識下發生的，所以雖已為人用，可對於男女交合之事，卻還可說是根本不知其中情景和個中滋味，現在倒是可以……看到了！

孟姜女想著這些時，雖覺自己的這種想法和思想非常無恥，但卻又不能抑制的如此想了。

苗疆三娘的女兒石青青是項思龍的未婚妻，她們可以發生性關係……自己的女兒孟無痕若也成了項思龍的妻子呢？那自己不也就是項思龍的妾室了？那自己不也就可與項思龍……

孟姜女的一顆芳心如鹿撞的突突跳動著時，項思龍和苗疆三娘卻也是你望著我，我望著你的默默對視著，雙方的臉上都是通紅一片，呼吸也急促起來，目中燃燒的盡是愈來愈熾的慾火。

項思龍聽了苗疆三娘傳授的「密宗合歡術」後，只覺情慾自然而然的隨著那合歡術的心法大漲起來，胸中慾火如熔岩般的噴發著，只覺口乾舌燥，渾身躁熱難當，突地伸出雙臂把苗疆三娘給緊緊摟在了懷中，一隻手摟緊她柔軟的腰肢，另一手狂野的揉搓著她的臉頰、小耳、鬢髮和粉頸。

苗疆三娘已是多年未曾與男人親熱過了，在項思龍極端高明的調情手段下，一方面感受到了甚是久違了的生理刺激，一方面卻嬌軀扭著，作著象徵性的輕輕掙扎。

苗疆三娘欲拒還迎的姿態，更是增添了項思龍的熊熊慾火，把苗疆三娘的嬌軀緊緊摟住，湊過熱唇瘋狂的痛吻起來。

苗疆三娘兩手緊抓著項思龍的衣襟，劇烈顫抖和急迫，一雙秀眸閉了起來。

項思龍的怪手開始不規矩起來，由苗疆三娘的衣襟滑了過去，撫摸著她還是光滑且富有彈性的小腹，並且逐步的向上推移著。

強烈的刺激讓得苗疆三娘不由發出輕輕的呻吟聲，一雙纖手也情不自禁的緊摟住了項思龍的虎背，緩慢而有力的在項思龍的背上摩挲著，目中氾濫的盡是春情。

項思龍再也忍禁不住的發出一聲充滿男性野性的低哮，在苗疆三娘身上遊動的怪手變得更是狂野粗暴起來，熱吻自苗疆三娘的額上、鼻尖、小耳、下巴等處有若雨點般落下。

苗疆三娘心底深處抑制多年的情慾終於被「密宗合歡術」和項思龍似火熱情給徹底激發出來，呻吟聲愈來愈大，愈來愈急。口中熱氣喘喘，雙手狠命的自項思龍的背上扣抓著。

項思龍的情慾已暴漲至極點，驀地一下把苗疆三娘給推翻在地，伸手去解她的衣裙。

苗疆三娘春情氾濫的星眸半閉半闔，任由項思龍為所欲為，燈火珠光下，她羊脂白玉般的成熟迷人凸凹有致的玲瓏美麗身體，終於徹底展露在項思龍的眼底下。

平滑的腹部沒有一點多餘的脂肪，高聳的酥胸有若兩隻活蹦亂跳的小白兔正瞪著一雙紅紅的大眼睛盯著項思龍，似在挑逗似的說道：「快來呀！快來吃我呀！」

項思龍俯下身去，低頭在苗疆三娘赤裸的身上輕舔起來，雙手由粗暴轉為了溫柔，十指微曲在她身上各處輕劃著，使得苗疆三娘身上的肌肉一張一弛的，呻吟聲愈來愈大。

孟姜女在一旁看著這活生生的春宮表演，羞得雙頰緋紅，秀目緊閉，但耳中傳來的項思龍充滿野性的氣喘聲和苗疆三娘的浪叫聲，又見著項思龍露出了他強壯有力散發男性魅力的背肌，苗疆三娘則時而狠命死扣項思龍背上肌肉，露出一道道血紅的爪痕。

孟姜女看得一顆芳心劇烈的突突跳著，雙手緊握成拳，牙齒緊咬著下唇，嬌軀也輕輕的抖動起來，微閉的眼皮上顯出春意盎然的桃紅之色，呼吸聲特別粗重而緩長。

女性就是這樣，任她外表多麼堅強，但一遇到自己喜歡的男人，防線就鬆懈了下來。

孟姜女和苗疆三娘都可說是女性之中的強者，十幾年來一直都是獨守空房，已是淡化了對男歡女愛的需求，但這刻卻被項思龍給挑得芳心騷動，春情蕩漾。

感情的魔力就是這樣，當找到自己心目中的男性形象時，你最易一見鍾情並且感情進發狂熱投入，完全的開放自己。

項思龍的形象可以說是讓任何一個女性見了都會怦然心動的男性，不說他身材魁梧高大，在這古代甚是少見，單就他一身絕高武功已是會讓女性一見傾心了，更何況項思龍是那種愈與他交往就會愈令女性對他迷醉的男人。

孟姜女的生理欲望讓得她心中既感羞愧又感興奮，但最終還是興奮占了上風，項思龍和苗疆三娘那醉生夢死的瘋狂姿態，讓得她久抑多年的春情終於暴發出來，口中也發出低聲的呻吟，一雙手也不由自主的在自身上撫摸起來，嬌軀扭得愈來愈是劇烈。

這類平時拘謹守節的婦女就是這樣，一旦動起情來，很多時比蕩婦淫娃更是不可收拾。

苗疆三娘已是完全淹沒在情慾的刺激中，項思龍的情感也投入了慾情的追求中。二人已是進入了有慾無情的瘋狂境地。

孟姜女雖是情動如潮，但她內力深厚，還可保持住靈台的一絲清醒。

見了項思龍和苗疆三娘的迷醉姿態，知道已到了施展「合體轉蠱大法」的火候，強忍住身心的暴動，舒了一口長氣，壓住情慾，運功凝聲對項思龍道：「項少俠，是施展『合體轉蠱大法』的時候了！」

項思龍慾火焚身，苗疆三娘的浪叫聲簡直可驚天動地，讓任何一個男人聽了都會氣血翻湧，心生遐想。

孟姜女聽得情火狂燒，不知不覺的走到二人身邊，俯下身去，伸出顫顫的雙手在項思龍背上輕撫起來，嬌首側面輕貼在項思龍的虎背之上，雙目緊閉，臉上懷春。

第三章　春色無邊

項思龍和苗疆三娘都完全陷入了肉慾的享受之中，對孟姜女的到來一點不覺，繼續瘋狂的運動著，二人身上都已是汗珠淋漓。

孟姜女只覺項思龍身上傳來陣陣的熱力，再加上他的身體一上一下一前一後的運動著，摩挲得孟姜女慾火更熾，在他背上撫摸的纖手也變得漸漸用力起來，嬌軀隨著項思龍身體的扭動也緩緩滑動著，口中嬌喘連連，顯已是春情氾濫至不可抑制的地步了。

項思龍的整個身心都已陷入肉慾的刺激，如一頭發情的惡狼在苗疆三娘身上旋動著。

「密宗合歡術」已是發揮出其功效來，項思龍殘餘的靈智讓他感覺著下體似有一股吸力般盤吸住了苗疆三娘，而苗疆三娘體內似乎透出一股股既暖又寒的氣流般輸入丹田，丹田中的真氣受這氣流的影響，向全身擴展且膨脹著。尤其感覺苗疆三娘的體內深處似有一什物也在吞納自己特意釋出的寒冰真氣。這感覺讓得項思龍心念一動，靈智頓然又清醒了些許，心中又是忐忑又是興奮。

看來苗疆三娘體內的七步毒蠍母蠱已是受了自己釋發的寒冰真氣的引誘了！心下想來，頓時湊過熱唇，雙手抱住苗疆三娘的嬌首，對著她的櫻口痛吻起來，渡入寒冰真氣，凝成一股氣流，在苗疆三娘體內循環不止，只舒服得苗疆三娘口中大叫。

孟姜女被項思龍和苗疆三娘的瘋態渲染得慾浪一陣高過一陣，嬌面上因極度的興奮而充血得紅若熟透了的蘋果，上身的衣裙已是褪至腹間，兩顆乳頭有若兩顆紫紅的葡萄嬌豔欲滴。

正當三人都沉浸在肉慾的迷醉中時，神女石像外突地傳來了天絕惶急的喝止聲道：「不要動那冰圈！那是少主的寒冰真氣凝成來困住當中的八女的！要是冒然攻擊爆炸開來，內中的兒女沒命不說，或許還會傷了我們呢！少主的功力之高你們也是知道的，試問有誰是他之敵？」

上官蓮的焦惶聲音接著傳來道：「要我不擊那寒冰圈也不難，可你得告訴我們思龍到底怎麼了？還有那苗疆三娘呢？」

天絕道：「這個……少主運功解毒去了，不能有任何人去打攪，所以……」

天絕的話還未說完，頓即有十多人同時驚呼出聲，石青青率先出聲道：「什麼？項少俠他……不能破解我娘的七步毒蠍蠱？這……那他……還有我娘……他們現在到底怎麼了？」

上官蓮的聲音也變澀道：「苗疆三娘那毒婆娘傷著了思龍吧？他現在在哪裡？快帶我去看看！」

天絕聽他們誤會了自己的話意，啼笑皆非的道：「少主他沒有受傷，是為他丈母娘運功解毒去了，不允許有人打攪，還交代我在此護法呢！想不到被你們破了我對少主的承諾，看來我的好事有麻煩了！少主生起氣來，我……唉，看來我真是要打一輩子的光棍了！」

眾人聽得天絕此說，皆都鬆了一口氣，臉上繃緊的神色也都舒緩下來，只有石青青在放下一宗心事之餘，卻又是帶著泣聲道：「我娘……她……她沒有事吧？」

天絕雙手一攤的哂道：「這個我也不知道！不過是要到鬼門關了，幸得冒出個什麼叫作孟姜女的女娃子，會什麼音波功，他們現在去施行什麼『音波嫁蠱大法』去了，你娘有沒有命，就要看這勞什麼子的『音波嫁蠱大法』管不管用了！」

天絕的話音剛落，韓信臉色大變的脫口道：「孟姜女！音波功！想不到她還活著！」

天絕皺眉道：「想不到這孟娃子的名氣這麼大，苗疆三娘起初聽到什麼音波功時，也是驚駭異常，難道這音波功真有那麼厲害？」

韓信平靜下情緒，口中敬慕道：「當年孟女俠與萬喜良、秦始皇在西域長城一戰，挫敗二人，摧毀長城八百里，天下間誰人不知哪人不曉？她的音波功當時是江湖中人聞之色變，你說厲不厲害？只江湖傳聞她已跳江自殺，可想不到卻是假的！唉，少主與義父能拜識孟女俠可真是福緣呢！因為她在民間人們口中是女神啊！」

天絕不置可否的道：「這孟娃子可真是有幸生在一個江湖中高手甚少的時代，自是成名得快啦！要是我們那時代，南有北冥宮，北有地冥鬼府，兩大教派中均是高手如雲，要想成名除非武功高絕才成。孟娃子到了我們那時代，卻是不一定有現在這麼大的名氣囉！」

說到這裡，頓了頓又道：「不過，這孟娃子看起來倒挺可愛的，名氣大點也是應得的！」

上官蓮因一心擔憂著項思龍的安危，可沒心聽天絕說笑，面色一沉的道：「管他那些事情幹嘛？快帶我去看思龍！」

天絕曾聽聞項思龍用凝功成聲的功夫告訴自己，「音波嫁蠱大法」已告失敗，將要施行「合體轉蠱大法」為苗疆三娘解毒，想起苗疆三娘對「合體轉蠱大法」所作過的解釋，當下面色古怪的道：「這……我也不知道他們去哪裡運功解毒去了！少主只叫我在這裡護法，不允許他人上峰，兼帶著怕你們來，向你們打個招呼，免得你們為我們擔心。現在我已是違背了少主的第一道命令，放大家上了峰頂，可以說是開後門了！我就是知道少主他們療毒的地方，也不能帶你們去，更何況我根本不知道呢！」

上官蓮見天絕說話時即有些吞吞吐吐，又有些神情恍惚，斷定他在說謊，當下面色一寒道：「好！你不告訴我思龍的逼毒之處是吧！那好，鬼府四護法、四執法，你們隨我一起運功盡力大喊『少主！你在哪裡』！」

天絕聽得這話臉色大變時，石像內的項思龍也是心神猛地一震，上官蓮不知自己現在的境況，若真如此隨同四護法、四執法運功盡力喊來，驚擾了自己和苗疆三娘的施法，那後果可就不堪設想，說不定苗疆三娘會當場死亡，自己也至少會受干擾受得重傷，那自己的一番努力和苦心就將全都白費了！

現在正是行功的至緊關頭，可絕不能受到打攪，就是現刻，自己因為分神，「合體轉蠱大法」似也沒了方才那般的通暢了！

不行，可一定得阻止姥姥他們亂來！

心下想來，當下凝功成聲對上官蓮道：「姥姥，我沒事！你們再在外面等一兩個時辰，我們就可大功告成了，你叫大家都放心吧！」

上官蓮聞得項思龍的話音，心神大定，但見他似顯得有些語音激蕩中氣不足，又不由大是擔心的也凝聲問道：「思龍，你沒事吧！那毒婆有沒有傷著你啊？你為何要救她呢？她可是氣勢洶洶的似想要你的命呢！」

項思龍此時因用了一部分的功力來與上官蓮說話，突地只覺自己的功力狂洩向苗疆三娘體內，駭得忙斂了心神，集中功力再次投入與苗疆三娘的合歡中去，也顧不得回答上官蓮的問話。

功力一經集中，再默思了兩遍苗疆三娘傳授的「密宗合歡術」，把肉慾昇華起來，外洩功力頓然止住，但已沒了方才的那種吸力，心下不禁有些氣惱上官蓮的胡鬧來。

孟姜女被得石像外的爭吵聲也驚得心神一斂，想起自己可是負責項思龍和苗疆三娘的護法任務的，他們如出了什麼差錯，那自己這個疏忽可就罪大了，當下頓忙強斂慾火，低頭看著自己露出的無限美好上身，心下一陣赧然，殘餘的情慾激情還是在她體內湧動著。

自己到底是怎麼了？怎麼變得這麼不顧羞恥起來？人家似在施法救人，自己這般慾念大動卻又是作何解釋呢？簡直可稱得是淫蕩了！

淫蕩！天啊，自己守貞十多年，一向都自認為自己德行高潔的，但今天這個詞卻怎麼會出現在腦中，並且用在了自己身上呢？

難道……難道是自己喜歡上這項思龍了？

以自己的年紀簡直可以做他的母親了，自己怎麼會喜歡上他呢？

不！不會的！這不是男女之間那種感情的喜歡！只是自己甚是欣賞他罷了！不是麼？像項思龍這麼優秀的少年英雄，世上會有幾人不願意結交他嗎？

但是……但是自己卻為何會有一種從所未有的興奮和刺激呢？

只是受了項思龍和苗疆三娘那種激情場面的影響嗎？

這……似乎也不盡然，自己似乎是有種心甘情願向項思龍奉獻自己肉體的衝動！這……難道自己真是如少女懷春的暗戀上項思龍了？可……自己這十多年來心中一直想著念著的男人只有萬喜良啊！萬喜良才是自己真正喜歡的男人！自己只認識項思龍還不到一天，又怎麼會喜歡他呢？

孟姜女的心中痛苦的想著，她自認為萬喜良是自己的初戀情人，也認為自己這十多年來的孤獨生活中也一直想著萬喜良，她不願有背叛萬喜良的想法，秦始皇當年對她的畸形變態戀已是讓得她為之痛苦了一生，在她的心目中已是認為自己已經對愛情完全絕望了，她感覺自已有些淫蕩，並且固執的認為自己並不是真正喜歡上了項思龍，但這種固執卻又讓她感到有些惶惑，心中矛盾極了。

甚想穿好衣服，但渾身的酸軟卻又有些讓孟姜女感到力不從心，再加上滿入眼底的二人忘情狂歡之態，更是讓孟姜女慾火不但沒有平息，反而又漸漸高燃起來，只是心中卻又是忐忑又是矛盾又是痛苦，口中則是嬌喘加重。

孟姜女只覺心中再也禁受不住那種痛苦的煎熬了，驀地悲呼一聲，再次衝撲倒在項思龍的背上，三下兩下把自己脫了個光滑之。她決定放縱自己，發洩一下久抑多年的慾火。她在輾轉反側的思量中，肯定了自己心中的那股激情和衝動是出自項思龍對她的吸引，也就是說她感到自己是真正的喜歡上項思龍了！

就像苗疆三娘一樣，與項思龍哪怕是只有一夜情也好，那自己一生也就會因此而有一段美好的回憶了，更何況自己已是有意湊合痕兒與項思龍，要是痕兒成了項思龍的妻室，那自己依苗疆風俗不也就是項思龍的妻室了嗎？

不必有什麼羞恥之心的！古聖賢者也說過，「食色性也！」追求愛情的完美結合本就沒有錯！自己何必總是拘束於那些腐朽思想的束縛呢？

完全向項思龍開放自己吧！待他與苗疆三娘施法成功後，自己一定得向項思龍示意求歡，嗯，自己已是兩次伏在項思龍身上了，憑他的本事，任是怎樣沉迷於慾情之中，也定會對自己有所覺察的！他沒有反感，那自也是不會拒絕自己了？自己的一夜歡情的想法也就可以實現了！

孟姜女鼓著勇氣大膽的想著，心中的激情更是高漲，四肢八爪魚般的緊扒在項思龍的背上，櫻口瘋狂的在項思龍背上痛吻著，一對堅挺而又富有彈性的酥胸不斷地在項思龍的虎背上摩挲著，雙手緊摟著項思龍的頭部，口中浪叫陣陣。

項思龍感覺盤吸力再次滋生，知道又已誘發七步毒蠍對寒冰真氣的吞納，使牠的防備抵抗之心再次降低，只要七步毒蠍吸入自己的寒冰真氣至一定程度，自己再由口中渡入寒冰真氣到苗疆三娘體內，七步毒蠍就會像染上毒癮一樣陷入自己寒冰真氣的誘惑，那時自己向苗疆三娘體內射入陽精之物，七步毒蠍驟然「遭襲」，必會在苗疆三娘體內緩升，自己再像釣魚一樣，用寒冰真氣作餌，七步毒蠍就可轉嫁進自己體內了。

當然，這其中的過程說來看似簡單，實則又是複雜難做得很，一來不能讓七步毒蠍把寒冰真氣吸納飽了，否則就如吸毒者吸夠了毒品般，再也不上鉤了；二來項思龍必須把握好功力的深淺，時間火候等都要預算準備，否則就會前功盡棄；三來呢，自是不知七步毒蠍到底喜不喜歡在項思龍體內生活了。要做好這三點一是要靠點運氣，二呢是要靠項思龍的機智與能力了。

項思龍的靈台邊冷靜的思想著，邊催發身體的慾火，加快與苗疆三娘的歡合速度，以促進「合體轉蠱大法」的平安順利進行，把精神高度的集中起來，使之忘卻周邊的一切，苗疆三娘只覺整個心神與肉體都被慾火的衝激給升上了天，全身輕飄飄的又似沉重非常，身上的每一根神經每一個細胞都給繃緊起來，進入極度興奮的狀態之中，肌膚因高度充血而赤紅一片，緊摟著項思龍，腰肢如劇烈震動的鱔魚般扭動著，口中淫聲浪叫不止。

但在她靈台深層處卻還是也保持著一絲清醒，苗疆三娘知道自己愈是興奮，體內的七步毒蠍母蠱的戒備精神力量也就會受自己的感染而降低下來，那就好給項思龍把體內的七步毒蠍給用功力吸入他體內去了，如此「合體轉蠱大法」也就宣告成功了！

能夠活著就好！當然項思龍也不能受到任何的損害！唉，自己今天才真正的感覺到自己只是一個女人，一個需要男人疼愛的女人！

絕毒淫魔雖是疼愛自己，但他更多的卻是迷戀於自己的美色，從來沒有向自己完全敞開心懷，始終對自己懷有著戒備之心，這使得自己和他之間產生了隔膜，彼此的心沒有溝通也便導致自己和他之間的愛情悲劇，甚至累及到女兒青青，使得自己近乎變態的冷落她。

自己和絕毒淫魔愛情悲劇的發生，和自己魔道心理的滋長，到底是絕毒淫魔還是自己的錯呢？要是絕毒淫魔如項思龍這般的冒著生命危險向自己表露關心和熱愛，自己還會變成今天這般樣子嗎？

似乎不會！因為自己感覺現刻與項思龍的結合是那麼的醉心，那麼的自甘奉獻，感覺自己的靈魂都與項思龍完全結合在一起。她從未享受過如此平靜而又激動的快樂！這般的不存一丁點兒的心機，甚至可以說是純真，不想去算計別人，也不怕別人來算計自己！

她感到自己心底深處空虛多年的失落感，在項思龍身上終於找到了！她感到了滿足，感到了作為一個女人的幸福！在這一刻裡，人世間的一切仇恨和利益，她都給淡忘了。她感覺自己又回到了年青時天真無邪的純情少女般的心態之中，並且陷入了一種熱戀心境。

難道自己真的喜歡上了項思龍？這……是一種畸形的戀情啊？自己將是項思

龍的岳母，項思龍對自己可以說是毫無心機的關心和幫助而不會有什麼感情的，自己如一廂情願的喜歡他，只會讓自己痛苦，讓項思龍難堪！

怎麼辦呢！自己今後還可以忘記項思龍嗎？這……或許或者說是肯定不能！單相思是一種孽緣啊！自己還是事後……入得空門，以保持今夜這美麗的回憶吧！否則說不定會對自己造成傷害，對項思龍和他的妻妾造成傷害！今夜這美麗的一夜情已是夠自己快慰生平了！更主要的是自己被項思龍的真誠所感化，享受到了生命中光明的一面！

這是一種久違了的思想啊！現在還是放棄一切顧慮，盡情的享受生命激情的火花吧！

苗疆三娘想到這裡，更是把全部的身心都投入到了與項思龍的歡好之中，兩人因都通曉「密宗合歡術」，而致千百倍的加強了肉慾的高漲和身心的感受，使兩人有若燒得熾熱的洪爐，強大的熱能一波又一波的衝擊著兩人的身體，潮水般地在兩人體內來回激蕩著，把兩人一次又一次的送至靈與慾交融的高峰。

苗疆三娘口中突地呻吟著叫道：「項郎！你真好！你是世上最棒的男人！」

項思龍的身體雖處在極度亢奮的狀態之中，但心神卻出奇地清明，而且在他一次次的慾情高潮時，似有一股奇異的勁氣從苗疆三娘體內傳入他體內，使他的元陽感覺到一種陰陽結合的刺激，且這樣的情況每發生一次，他的體內真氣就升高一個層次，使他的思想更是清晰寧遠，精神更是充實純清。

隱隱間，他感到苗疆三娘體內傳來又一股怪異真氣與他的寒冰真氣相融在一起，二者結合後極為融洽，似是本就為一體般。

項思龍心神倏地一震，心中又是緊張又是驚喜，他的氣機反應分明的感受到這股怪異真氣是苗疆三娘體內的七步毒蠍母蠱釋發過來的。

看來七步毒蠍的真氣與自己的寒冰真氣完全可以融合在一起，「合體轉蠱大法」成功在望了！

在最後的緊張關頭，自己可得把握好，絕對不允許有絲毫的疏忽而出現差錯！

項思龍心中又驚又喜的想著時，當下忙斂了心神，完全投入與苗疆三娘的合歡之中，但卻還是用了少許精神來察探著二人身體狀況。

和項思龍糾纏得難捨難分的苗疆三娘此時也感覺到了身體的異象，感覺身體在極度興奮的同時，突地有除了項思龍渡入體內的另一股內力在旋轉湧動著，且腹中有一股膨脹的感覺。

是不是七步毒蠍被項思龍的內力觸動得興奮起來了？還是「密宗合歡術」的

功效使自己的內力在增長？這「密宗合歡術」自己也只是知其然而不知其所以然，到底有什麼功效自己也不是非常清楚，因為……自己以前還從未施展過，現在與項思龍還是第一次施出此術。

其實「密宗合歡術」乃是利用陰陽交合，使人的功力得以深化。男雖屬陽，女雖屬陰，但陽中自有陰，陰中亦自藏有陽，像太極中的陽中陰，陰中陽，所以男女交合可以增強男方的陰，女方的陽，使之達到陰陽漸趨平衡，那就可以純化深進雙方的內力。

獨陽不生，枯陰不長，所以純陽無陰，純陰缺陽，都會阻礙功力的進深，故魔教的「密宗合歡術」就是採取男女交合，使陰陽發生對流，以增長功力，才使之可以達到功無止境的妙用。「密宗合歡術」就是建立在這陰陽互增互補的理論上。

項思龍的動作更強烈了，氣息也愈來愈雄渾，二人真氣的互通使快感繼續攀升著澎湃著，「密宗合歡術」把二人送上了靈與慾交融的一波又一波的巔峰，二人只覺巴不得把對方的整個身體都給融進自己的身體裡。

苗疆三娘的軀體抽搐顫抖起來，她靈智已陷入迷離狂亂之中，口中淫聲浪叫道：「項郎，不要停！我要……用力點！快！我……我愛你！」

孟姜女本是慾火被二人的狂愛醉歡給挑逗得如火如荼，苗疆三娘這浪叫，更使她大感刺激，邊用雙手揉搓著自己的腹部至酥胸一段，口中也邊附合著苗疆三娘浪叫道：「項郎！我也要！啊……我要啊！」嬌軀如水蛇般扭動，口中浪叫聲愈來愈大，竟是與苗疆三娘相差無幾。

神女石像內一時盡是春色無邊。

上官蓮聞得項思龍的話音，心中繃緊的弦平靜了些許，當下對焦慮欲哭的舒蘭英、朱玲玲和傅雪君幾女安慰道：「你們義父天絕也說過了，思龍他沒事，大家就放鬆點吧！我們就在這裡等他！啊，四執法，你們去拾起柴火過來，我們生堆火來暖暖身子吧！這十月的夜晚可也有些涼意了呢！四護法，你們幾人去附近森林中看看，打幾隻野兔山雞之類的來烤了吃，大家可是為思龍擔心了一天，都沒進食呢！」

四執法、四護法八人領命飛身而去，韓信似有覺察的道：「姥姥是否得過二弟的傳音了？」

上官蓮微笑道：「不錯，思龍剛傳音告訴我，他正在為苗疆三娘運功逼毒，要不了多長時間就可大功告成了！」

說到這裡，又眉頭一皺道：「可我聽出他聲音似有些中氣不足，不知是至運功緊要關頭了，還是出了其他什麼事情。我傳音詢問他現在的情況時，他卻突地沒了回音。」

天絕聽得這話，面色倏地一沉，心下有一種凝重的不祥預感，他曾親耳聽說過要施行「音波嫁蠱大法」的凶險，更親眼見過苗疆三娘「人蠱心魔大法」的厲害，要是以項思龍的功力與上官蓮傳訊還顯得有些中氣不足，那定是施行「音波嫁蠱大法」出了什麼問題了，這……

怎麼辦呢？要不要對上官蓮和韓信他們說出真象？要是思龍真出了什麼差錯，那……

還是說出來吧！讓大家共同想想辦法，看看有沒有什麼幫助少主他們的能力！

想到這裡，天絕暗暗咬了咬牙道：「少主他們可能是遇到什麼麻煩了！我聽苗疆三娘和那孟姜女說『人蠱心魔大法』甚是難以破解，他們想出的什麼『音波嫁蠱大法』也沒有把握破解『人蠱心魔大法』，再說這『音波嫁蠱大法』是把苗疆三娘體內的七步毒蠍母蠱轉嫁入少主體內，也不知少主的功力到底能不能克制住七步毒蠍？」

說到這裡，頓了頓，接著把自己和項思龍來到這神女峰上所發生的諸般事情從頭到尾的向眾人說了一遍。

上官蓮聽到「合體轉蠱大法」時臉色怪異的變了變，向諸女望了一眼，卻見她們也都有些悶悶不樂，尤其是石青青臉色更是難看。

到得天絕把話說完後，上官蓮頓即問道：「那思龍和苗疆三娘、孟姜女三人到底去哪裡施行『音波嫁蠱大法』去了？怎麼沒有聽到那孟姜女的音波功聲音傳來？他們不在這神女峰上嗎？」

天絕對上官蓮的這番問話沉吟了一聲後，似做了決定的一指峰頂的神女石像道：「他們進得這石像裡去了！我也不知為何聽不到孟女娃的音波功聲！或許是這神女石像有什麼古怪吧！」

上官蓮、韓信等幾人聞得天絕這話，目光都不約而同的向神女石像望去，韓信「咦」了一聲，道：「難道這神女石像內部是空的？這……不大可能的吧？這麼大的石像要在裡面建一座可以生活的石屋，其困難真是難以想像！總不會是天然裡面就是空的吧？孟女俠的音波功乃是以聲波來作為攻擊他人的，為何卻沒有傳出呢？難道這神女石像內真有什麼玄虛可以隔音不成？」

舒蘭英脫口接道：「說不定他們根本就沒有施展什麼『音波嫁蠱大法』

呢?」這話剛落，似又想起什麼似的，臉上突地變得緋紅，低垂下了嬌首。

舒蘭英這話讓得上官蓮心中也是一突。

思龍總不會與那苗疆三娘施行什麼「合體解蠱大法」吧?石青青可是他的未婚妻，又是苗疆三娘的女兒，要是他們二人發生了什麼關係，那……這事情可就……有得麻煩了。

但是以思龍的個性，他會見死不救嗎?更何況苗疆三娘將是他的岳母呢?這……

上官蓮心中這般忐忑不安的想著時，石青青似也從舒蘭英的話中領悟出些什麼來，驀地臉色變得煞是蒼白，嬌軀搖搖欲倒。

天啊!娘和思龍不會……施行什麼「合體轉蠱大法」吧?但如這種情況發生，自己活在這世上還有什麼臉面呢?思龍可是自己的未婚夫婿了啊!這……這……

石青青六神無主的想著，整個腦中一片空白。

傅雪君離得石青青最近，見她嬌軀劇顫不已，忙奔至她身邊，一把挽扶住石青青，安慰道:「青青姑娘，事情並沒有如你想像中的那般。難道，你相信思龍是那種德行敗壞的人嗎?」

石青青神情木然的搖了搖頭道：「我不是不信任項少俠，我只是……只是擔心我娘罷了！」

傅雪君知道石青青這話言不由衷，卻也再沒有說什麼，只是把石青青輕輕的摟在懷中，輕輕的撫著她的秀髮，眼睛裡流露出對石青青的無限憐愛，口中微微的舒了一口氣。

她是一個經受過畸形婚姻的女人，先是做童千斤父親成烈王的情人，接著又做童千斤的妻子，這種變態婚姻讓她已經飲受感情的折磨，一直生活在一種痛苦之中，直到遇得項思龍，才漸漸的從這種陰影中解脫出來，所以她能深深的體會到石青青心中的痛苦，要是項思龍真與苗疆三娘發生了什麼關係，雖說是為了救人，但這已是會讓石青青感到自己一輩子都抬不起頭來做人，會讓石青青感到一輩子都痛苦，生活在自卑的陰影之中。

但是如真發生了什麼事情，那又將能說是誰有過錯呢？項思龍嗎？他也是情急之下為了救人勢不得已才為之，因為以他的性格決不會坐視苗疆三娘的生死於不顧！苗疆三娘呢？她的性格自己雖不知怎麼樣，但有幾人能坦然的面對生死呢？更何況項思龍對女人有著一種讓人難以抗拒的吸引力——不論是好女人還是壞女人，都會喜歡上他，甚至心甘情願為他奉獻自己。如此苗疆三娘能否固執的要求不願與項思龍發生什麼關係，可真是個未知數！

傅雪君怪怪的想著，想到自己一生的際遇，心中不禁感慨不已，長長的歎了一口氣。

氣氛一時陷入一種怪異的沉默之中。

過了好長一會兒，天絕突地哇哇怪叫道：「大家不要胡思亂想了！待會少主他們出來了，不就什麼都清楚了，現在心中瞎猜測個什麼呢？」

說到這裡，突地一指身體左側道：「啊，四執法、四護法他們回來了！大家準備生火烤野味吧！我去看看四護法帶了些什麼獵物回來！」

說罷，身形一閃，往正從左側而來的四護法迎去，見他們手中提了十多隻肥大的山兔野雞，興奮的叫了起來道：「不錯，今晚的野味還挺豐富的！只可惜沒有酒！」

上官蓮等卻是沒有說笑的心情，都是沉默無語的坐在山石上，直待得四執法把火生了起來，才圍坐到了火堆旁，火光在山風吹拂下跳動著搖曳不定，就有若眾人的心情般。

山兔和野雞的香味終於在山頂飄蕩起來，又是天絕打破沉寂的道：「哇！好香！今晚大家可有得口福了！如此山頂晚間野炊已是多年未曾享受過了，情趣卻比當年濃得多了呢！」

上官蓮的臉色一直陰沉沉的，他即在為項思龍能否承受七步毒蠍的毒性而深深的擔憂著，又在為天絕所說的什麼「合體解蠱大法」而心下極不舒服怪怪思想著。

其實在這古代亂倫的現象比比皆是，社會中的約束也並不怎麼嚴重，但上官蓮和韓信以及舒蘭英等諸女都是思想超越這代一般人的優秀人物，所以她們一時接受不了，因為母女同嫁一夫這現象在社會中還是比較少見的，只有兄妹通婚，直系親屬婚這種現象還比較多。

怎麼辦呢？難道真讓石青青母女二人同都嫁給思龍？這……自己雖是想得通，可曾盈、張碧瑩和自己的幾個孫女，以及思龍其他的妻妾卻是否都想得通？其實說來自己的師父天山龍女的「移情淫花」奇毒還需要思龍去解呢！這……到時卻又不知會是怎麼一種局面？

上官蓮正憂鬱不安的想著時，突地只聽得神女石像內傳來「轟」的一聲巨響，似是什麼重物塌陷般，震得整個神女峰都晃動起來。

上官蓮和韓信、天絕等人同時心神大震「呼」的一聲站了起來，臉色大變。

項思龍他們到底出了什麼事呢？神女石像內到底發生了怎樣的變故呢？

第四章　別有洞天

上官蓮和韓信、天絕等人在神女峰頂敘說猜度項思龍的情況時，神女石像內是春色正濃的時候。項思龍與苗疆三娘慾火如火如荼的抵死纏綿著，孟姜女在一旁放浪形骸的自我安撫著，洞內一時盡是淫聲浪叫。

項思龍只覺體內的真氣愈來愈是舒暢，全身進入一種精神空明一片的至高境界，全身的肌膚變得晶瑩通透而又白裡透紅。

盤吸力愈來愈大，苗疆三娘體內的元陰之氣不斷的洩出被項思龍吸入體內，但項思龍體內的寒冰真氣也愈來愈是增強，可卻悉數全被苗疆三娘體內的七步毒蠍母蠱給吞納了過去。項思龍清醒的靈台之中知道七步毒蠍母蠱已被自己的寒冰真氣所引誘，心中又是欣喜又是緊張，頓忙把真氣提至喉嚨間凝成一股氣團，湊上熱唇向苗疆三娘櫻口渡去。

苗疆三娘只覺體內在慾火的極度興奮中又有一股燥痛難當的感覺，腹部有若萬蛇亂鑽，似是有些膨脹又似是有一股火在內中燃燒，但肉慾上的興奮卻讓她忘卻肉體上的一切痛苦，仍是咬著牙關，握緊拳頭狠命的迎合著項思龍的動作，只是呻吟聲由歡快變得有些痛苦。

項思龍感覺到了苗疆三娘身體的變化，知七步毒蠍被自己緩緩渡入苗疆三娘體內的元陽真氣給弄得煩燥起來。看來用寒冰真氣引誘七步毒蠍和用自身的元陽真氣破壞苗疆三娘內供七步毒蠍生活環境的計畫是成功了！七步毒蠍正被自己渡入苗疆三娘口中的寒冰真氣給引誘得惶惑不安起來，只要牠一出苗疆三娘體內，自己就當即把牠吸納入自己體內。現刻最關鍵的就是要看苗疆三娘承受痛苦能力的強弱了，若是她承受不住，那就有可能導致全盤皆輸！

對了，是需要孟姜女護法的時候了！可……她似乎也正陷入一種情動如潮的境地之中，自己怎麼點醒她呢？唉……這……想不到孟姜女的功力那般的高，本應是對情慾一定的克制能力，可她……也不知是怎麼回事，竟然也給放蕩起來……該怎麼辦呢？難道孟姜女對自己動了感情，所以才致情難自控？

若真如此，可真是叫自己頭痛了！自己的妻妾已是那般多了，怎可……即使自己願意接納孟姜女，自己的那些婆娘也不會願意啊！

張碧瑩可是個醋罎子，她定是第一個反對自己和孟姜女結合的！現在與苗疆三娘——自己未來的丈母娘迫不得已發生了有違倫常的關係，已是不知該怎麼處理後事了，又怎可再多出個孟姜女來呢？她可是個歷史裡聲名甚是聖潔的女英雄，自己又怎可以沾汙她呢？

項思龍雖感覺要是泡了孟姜女，自己可不知怎麼辦是好，但又有一種大是刺激的感覺在他心頭湧動，能夠泡上歷史裡的女英雄，可也算得上是在這古代裡的一種浪漫了。歷史上記載的是孟姜女被秦始皇迫得跳江自盡，現在孟姜女已跳江詐死，歷史對她跳江以後就再也沒有記載了，自己即便泡了孟姜女，想來歷史上也不會有什麼記載，那也就是沒有改變歷史了，自己泡泡孟姜女也是無妨的嘛！

這種怪誕的想法，讓得項思龍大感新鮮刺激的同時又是慾火高漲，只覺與苗疆三娘的交融更是接近了許多，生命的精華竟是在極度興奮的慾潮中也控制不住的向苗疆三娘體內射去，口中亦也大叫一聲，虎軀在苗疆三娘身上震顫不已。

這時怪異的現象發生了，項思龍和苗疆三娘身上突地紫光大作，二人還交合在一起的身體倏的急速旋轉起來，向石洞空中飛旋著，二人結合處竟是白煙冒出。石洞地底竟隨著二人身形的旋轉而轉動起來，發出「轟轟轟」的聲音。

孟姜女被這突如其來的異象給驚得目瞪口呆，她在這石洞內生活了近二十餘年，又在石洞各處都做了細緻的考察，卻也沒有發現什麼異象，想不到在這刻卻突地如一個陣形被發動般的轉動起來，這……難道與項思龍和苗疆三娘的交合有關？

自己考察過這石洞，洞內的佈置似乎跟陰陽太極有關，難道……發動洞內這「陰陽太極陣」的鎖就是男女的陰陽交合？

孟姜女想到這裡，驀地發出一陣極是開心的哈哈大笑道：「想不到困擾了自己二十餘年的神女石洞內的『陰陽太極陣』的破解之法竟是如此簡單，自己以前為何卻是想不出來呢？」

大笑聲中，孟姜女赤裸的身形倏地飛起，一把抱過正在洞底亂滾的「天梵古箏」，又自洞壁取下了兩顆夜明珠，接著身形也在空中按陰陽太極的原理旋轉起來。

洞底在「轟轟」的轉動之中徐徐往下沉去，足足往下沉有三米多深，突地止住，洞底中心驀地現出一個有二平方見丈的洞口來，洞內有燈火，把洞口的石階照得清清楚楚。

孟姜女看得心內驚歎不已，如此龐大嚴密的機關，要建造起來其工程之浩大簡直不低於秦始皇建造的萬里長城，這神女石像裡的石洞到底是哪一位前輩高人的隱居之所？

孟姜女滿懷的駭然和驚疑，項思龍和苗疆三娘卻是對洞內發生的一切變故渾然不覺，他們二人只感到在項思龍的生命精華射向苗疆三娘體內時，石洞內突地有一股強大的陰陽力量向二人體內湧了進來，使他們完全融入了陰陽的交融之中。項思龍只覺體內的真氣竟是成倍的增長著，似有人在向他體內貫輸內力一般，苗疆三娘則只覺體內的元陰真氣如缺堤之洪般向項思龍體內湧去，但又有另一股強大的陰陽異能向體內補充過來，使得她體內的元陰真氣能得以不竭，七步毒蠍母蠱似被這股突如其來的外來奇異能量給震懾下來，竟是再也沒動分毫，被項思龍渡入苗疆三娘體內的寒冰真氣給乖乖封住，緩緩的從苗疆三娘體內給湧了出來，向項思龍體內滑去。

合體轉蠱大法終於成功了！項思龍在七步毒蠍母蠱滑入自己體內時靈台倏地一醒，心中驚喜若狂的哈哈大笑起來，但又緊接著發覺自己和苗疆三娘身體的異狀，心下又一陣驚疑，不知到底發生了什麼事，當下默聚功力，把苗疆三娘緊緊摟住，想停下轉動的身形。

但誰知發出的功力竟是如泥牛入海般的被二人轉動的身形給消解得無影無

蹤，項思龍發覺這怪異現象，心神一斂，睜開雙目向四周望去，但只見一個紅髮、高鼻、藍眼睛，樣似現代裡的外國人的怪人虛象在眼前閃動著，並且那怪人的眼睛似在對自己說話，耳中一個虛擬的聲音在嗡嗡的道：

「小夥子，我是西方魔教的創始者『日月天帝』，你能破解我在這神女石洞中所布的『陰陽太極無象陣』，即是與我有緣。我於一千年前來到中原，因看中了這神女峰地底蘊藏的強大的陰陽之天地靈氣，所以派了八千教眾在這神女石像中建造了這『陰陽太極無象陣』。

「此陣乃是按天地陰陽相交的原理建的，為的是好讓我吸收這神女峰地府的天地陰陽靈氣。可想不到我因急功冒進，沒有把吸入體內的天地陰陽靈氣化解而拚命的吸納，至以體內真氣與吸入的天地陰陽靈氣無法相融在一塊，兩者發生衝撞把我的肉身給炸毀了，使我的元神無處棲身，所以在這石洞內被困了一千年有餘，一直都在等待有緣人好讓我的元神輸入他的體內，但卻讓我甚是失望。

「今天你用我西方魔教的『密宗合歡術』，利用男女交合的陰陽之氣啟開『陰陽太極無象陣』，釋放出我的元神，即可見你內力之曠古絕今，又可見是你我有緣。

「要知道洞內的『陰陽太極無象陣』當年就被我用功力給封住了，如沒有我當年般的功力，再加上陰陽交加，就沒有人能開啟洞內的『太極無象陣』。當年修建這石洞機關的八千教徒全被我下密令處死，只有少數的幾個教徒知道這石洞的機密，但他們都被我用『密宗鎖封大法』把他們的記憶都給封鎖住了，所以教中尚無人知道這神女石像的機密。

「一千多年了，他們幾個都定已死去，也定一輩子也沒有破解我的『密宗鎖封大法』，所以在這一千多年之中，從無人進得過這神女石像中來。

「只有從二十年前，孟女娃用音波功在這峰頂上大肆發洩她心中的怨恨，被她無意中用音波功撞開了開啟神女石像的洞門。但她卻無法破解我這『陰陽太極無象陣』，雖看出了洞中是有玄虛，卻仍是一籌莫展。

「而我的元神卻又被困地底下層的練功室內，無法告知孟娃子破解『陰陽太極無象陣』的方法，再說她乃是女子之身，無法繼承我的元神。

「可想不到卻被你這小夥子誤打誤撞給破解了，看來我的千年等待終是沒有白費。在這一千年來，我的元神已練成了定可無敵於天下的『日月陰陽神功』，此功威力可驚天動地，集世上陰陽於己身，納日月精華為己用。

「小夥子，你能破解『陰陽太極無象陣』乃是你的造化，吸引了我元神的功力後，你就可天下無敵，為所欲為了。嗯，看來你的體內已承受不住我再輸內力了，不過能一下子承受了六成功力的『陰陽日月神功』，可也是相當了不起了！想不到我西方魔教裡出了你這麼個英雄後輩！看來我西方魔教一統天下的時日不遠了！」

虛像說到這裡突然散去，只有一個虛無縹緲般的聲音在耳際迴盪著道：「小夥子，帶著你的兩個美人進入石洞地底下去吧！我在地底練功室裡等你們！我還有許多話要對你說，許多高深武功要傳給你呢！哈！哈！哈……」

笑聲在項思龍耳際縈繞了許久才漸漸散去，項思龍聽得這西方魔教創始「日月天帝」元神的這番話，心中又是驚駭又是欣喜。

看來這「日月天帝」因自己和苗疆三娘施出的「密宗合歡術」把自己也看成了西方魔教的門人了，不過如此也好，自己不但可從「日月天帝」口中多探知一些西方魔教的秘密，也可巧獲「日月天帝」一身駭人高絕的功力。從這「日月天帝」的話中說，在一千多年前就有自己目前的功力，那西方魔教中的高手武功定也高得讓人不可想像了，自己得了「日月天帝」的一身功力，正好以其之矛攻其之盾，何樂而不為呢？

項思龍心中又憂又喜的想著，憂的是西方魔教武功的高深莫測，喜的是自己可得「日月天帝」一千多年的功力修為，只怕當真是天下間無人能敵了。想以自己目前的功力擊出的威力，是比現代一般迫擊炮的威力還要大，若是再得了「日月天帝」的一身功力，那自己功力的威力簡直是比一般導彈的威力還要大得多了！

嘿，要是自己將來若是能回到現代而一身古武功不消失的話，那自己可當真是可獨步天下了，即便是導彈攻擊自己，也可以把它給抵禦回去，比之那美國的什麼愛國者反導彈甚或什麼反彈道導彈防禦系統，可還先進不知多少倍！

項思龍如此怪怪的想著，不覺突地失聲笑了出來，但又有一種傷感掠過他的心頭。

他想起了自己的母親周香媚，還有與自己關係複雜難言的鄭翠芝，想來她們都在非常深切的想念自己吧！國防部的領導也定都在非常焦急不安的等待自己的回音吧！

自己不覺來到這古代已是快兩年了，雖是找到了父親項少龍，卻是不能攜他一起返回現代。放下與父親項少龍之間的矛盾不說，自己真能狠下心腸來離開自己在這古代結識的親人和朋友嗎？要知道劉邦乃是自己同父異母的親兄弟啊！自己能丟下他不顧嗎？

項思龍的心情倏地被這種傷感給弄得沉重起來，幽幽的歎了一口長氣，收拾了一下心情，默運功力，施展開「千斤墜」的功夫讓自己和苗疆三娘的身形緩緩的停了下來，降至地面後，放下已是昏睡過去了的苗疆三娘，目光朝四周一掃，落在洞底中心的洞口上時是微微一怔，再掠到全身赤裸的愣愣望著自己的孟姜女身上時，先是眼睛一亮，為孟姜女那魔鬼般的身材而怳然心動，接著又是臉上一紅，低下頭去別過目光，整理了一下情緒，率先發話道：「孟……前輩，剛才到底發生什麼事了？洞內怎麼……」

項思龍的話剛只說了一半，突聽得石像外傳來上官蓮等十多人惶急而又凌亂的聲音此起彼落的高喊著自己的名字，心神一震，但頓知他們定是聽得神女石像內的轟響聲，天絕說出了自己三人的下落，他們不知洞內發生了什麼事情，擔心自己，所以出聲相呼。

剛想出聲回答時，倏見著自己的赤身醜樣，頓然話到嘴邊又給頓住了。

自己現在這等醜樣，再加上兩個赤身裸體的大美人在身邊，這要是讓……姥姥和碧瑩她們見了，自己的醜可就出大了！還是先不理他們，待自己處理好洞內的一切事情後，再出洞去與他們相見吧！

項思龍想到這裡時，望了站在不遠處懷抱天梵古箏羞態擾人心扉的孟姜女一眼，心神一蕩，卻又是在奇怪自己吞服下了七步毒蠍母蠱為何卻一點不舒服的感覺也沒有，難道七步毒蠍母蠱甚是適應自己體內的生活環境且與冰蠶蠱相處安好麼？若真如此那可真是非常理想了！七步毒蠍母蠱轉嫁入自己體內，也不知對八大護毒素女有沒有什麼危害？自己的寒冰真氣還冰封著她們，過了這麼長的時間也得給她們解困了，也隨便給上官蓮、天絕他們知道自己在這裡沒有什麼危險。

想到這裡，項思龍當下默運功力，運用「千里傳功」的秘技，把已是更加純厚的內力用意念給傳送出了洞外，向八大護毒素女困身的冰圈擊去。

上官蓮、韓信、天絕等人聞得神女石像內「陰陽太極無象陣」的啟動聲，均以為項思龍在石洞內出了什麼意外，只嚇得亡魂大冒的站了起來，臉色蒼白面面相覷的對視了片刻，再突地身形同時縱起，邊向神女石像飛奔而去，邊口中惶急的高喊：「思龍！」、「少主！」、「二弟！」

天絕一馬當先的飛縱至項思龍、孟姜女和苗疆三娘方才進得石像前的所站之處，上官蓮跟緊而至的衝口喝道：「還不快開啟洞門！」

天絕被上官蓮喝得一愣，一張老臉焦急之餘又全是豬肝色的也不耐煩道：「叫什麼叫啊！我又不知道開啟洞門的機關！要是知道的話，還要你囉嗦麼？我早就開啟洞門了！」

韓信倒是顯得冷靜多了，二人爭吵時，也已掠到石像中腹處，勸解道：「大家不要鬧什麼情緒了，思龍如真出了什麼事情，誰會不擔心呢？我們還是先同心協力的尋找進洞的機關吧！」

天絕和上官蓮聞得這話，臉上都顯出羞愧之色，卻仍是都不服氣的瞪了一眼對方，倒也沒有再次爭吵，目光都落在石像上巡視起來。

石青青的聲音突地驚喜的叫道：「大家快來看！這石像肚腹處有一塊岩石顯得特別突兀，會不會就是開啟洞門的機關按鈕？」

天絕聞聲舉目望去，記起孟姜女進洞前朝石像肚腹處射了一記指勁，正是石青青的所站之處，不由得哇哇怪叫道：「正……正是！正是這塊突兀的岩石！我記得孟娃子朝這岩石上射了一記指勁，洞門就開了！」

上官蓮頓即接口道：「那還不快試試！」

說著時自己已是率先發出一道指勁往那突兀的岩石上射去，只聽得「轟」的一聲石塊炸裂聲，那突起的岩石竟是被上官蓮的指勁給炸碎了半邊，但卻並沒有如預想那般的洞門大開。

上官蓮見狀愣了愣，突地泣聲道：「糟了！我……開啟洞門的機關被我給炸壞了！」

韓信看著剩下的半邊石塊左側似有一個黑色陰陽八卦圖案，只是被日曬風吹雨淋給風化了，所以顯得比較淡淺，不大引人注目，心中一動的欣喜道：「會不會是指勁應射在石塊上的黑色陰陽八卦圖案上？讓我來試試吧！」

韓信話音剛落，正欲舉指向岩石上射出勁氣時，突地傳來一陣「劈劈啪啪」的異物炸裂聲，頓即又聽得舒蘭英失聲驚叫道：「真氣冰圈……給炸裂了！啊……冰圈內被困的八女……」

韓信聽得心神大震，當即舉目向神女石像下的峰頂望去，卻見困著八大護毒素女的項思龍所布下的寒冰真氣冰圈正「劈哩啪啦」的紛紛炸裂墜地，而冰圈裡的八大護毒素女卻似醒來似的，四肢懶懶的伸展著，顯得甚是吃力，但困著她們的真氣冰圈卻被她們慵懶的伸展給擊得全部破裂墜地，似是她們的舉手投足都充盈著駭人的勁氣，項思龍困著她們的真氣冰圈，被八女如拂水泡一般的就給悉數破去。

項思龍的內力之高，韓信、天絕、上官蓮等都是深知的，試想舉天下之間能有誰人能如此輕鬆般化解項思龍的寒冰真氣？

難道是八女吸納了冰圈中的寒冰真氣？亦或是苗疆三娘在洞內有什麼奇遇，恢復了功力並且使功力巨增，通過「人蠱心魔大法」把真氣輸入了八大護毒素女體內，所以使得她們如此輕易的就化解項思龍的寒冰真氣破困而出？這……如是後者可能性的話，那項思龍定是……凶多吉少了！說不定是苗疆三娘施展什麼妖術盜取了項思龍的內力！

希望這猜測是他媽的烏龜鳥蛋！天絕的心中焦急如針鑽的咒罵著為項思龍祝禱。

上官蓮的臉色則是變得紅一陣白一陣的，面上的肌肉微微的側動著，眼角也有發紅，但目光裡射出的卻是一種令人心悸的寒芒。

韓信是驚呆得忘了出射指勁試開洞門，劍眉一揚一揚的，顯得內心情緒波動也是極大。

舒蘭英在驚駭中望了望天絕、上官蓮和韓信，見他們也是一臉的呆愣悲傷之色，知道項思龍可能境況不妙，驀地「哇」的一聲大哭出來。

眾人都懷著各種心境的望著正漸漸恢復過來的八大護毒素女，但眼睛裡卻是不約而同的向八大護毒素女射去一束束仇恨的目光。

空氣中醞釀著一股濃重的殺機。

天絕的身形驀地在他大喝一聲中向八大護毒素女衝射而去，雙掌在空中一錯，一股威猛絕倫的掌勁帶著呼呼的破空之身向八大護毒素女擊去。

項思龍把內力通過意念傳送出石像外，本是欲用功力化解去自己裹住八護毒素女的真氣冰圈，不想這「意念傳功」正應了「人蠱心魔大法」的心法要領，傳出的功力悉數輸入八女體內，八女體內真氣一動，七步毒蠍子蠱頓然甦醒過來，「人蠱心魔大法」也頓然啟動，八女心神意志都集中在了項思龍體內，又連為了一個整體，項思龍的體內功力也頓然被八女運用「人蠱心魔大法」給轉用了過去，也就是說八大護毒素女合起來也就等若是另一個項思龍，現在項思龍又得「日月天帝」輸給了他六成功力的「日月陰陽神功」，功力比先前又是精進了不知多少，所以項思龍先前所布的寒冰真氣又怎難得倒現在等若脫胎換骨了的八大護毒素女呢？

對於上官蓮、天絕、韓信等對八大護毒素女的驚駭，項思龍自是不知，但八大護毒素女心神意志向自己腦中的集中，項思龍卻是感應到了，並且體內的七步毒蠍母蠱也似有了異動，自己的功力似乎在通過七步毒蠍母蠱向八大護毒素女輸送，但對體內的真氣卻沒有絲毫影響，就有若體內循環不止的血流般，只是通過，心臟向全身各處擴散。

七步毒蠍和自己就有若轉輸血液的心臟，而八大護毒素女則是有若身上其他的器官，根本就是與自己和七步毒蠍子蠱連為了一個整體，所以自己的功力也等若是八大護毒素女的功力，八大護毒素女的功力當然也可以被自己隨意借用。

這發現讓得項思龍的心中是又驚又喜，驚的是體內的七步毒蠍已把自己當成了主人，自己無意中也會了苗疆三娘的「人蠱心魔大法」，八大護毒素女現在的生命也就與自己的生命連一起了，她們有得什麼傷害，自己也就沒命，自己有得什麼不測，她們也活不成，反正是自己又多了一條命多了一個包袱了。

喜的則是八大護毒素女與自己連成一體，也就等若這世上又多了一個自己，要抗敵對敵起來也就有了幾個厲害的幫手，更主要的是她們可以抗衡西方魔教中的高手了，自己可真擔憂著沒有多少可以與西方魔教中人對抗的高手呢！有了八大護毒素女，自己的實力也就大大的增強了。

項思龍正如此喜喜憂憂的想著時，突地一股強大的殺機迫體而來，心中倏地一驚，知道八大護毒素女遭人襲擊，但同時也馬上知道是自己弄巧成拙，解了八大護毒素女的禁制，讓上官蓮、天絕等人誤會苗疆三娘又恢復了過來，以為自己出事了，所以立把心中的怨恨之氣準備向八大護毒素女發洩。

心念如此一動之下，頓是大急，忙凝功成音向洞外的人高喊道：「大家住手！我沒事呢！八大護毒素女現在已是我的人……啊，不！是我們這邊的人了！大家可得好好保護她們，絕不能讓她們受到什麼傷害！因為我已經吞服下了七步毒蠍母蠱！八女若有差錯，我可也……也就有難了！我還有些其他事情要辦，暫時不能出來與大家相見！至多明晨我定會完好無缺的出來見大家的！大家就放心吧！」

說到這裡，頓了頓又道：「啊，青青姑娘，你娘的蠱毒已經被解，她已經沒事了，你也無須擔心的！明晨你也就可以見到她了！」

天絕心中氣怒難抑之下，恨然縱起身形發掌全力向正快要破冰而出的八大護毒素女攻去，掌勁剛剛吐出，卻突聽見項思龍的傳音，當聽得如傷得八女就等若傷了項思龍時，驚喜之餘嚇得「啊」的一聲大叫了出來，頓把掌勁撤回，但終是已來不及，發出的掌勁還是有一大半擊向了八大護毒素女，只讓得天絕悲痛的狂叫一聲，舉掌「啪啪」的連搧了自己十幾記耳光。

上官蓮和舒蘭英、鬼青王等本也是對八大護毒素女殺機大熾，意欲向她們發動攻擊，突聽得項思龍的傳喜，欣喜異常之餘想起天絕已是出掌向八女發動攻擊，不由得都齊聲驚叫出聲，身形亦差不多同時縱起，向八大護毒素女飛去，但不是想傷害她們而是搶著去救她們，因為她們現在的性命也就等若是項思龍的性命啊！怎不叫他們心急呢？因為在眾人心目中，八女只是因項思龍吞服了七步毒蠍母蠱與她們體內的七步毒蠍子蠱生命息息相通，認為她們並沒有多深的功力，所以見天絕的掌功就要擊得八女身上了，均是心神大是驚駭。試想八大護毒素女只得剛剛從昏迷中醒過來，怎麼禁受得住天絕這有若拚命的雷霆一擊呢？

「蓬」的一聲勁氣炸裂之聲響起，震得眾人連天絕在內均是亡魂大冒，目不忍睹的全都閉上了眼睛，驚叫之聲亦隨之四起。

眾人正閉目沉浸在一種悲痛之中時，卻突聽得一個甜美的陌生聲音道：「大家都是主人項思龍的親人與朋友吧？主人著我告知大家，他現在一點事情也沒有，叫大家放心！」

天絕聞得這聲音「呼」的一下睜開了雙目，卻見八大護毒素女正安然無恙的落在眾人眼前，不但連一根毫毛也未傷著，反是比先前見到她們的氣色紅潤了許多，人也顯得有了生機，再不像先前時那般有若木偶人般冷漠無情，正臉上掛著一股甜蜜的笑意目光訝異的望著大家，站出來說話的是一個在八女當中年紀似是最大的一個，天絕率先睜開目光似讓她感應了出來，正睜大著一雙美目望著天絕。

天絕心中訝異的連聲「哇咋！哇咋！」的怪叫不已，瞪大著一雙怪目，愣愣的望著八女，端詳了好一陣，又注意到眾人還都閉著雙目，驀地發出一陣哈哈大笑道：「喂！八大護毒素女沒事的啦！嘿，她們可是思龍的化身呢！又怎麼不能化解我那一掌微不足道的功力呢?」

上官蓮等正沉浸在一種極度的悲痛之中，乍聞天絕的大笑，還以為他因為擊傷了八大護毒素女而傷心過度精神失常了。上官蓮「哇」的一聲哭了出來，睜開眼來，正欲對天絕破口大喝時，目光掠過活脫脫的八女時頓即把粗話給咽了下去，喜極而悲的也似哭似笑的道：「思龍他……沒事呢!那八大護毒素女沒……沒被天絕那老怪物給傷著呢!」

眾人聞得天絕的話本是都不大相信，這下再聞得上官蓮也如此說，當下都大是驚喜的紛紛睜開眼睛來，果見八大護毒素女分毫無損，不由得齊都大是鬆了一口氣，放下心中繃緊的弦，舒蘭英更是喜得突地飛奔到那剛才發話的素女身前，一把抱住她「波波波」的連親吻了她十幾下，只讓得這護毒素女心中一甜，又是感動非常又是嬌羞得面紅耳赤。

上官蓮橫瞪了正笑嘻嘻的抱著胸口的天絕一眼，沒好氣的道：「你這老怪物，怎麼這麼冒失?要是傷著了八女，她們出了什麼事，看我們不找你拚命才怪!」

天絕嘿然笑道：「老妹子不要責罵我了，其實還多虧我方才那一掌呢!要不怎麼逼得出思龍那小子說話告知我們他的情況?嘿，那小子也不知在搞什麼鬼，解了苗疆三娘的蠱毒卻還不告訴我們一聲，是不是在裡面與那兩個大美人幹什麼好事起來了？若真如此……」

天絕的話還未說完，上官蓮見了石青青臉色大變，頓即向天絕喝止道：「閉上你的烏鴉嘴！思龍怎麼會是那種人呢？他的妻妾成群，個個都是貌若天仙，又怎麼會去泡那等老……」

上官蓮口中的「老婆娘」剛要脫口而出，韓信啼笑皆非的截口道：「思龍的消息有了著落了，大家也都可以安心了吧！那些野味還只烤得半生不熟，我們還是繼續去烤吧！肚子可是餓得咕咕叫了呢！」

韓信的話音剛落，天絕就已拍掌叫「好」道：「不錯！不錯！對了，你小子帶幾個人去搬幾罈好酒來吧！今天大家人不累心累，可得好好的喝他個痛快補償補償！」

上官蓮這次倒是附和天絕道：「對！是要喝他個痛快！四護法四執法，你們隨韓信去郡城中搬些好酒來吧！記著，要全郡城最好最陳的酒！今晚大家要來個一醉方休！」

八大護毒素女看著這其樂融融的場面，臉上有若綻開的桃花般嬌豔，她們的心神享受到了從前從未享受過的人間親情，在這刻裡她們忘卻了從前所有不幸的事情，真正的感覺到了人性光明的一面。

神女峰頂的氣氛一掃先前的憂鬱之狀，瀰漫著歡笑聲肉香味，讓人感覺那裡就像一個溫暖的家，深秋的夜風在大火愈燒愈烘下也像是沒得了一絲的寒意，反讓人覺著甚是涼爽。

所有的人心境都洋溢著歡快，只有石青青臉上的笑意卻是有一絲苦澀的憂鬱。

項思龍對眾人傳喜敘說了一下自己的境況後，揮手吸過地上的衣物，三下兩下的給穿在了身上後。又轉首向孟姜女望去，卻見她也正在羞答答的緩緩穿著衣裙。當下別過目光，等了好一會後，才舉目向孟姜女再次望去。

卻見孟姜女也正羞態擾人的望著自己，顯得有些羞澀卻更多的是大膽熾熱的情火，只看得項思龍心頭突突亂跳的低下頭去，輕聲道：「孟……孟前輩，請你來為苗疆夫人穿一下衣衫好嗎？」

孟姜女聞得項思龍此話，當即走到項思龍與地上的苗疆三娘身前，目光落在苗疆三娘赤裸的胴體，身上又是一陣燥熱。

第五章　日月天帝

項思龍見孟姜女來給苗疆三娘穿上衣物，不想卻見著她望向自己釋發著熾熱情火的目光，不由羞窘得心下大是忐忑不已。

待孟姜女走到身前，卻又見她只怔怔的看著苗疆三娘，而似乎忘記了自己叫她來做什麼，心不由怪異忐忑感更深了許多，但再也沒叫喚孟姜女，只默默的去撿拾過了苗疆三娘的衣物，先是遲疑了一下，再蹲下身來自行為苗疆三娘穿起衣物來。

目光落在苗疆三娘玲瓏有致的身體上時，倏地想起了孟姜女那魔鬼般的誘人身材，心神不覺一蕩，體內平息不久的慾火竟又給蠢蠢欲動起，讓得項思龍暗責自己真是「罪過」時，又忙默運起體內的寒冰真氣以壓下慾火。

孟姜女俏面上因著各種原因而羞得通紅，心底低聲的暗罵了自己一聲，也俯下身子幫著項思龍為苗疆三娘穿起衣服來。

二人都低垂著頭，目光不敢接觸，每當雙方的手碰到了一起時，二人都似如觸電似的立即彈開，但又過不多時似是相互吸引的互碰一下，彈開的速度卻是沒有那麼快了，到得最後，孟姜女竟是嬌吟一聲，緊握住項思龍的手不放，並且把嬌面給輕貼在了項思龍寬厚的手掌上，讓項思龍的手掌在面頰上輕輕撫摸著，口中的呼吸聲也是愈來愈濃重。

自己這並不是淫賤呢！求愛嘛，就必須大膽一點，畏畏縮縮的是實現不了願望的！

幹嘛要管那麼多的世俗理念呢？幹嘛要抑制自己的情慾呢？在自己喜歡的男人面前，就是要完全的開放自己，要徹底的奉獻自己！自己有權利追求愛情！世上的愛情並不一定全是男人去追女人才合乎情理，女人為了愛情也可去追求她自己喜歡的男人嘛！

自己喜歡項思龍，就應該大膽的表達，何必總是畏首畏尾的想那麼多呢？

愛情是要抓住機會把握機會的，機會錯過了或許對一輩子都會造成遺憾。自己現刻就有向項思龍示愛的機會，又怎麼可以錯過呢？

孟姜女狂野而大膽的想著，目光火辣辣的似一團火焰般的望著項思龍，眼睛裡燃燒的全是情火，兼帶著如熔岩般的慾火。

項思龍心中的緊張感覺愈來愈重，孟姜女愈是放蕩，他心底深處愈是感到一種刺激。

像孟姜女這類平時拘謹的淑女，情慾一旦爆發出來，定是比那些少女更是有味道吧！

苗疆三娘是一個守規的毒婦，放蕩起來那股騷勁可真是令任何一個男人都為之食指大動，自己方才與她的交合確是享受到了男女交合之間前所未有的至高快樂之境。

看孟姜女春情氾濫的模樣，定不比苗疆三娘遜色吧！自己若是能與她做愛，心中沒有與苗疆三娘做愛時要施行「合體轉蠱大法」的顧慮，那個中滋味定更是讓人欲死欲仙。

項思龍心中荒誕的想著時，與孟姜女一起已是穿好了苗疆三娘的衣物。

此時孟姜女嬌吟一聲撲入了項思龍的懷中，竟是主動向項思龍獻上了火辣辣的熱吻。

項思龍本欲拒絕，可體內慾火的再次騰升讓得他竟是捨不得推開孟姜女似火般的嬌軀，反也緊緊抱住孟姜女與她抵死纏綿的痛吻起來。

項思龍本也就是一個不大守禮的粗人，在他的身上流淌著他父親項少龍的血，也繼承了項少龍風流的個性，再加上他自小就與鄭翠芝發生過不正常的關係，所以在他的心底深處其實反有著一種對大齡女的偏愛，只是項思龍不曾覺察這點罷了。

要不他怎麼會接納已做人之母的朱玲玲與傅雪君做自己妾室呢？

正當項思龍與孟姜女糾纏得不可開交的正要展開「肉搏戰」時，項思龍的耳中突傳來「日月天帝」的嘿嘿怪笑道：「小夥子，不要那麼色急嘛！這兩大美人待會都會是你的菜！還是快進地底的練功室來接受我的功力吧！到時你要化解我的功力可也得這兩個大美人幫忙呢！那時你就可慢慢的暢快的享受她們了！」

項思龍聞言心神頓即一斂，記起「日月天帝」叫自己進練功室去給自己輸功的事來，忙抑住慾心，輕輕的推開孟姜女柔聲道：「孟……孟女俠，我們……先進得地底去看看吧！」

孟姜女正被項思龍給挑逗得慾火大漲，聞言卻是毫不理睬，又撲進項思龍懷中，用櫻口輕柔的吻著項思龍已是露了出來的胸肌。

項思龍慾火也是未退，見孟姜女還是要與自己糾纏，也把「日月天帝」對自己的提醒給忘在了一邊，與孟姜女再次纏綿起來。

「日月天帝」的聲音再次傳來，這次似有些不慍道：「小子怎麼可以如此的沉溺美色呢？學會我的各種神功，得著了我的千年修練功力，那時你天下無敵，普天下之間唯你獨尊時，不是要多少美人有多少美人？好了，快帶著二女下得地底練功室來吧！我的元神因『陰陽太極無象陣』被你所破解，外界的空氣進入了地底，所以只有三天可活了。

「在這三天之內，我要把我元神的所有功力都輸入你的體內，且要傳給你我西方魔教的各種密功，告訴你我西方魔教總壇裡各種只有教主才能得知的機密，並且傳給你我西方魔教的鎮教之寶『聖火令』，得此令後你就是我西方魔教的第二代教主，教中的三萬教徒就可任你調遣，天下間就可任你為所欲為了。

「至於『聖火令』乃是我當年奇遇偶獲的，我的一生所學都是從『聖火令』中學得，令牌共有兩面，一紅一白，全都是以梵文記載武學，上面還有些東西連我也理解不透，到時你小子自去捉摸吧！對梵文的研究心得我都已記錄下來了，你可拿出作參考。」

說到這裡似作總結似的接著又道：「小子，學我的武功得了我的內力，振興光大我西方魔教的任務可就交給你了。唉，其實我也看出小子你是個中原人，且是個正道中人，你是不會讓我西方魔教在你中原橫行的，但我……在我肉身未死之前，我就預測到了我西方魔教在一千年後必陷入一場萬劫不復的浩劫之中。

「我傳你武功、功力，並傳你『聖火令』，讓你執掌我西方魔教教主之位，就是我看出只有你才能挽救我西方魔教的這場浩劫，所以，小子你可得答應我一件事情，就是要盡力挽救我西方魔教，不讓它滅亡，讓它能得以生存下去！」

項思龍想不到「日月天帝」最後竟說出這麼一番灰心喪氣的話來，聽得微微一愣，當下推開孟姜女，心神一斂，神色強行一正道：「孟女俠，我們還是先進地底去看看吧！」

孟姜女聽項思龍三番兩次的說要去地底看看，理智中知道項思龍定感知了地底定有什麼玄奧之處，當下也強忍慾火，整理了一下衣衫後點了點頭道：「好！那我們就下去吧！」

項思龍見孟姜女不再與自己糾纏，心下微微有些失望，卻是再次正了正心神，伸指在苗疆三娘身上猛點了幾下後，苗疆三娘低聲的呻吟了幾聲，緩緩的睜開了秀目，見著項思龍，頓想起自己與他發生的纏綿關係，俏面上頓是一紅，心下卻是甜蜜一片。

自己從現刻起就是項思龍的女人了！這……是多麼讓人覺著幸福的事情啊！

不知與思龍方才那番纏綿會不會讓自己受孕?要是能在這中年懷上自己深愛的男人的孩子，那將是一種怎樣甜蜜的幸福啊?

苗疆三娘正如此美美的想著時，只聽得項思龍溫和的問道：「夫人，你感覺身體有什麼不適沒有?」

這話倒是提醒了苗疆三娘，在心中為項思龍對自己的關心一甜之餘，才又感覺到自己體內的真氣似乎比之先前充盈了許多，且身中的內傷也全然好了，體內的七步毒蠍母蠱也全然不知哪裡去了，當下微微一笑道：「我感覺精神比以往更是充沛呢!功力不但全都恢復了，還似增進了不少，並且我內傷也全好了。嗯，七步毒蠍母蠱也進入你體內去了吧?有沒有感到什麼不舒服的感覺?需不需要我告訴你養蠱控蠱的辦法?」

項思龍聞得苗疆三娘這話，心中懸掛的一塊石頭終於落了地，心境大好的道：「我也好得很，七步毒蠍在我體內很乖。至於養蠱控蠱的辦法，待以後我再向夫人請教吧!我們現在要進這神女石洞內的地底裡去。」

苗疆三娘聽七步毒蠍母蠱對項思龍沒有什麼影響，也把提起的心放了下來，又聽項思龍說以後向自己討教養蠱控蠱之法，不由得更是心花怒放，待聽得項思龍說要進地底去，才掃視了石洞一遍，見得石洞中門的洞口，驚喜的叫了起來道：「這石洞內果有什麼秘密！是思龍發現其中奧秘的嗎？那你就是有緣人了！洞內如有什麼異寶可全應歸你！」

項思龍見苗疆三娘還是私心甚重，死性不改，苦笑了一下，又見她對自己即是私心全去，不由得大感頭痛的在心下暗暗叫苦。

看來苗疆三娘也似「愛」上自己了！

這……在她與石青青之間，自己應怎麼選擇呢？是否棄石青青娶苗疆三娘，還是捨棄苗疆三娘娶石青青？在她們母女二人間，自己只能娶一個，但到底是娶誰呢？其實說來與苗疆三娘之間的賭約自己是應娶石青青，但自己卻與苗疆三娘發生了性關係，如娶石青青的話，這事情可怎麼解決呢？苗疆三娘可是石青青的母親啊！

項思龍心下有些痛苦的想著，不知自己到底應該怎麼做是好時，「日月天帝」的聲音又傳來道：「小夥子，進地底練功室時可也得小心洞內的機關了！想你武功如此厲害，對機關玄學一道也定都有所瞭解吧？只要你小心留神點，就沒事了。

「洞內所佈置的乃是『陰陽八卦陣』的反陣法，並不是我不告知你破解之法，而是想測知你的智商到底如何，以便對你量才施教罷了！好了，帶著你兩個美人準備進洞吧！我在練功室裡可是差不多快等你一個時辰了。」

項思龍這時感覺「日月天帝」的語氣親切了許多，心中對他的反感也消去了一大半。

聽得「日月天帝」言罷，當下再也沒有遲疑，領了苗疆三娘和孟姜女率先向洞內中心的石洞開口石階上走去。

苗疆三娘和孟姜女對視了一眼，心神緊張的緊跟在項思龍身後。

洞內石階是成「Z」字形建造的，每五十來級石階就轉一個彎，每轉一個彎就有一盞長明燈，長明燈都打掛在洞壁上，發出的光線都似朝著一個方向，似隱示著什麼玄奧。

項思龍凝神靜氣，把整個的精神都給集中了起來，領著二女在洞內石階上走著。石洞並不潮濕，反顯得乾燥得很，只是塵埃較厚，顯是不知有多少年未曾有人來過這裡了，看來「日月天帝」也沒有說假話。

過得半個來時辰，差不多走了三四百級石階，眼前豁然開朗起來。其實說是開朗，也不過只是石階走完了，呈現項思龍等三人眼前的是一條約有三米來高，寬有四米的長長石洞罷了。

石洞內雖也掛有長明燈，但以項思龍運功極目之力卻是還看不清石洞的盡頭。洞內的地匣全是由一塊一塊正方形和長方形的岩石鋪成，岩石似被打磨過，顯得非常的平整光滑，在燈光照射下，從不同的側面可以看見不同的反光。岩石上面還似繪有一個個「陰陽八卦」的圖案。

看來這條通道就是「日月天帝」口中所說的「陰陽八卦陣」的陣法了！聽「日月天帝」的語氣，「陰陽八卦陣」的陣法雖並不十分厲害，但也並不是輕鬆可以破得，要不也不會用此陣法來考較自己的才智了。

自己絕不可以粗心大意了！

這「日月天帝」可確是一代武林奇才，要不是天意使然毀去了他的肉身，憑「日月天帝」的才智武功，確是個笑傲江湖的一代梟雄了！

他指揮建造的這座「陰陽八卦反陣法」定也不是紙糊，自己若是稍出差錯，觸動了內中機關，那可能就要讓自己和苗疆三娘、孟姜女三人都葬身此陣了！

自己肩負的歷史重任還沒有完成！又豈可丟了性命？

自己是有著比這古代人思想進化了二千多年的現代人，怎麼會輸給古代人呢？

沒有什麼困難可以嚇倒自己困住自己的！只要滿懷信心和鬥志，自己就一定可以取得勝利！

項思龍的心中倏地升起了萬丈的豪情壯志。

為了自己的歷史使命，為了除魔衛道，為了保護自己的親人和朋友，自己一定得戰勝面前的一切困難險阻！一定要取得徹底的勝利！

想到這裡，項思龍突地不忐忑遲疑，邁步向通道岩磚上走去，心中湧動的是漫天凌雲鬥志。

兵來將擋，水來土掩，怕什麼呢？

是福不是禍，是禍逃不脫，坦然一點，以樂觀的態度去面對人生中所遇到的一切事情，不是讓人感到活得充實些嗎？再是人定勝天，自己就不信鬥不過這什麼鳥蛋的「陰陽八卦陣法」！

項思龍心中雖是咒罵著，但神思並沒放鬆，目光亮如閃電的掃視著通道裡的一切景物。

這也就正應了一句話：在戰略上要重視敵人，在戰術上要蔑視敵人！

苗疆三娘和孟姜女都精神緊張的跟在項思龍背後，身體的落腳處也都盡踩在項思龍所走過的岩磚上。

她們只覺在這一刻裡，自己就像一個極需項思龍來保護的柔弱女人般，只有躺撲在他的懷抱裡才感覺是世上最安全的地方，才感覺渾然忘卻了一切的恐懼和害怕，而絲毫也不知她們自己可曾都是能獨當一面的女強人。

項思龍的氣機感應只覺愈往通道裡走，一股濃烈的精神壓力就愈是沉重，並且還似隱藏著一股濃重的殺機。

通道裡的光線突地變得詭異非常，連往洞壁的長明燈上望去，燈上的火光也都不是原來的昏黃熾白色，而變成了連項思龍也不能分清的各種色光，並且通道在地面的岩磚上反射出的光線似交織成了一張光網，正漸漸的向自己和苗疆三娘、孟姜女三人罩來。

項思龍面上的神色愈來愈凝沉，他已漸漸看出這通道確是隱含著「陰陽八卦」的原理，但「陰陽八卦陣」一般都成圓形，而「日月天帝」建造的這座「陰陽八卦反陣法」卻是一條直線，這其中隱含的技巧與變化，確是非常人所能看出的。

項思龍得過鬼谷子的遺學，對機關玄學一道雖不曾深研，卻是略略看過一二。鬼谷子堪稱是機關玄學一道鼻祖了，項思龍雖只學得一點皮毛，但加上他的才智過人，已能從中窺出此道的不少深奧之處，一般的機關玄學陣法可也並難不倒他。

可眼前這「陰陽八卦反陣法」卻是讓項思龍緊鎖起了眉頭，每跨出一步都似費了好大的精神思量和功力才邁出的。

苗疆三娘和孟姜女似被項思龍的凝重神態所渲染，俏臉也變得緊張起來，大氣也不敢出，但鼻息卻是不能自控的變得沉重起來，秀目更是睜得大大的，喉嚨裡發出「咕！咕！」的怪異聲。

項思龍早就注視著洞壁上的長明燈抽射在地面岩磚上的光線解度和落在光線的岩磚形狀、大小和色澤，並細察了其中繪畫的圖案，已漸漸的看出了一點倪端來。

洞壁上的長明燈都套有燈罩，燈罩上開有不同角度的十多個小孔，從小孔裡洩出的燈光都射在給有「Z」形圖案的岩磚上，這「Z」形圖案卻是由「陰陽八卦」圖案運用了一定的技巧組成的，並且燈光射在這些特殊岩磚上的反射光都成一種顏色，那就是灼亮的白色。

項思龍對這發現是又驚又喜。這些「Z」字形八卦圖案的岩磚是走出這「陰陽八卦反陣法」通道的安全路線呢？還是觸發其中機關的死亡按鈕？

石階是「Z」字形狀組成的，自己三人一路行來沒有碰上什麼麻煩，會不會這「陰陽八卦反陣法」通道裡的破解路線也是「Z」字形八卦圖案岩磚呢？這兩者之間或許是一種暗示呢！

賭他一把吧！

就走這繪有「Z」字形的八卦圖案岩磚，是生是死也就全在此孤注一投了！要死也就死個痛快！總比盲目的亂走好一點，因為說不定這也確是一條生路呢！

心下做了決定，當下虎牙一咬，抬起左腳往身前的一塊「Z」字岩磚踩去，心中又是沉著冷靜又是忐忑如鼓，心弦繃緊到了極點。

「嗤」「嗤」「嗤」一陣怪異的響聲突地響起，讓得項思龍心神猛地一跳，以為是觸動了機關，駭得趕忙把功力提升至極點，凝神戒備，連鬼王劍也「咯」的一聲龍吟給提拔在了手中。

苗疆三娘和孟姜女聞得這怪響，嚇得差點就要驚呼出聲，幸得心中都怕驚擾項思龍，頓忙伸手掩住，卻是閉上了秀目，嬌軀微顫。

項思龍提劍在手，心神穩定了許多，環目四顧，卻見洞內的一切光線都已恢復正常之色，再也沒了那凝重的精神壓力和濃重的殺機感覺。

正當項思龍錯愕不解時，耳中又突地傳來「日月天帝」讚賞的聲音道：「好！好小子！不但有膽有識，才智更是縝密驚人！這『陰陽八卦反陣法』你已經是確解了！走出這條通道，盡頭處有三條岔道，其中兩條寫有『生』和『死』

的標牌，一條則是無任何標誌。

「這三條岔道中只有一條是生路，另兩條是死路，只要你從生路中走出，也就是我的練功室了！這些機關障礙都是我為了防止教中有異心的教徒所防設的，因為我練功時絕對不允許有外人打攪，否則只要受到一點驚擾就會走火入魔。

「想不到這些防守設施不但沒起到保護自己的作用，反是當我功力膨脹欲炸，發出求救號時，讓得教中對自己忠心耿耿的下屬給悉數中了機關死掉了，沒有一個人闖過所有機關找到我，我也因此而遺恨終生了。

「小子，你能不能闖過這最後一關，就要看你的造化了！希望你不會讓我失望，要不然我可是真正的要到黃泉路上去遺恨終生了。

「小子，我的元神只有幾天的生命了，這一千年以來，我全靠這神女峰地底的一處靈泉才保全了我的元神不散不死，可現在這靈泉的奇異能量已被我用來支撐元神的不死而吸收光了，我現在是靠自身的功力來支撐著。小子，要知道我每如此支撐一天一夜，就要耗去我一百年的內力修為，我已經把功力輸了一半給你，另一半的功力只能支撐我幾天的生命。

「小子，我不想如此白耗功力，你還是快點闖關吧！記住，陰陽五行，相生相剋，生即死，死即生，空即虛元；其中道理或許對你有所幫助。我也只能言盡於此了，我不想我的傳人是一個庸才！」

言罷，「日月天帝」的聲音又從耳際消去。項思龍聽得放下心來的同時，又對那什麼「生死岔道」頭大如斗，但想著這些關卡也確是可以鍛煉自己的思緒，激發自己的勇氣，讓自己看破對生和死的恐懼，又何嘗不是一件好事呢？

如此想來，心下又歸釋然，轉首望了苗疆三娘和孟姜女一眼，見二女正嚇得拖成一團，不由感覺又是好氣又是好笑，但更多的卻是感慨。

想苗疆三娘和孟姜女二人，一個是威震苗疆令人聞風喪膽的女魔頭，一個是打敗了秦始皇和萬喜良連手合擊，一哭震倒長城八百里的女英雄，可這刻，她們哪有什麼女魔頭，女英雄的氣慨嘛？簡直就像是一對嬌弱的千金小姐！唉，女人啊，可真是讓人搞不懂！

項思龍心下苦笑的走到二女身邊，一手搭著一人的酥肩，輕拍了兩下，低下呼喚道：「沒事啦！我們繼續往前走吧！」

苗疆三娘和孟姜女被項思龍給嚇了一跳的先是摟抱得更緊，待思想回復過來，知是項思龍在喚她們後，二女才緩緩的分了開來，臉色煞白。

見項思龍望著自己二人皺著眉頭，知他在笑話自己二人，羞著少女之態畢露的低頭擺弄著衣角，目光皆不敢與項思龍對視，但心中卻都對項思龍對自己二人皺眉頭憤憤的想道：「還不是你這小怨家害得我們這般膽小的！怎麼，是不是有些輕視我們啦？要知道，我們都是女人嘛！哼，可真是小氣！明知道我們害怕，也不來安慰我們一下！就這麼拍兩下肩頭就算啦？真是個不懂體貼女人的寃家！」

二人心中雖是埋怨的如此想著，嘴上卻是不敢說出來，只默默的依了項思龍之言跟著他向前行進。

孟姜女顯是細心些，見項思龍這次是大大咧咧的邁步走著，心下大是訝異，再也忍不住心中的納悶道：「項……少俠，洞裡沒有什麼危險了吧？」

項思龍哂笑道：「你看出來了？我這般的輕輕鬆鬆，自是這洞裡的機關被我給悉數破解了！你們放心的邁開腳步亂走吧！」

苗疆三娘因與項思龍發生了肉體關係，自是顯得無拘無束些，聞言大嗔的跺腳道：「你這死人，怎麼不早說嘛！害得我和孟姐姐擔心不說，還得凝神注視你的步法！你這般的捉弄我們，看我怎麼懲罰你！」

說著竟是閃身到項思龍身邊要去揪他的耳朵，完全是一副大媳婦「欺負」小老公的模樣。

項思龍見得苗疆三娘欺身過來，卻也暫且忘卻一切顧忌的不避反迎，張開雙臂往苗疆三娘衝來的嬌軀抱去，口中嘻笑道：「打是情，罵是愛，大老婆又是責罵又是要打你相公，是不是想叫你相公愛你深一些啊？那好，來來來，讓我親親又抱抱，算是對捉弄你的補償吧！」

苗疆三娘嬌呼一聲，要閃避開項思龍的摟抱已是來不及，當下索性主動的向項思龍懷中撲去。項思龍的俏皮話不但沒讓苗疆三娘生氣，反是激發了她的情火，只見她撲倒在項思龍懷中，「嚶嚀」的呻吟一聲，不待項思龍向自己吻來，反是主動湊過櫻口與項思龍唇舌交纏起來，雙手緊緊的摟著項思龍的虎腰，頰上又生桃紅，顯得春情勃發。

項思龍本是想與苗疆三娘打情罵俏一番，釋調一下緊張的心情和氣氛，不想弄得苗疆三娘性情再發，嚇得心神一斂，與苗疆三娘糾纏了片刻後，邊推著她，口中邊道：「我們還是快走出這條洞道，看看前面有什麼寶物沒有吧！」

說著時心中怪怪的想著道：「有句俗話說女人『三十如狼，四十如虎』，這話可真沒說錯，自己今天總算是領教了這等中年女性的風騷了！」

苗疆三娘聽得項思龍的話，果真被挑起好奇心，雖是難分難捨，但終離開了項思龍的懷抱，望了望在一旁偷偷抿嘴竊笑的孟姜女一眼道：「你怎麼只補償了我而不補償孟姐姐啊？她可也是個大美人呢？又對你有意思，你難道不想泡她嗎？快去！如此漂亮的馬子就是打著燈籠也找不著呢！」

說著竟是推著尷尬的項思龍往孟姜女走去，孟姜女這下是一臉的嬌羞，但秀目中卻分明顯出欣喜願意之色，不避忌地大膽望著項思龍，口中卻是喜中帶怨對苗疆三娘道：「妹子這說的是什麼話來著呢？人家項少俠或許並不喜歡我，你怎可強迫他來泡我呢？」

苗疆三娘哂道：「姐姐我說的是真話呢！不過，姐姐若是喜歡思龍了，我看還是你主動向他表示心中的情意吧！這小子心底下或許有些瞧不起我們，嫌我們老了呢！那我們就來個死纏硬磨的賴著他，反正是要做定了他老婆！」

孟姜女眼神春情如絲道：「但不知人家項少俠接不接受奴家的情意？」

說著這話，項思龍已被苗疆三娘推到了孟姜女身前一米來遠處，孟姜女嬌軀一扭果真是依了苗疆三娘之言，把火熱柔軟的嬌軀向項思龍撲去，雙手勾住了他的頸脖，不由項思龍掙扎和分說的已是湊上了火辣辣的熱唇，口中唔唔呀呀的叫個不停，嬌軀在項思龍的身上死命的緊貼摩挲著。

項思龍聽得苗疆三娘和孟姜女如此大膽潑辣的對話，心中已是嚇得哇哇大叫。

哇咋！這類成熟的女性怎麼說話如此沒遮沒攔的？

這等不顧臉面的話也說得出口？比之現代裡女性的開放簡直是有過之而無不及嘛！

不過，這等風騷的話自己卻是……似乎還挺喜歡聽的呢！或許是因為自己是個現代人，性觀念比較開放吧！又或是自己是個風流情種，喜歡這些風騷的女性吧！

項思龍的心中正如此大叫大嚷而又大感刺激的想著，孟姜女的嬌軀已是向自己撲來，當下也毫不客氣的歡然接受了這大美人的熱情，一雙怪手更是忍不住向孟姜女的衣襟開口處伸去，在她仍是保養得非常柔嫩而又富有彈性的酥胸上撫摸揉捏起來。

孟姜女的慾火一直自控著，這刻與項思龍的身體進行實質性的接觸，再加上項思龍一雙怪手的撫摸挑逗，慾火頓是一發不可收拾的給發洩了出來，口中嬌喘連連的道：「項……項郎，我要！我要！」

項思龍被孟姜女的熱情和浪叫激得一方面是慾火高漲，另一方面卻是心神一致，想起了「日月天帝」對自己的告誡，當下大吸了一口氣，默運功力，提升起體內的寒冰真氣，讓慾火降了下來，同時雙掌貼在孟姜女背上的中樞穴和風門穴上朝她體內輸入一股寒冰真氣，以除下她的慾火，讓她恢復神智和清醒。

孟姜女得項思龍輸入體內的寒冰真氣之助。果也慾火大退，氣息平息下來，臉上的春情褪去了一大半，伏在項思龍懷中扭動的橋軀中也漸漸緩了下來。斂了心神，站直身子，嬌羞的望了項思龍一眼，退身站了開去。

苗疆三娘正在一旁看得情慾漸生，突見二人停下了動作，甚是有些失望的嘟嘴道：「怎麼不親熱了？這石洞內就只我們三人，有什麼顧忌的嘛？我們三人先來痛痛快快的瘋他一場好不好？反正也沒有人會看見！」

項思龍對苗疆三娘淫蕩的話已是見怪不怪，苦笑道：「我剛與你大戰了一場，你還嫌沒瘋夠啊？我可是不行了！要瘋的話，以後再陪你們吧！先讓我去看看這洞內有什麼寶物沒有，吃了後或許就可把你們二人給殺得只有向我求饒的份兒了！」

頓了頓，神色一正道：「神女石像外還有那麼多的人在等著我們呢！找完寶後，我們快些出去吧！免得讓他們擔心！」

孟姜女這刻倒是幫著項思龍道：「思龍說得不錯！我們還是先進洞內去看看吧！」

苗疆三娘其實也對洞內境況充滿著極大好奇，見項思龍和孟姜女都說要先進洞去了，當下嬌笑一聲道：「孟姐姐還沒有嫁給思龍，現在就已經幫著他說話啦！那若是嫁給思龍後，豈不是要對他馴若羔羊？這可見你對思龍愛得死去活來了！」

孟姜女甜甜的笑罵道：「你這張嘴啊，就是這麼不饒人！說來我們兩人人老珠黃，思龍看不看得中我們還是個未知數呢！」

苗疆三娘杏眉一聳道：「他敢不要我們？那我們就整天的死纏著他，賴也要把他這個老公賴到手！看他能固執到幾時！」

項思龍搖頭苦笑道：「只要我的眾位娘子願意接納你們，我個人是沒什麼意見的啦！」

苗疆三娘和孟姜女一聽這話，驚喜得同時叫了起來道：「這話可是你說的！不得反悔喲！」

項思龍心下確是自己也不知怎麼回事，喜歡上了這兩個都已是有著可做自己老婆般大的女兒的女人，但卻清楚地知道自己確是喜歡她們，聞得她們喜叫，點頭道：「決不反悔！可青青的事情卻怎麼處理，我是不知道的了！」

苗疆三娘歡聲雀躍的隨口道：「當然是你也要了她啦！反正依我們苗疆的風俗，我們母女倆是可同時嫁給你的，也沒什麼傷風敗俗的嘛！」

項思龍乾澀道：「可我是中原人，我的朋友是中原人，他們全都跟我一起生活在中原，這……唉，以後再商量著解決吧！」

三人的心情因得項思龍提出石青青這個話題而陷入尷尬的境地中，默默的在通道內前行著。

第六章　生死岔道

三人沉默無語的也不知在通道裡走了多久，項思龍的心中可真有些後悔，後悔自己不該說那些破壞三人之間剛剛建立起來的感情的不快話題來，但話已說出也就無法收回，後悔之餘卻又想著：如此也好，說出來讓大家心中都能夠冷靜下來想一想，自己三人之間到底能不能結合？

結合之後會有著什麼幸福？

反正總有一天要面對這些現實的難題的，長痛不如短痛！自己可是已經有著眾多妻妾的人，再過多時也就要做父親了，怎能不顧及他人的言論呢？

就是自己可以坦然接受一切風言風語的壓力，但是自己的眾位嬌妻愛妾呢？自己深愛著她們，她們也深愛著自己，難道為了這畸戀而讓她們難過！自己一定得堅持住立場！絕不能再被色慾所迷！苗疆三娘是自己未來的丈母娘，自己與她迫不得已發生苟且的事已是罪不可赦了，又怎可接受她的情意，甚至對她心存邪念呢？

項思龍的神智突地清醒起來，想到這裡，身上冒出了一身冷汗，對自己方才挑逗苗疆三娘和孟姜女的舉動感到羞愧不已。

自己怎麼會變成這樣的呢？差點做出更加糊塗的事情來冒犯了孟姜女？是不是七步毒蠍母蠱在自己體內的影響？亦或是「日月天帝」輸入自己體內的什麼「陰陽日月神功」的功力在自己體內作怪？要不，以自己以往的心性，可是不會做出如此荒唐的行徑來的啊！

項思龍如此羞愧的想著，苗疆三娘和孟姜女也都各懷心思，低垂著頭默默的跟在項思龍背後。前者的心中是凌亂如麻灼痛如焚，後者的心中是忐忑不平焦燥不安。

看來思龍是要在自己和青青之間取捨了！怎麼辦呢？自己可以說對項思龍泥足深陷，再也不能自拔了，如失去了他，自己今後的日子活著還有什麼意思呢？

但如自己非要跟定了項思龍，女兒青青怎麼辦呢？難道自己這做母親的竟與女兒爭搶男友？想來青青對項思龍也是一見鍾情，深愛非常，她如沒有了項思龍，豈不也是會讓她極度傷心嗎？甚至說不定會……做出什麼傻事來！天啊！自己到底該怎麼做呢？

自己剛剛才恢復一點對生活的信心！感覺到一點生命的快樂！升起一點對生命的希望！

難道……難道殘酷的現實竟又要把自己打入沒有陽光沒有歡聲笑語的痛苦中去嗎？這……難道就沒有兩全其美的辦法嗎？

自己……可以做項思龍的情人嘛！青青是自己的女兒，無論如何是要先成全她的幸福的！

再說青青的年紀還較小，承受打擊的能力還不夠大；自己呢，已經是經歷過世上不少風風雨雨的坎坷生活了，心性是要堅強些，還是讓自己來承受痛苦吧！做項思龍的情人也挺不錯的嘛！照樣可以得到他的關愛，也可與他享受魚水之歡！若是能懷上項思龍的孩子，那是最理想不過了！自己有了孩子後，精神就又有了寄託，生活也就不會那麼空虛那麼無聊的了！

苗疆三娘如此自我安慰的想著，心境漸漸開朗了些，但卻還是心痛如絞。

孟姜女在苗疆三娘喜喜憂憂的思想著的同時，心中也是在翻江倒海。

自己可以說是一輩子都未曾得到過和享受過男人的疼愛，萬喜良雖是自己喜歡的男人，但那種喜歡現在靜心想來卻並不全是真正的男女之間的感情，自己對他的喜歡可以說是很複雜，有對他的救命之恩的感激之情，有對他的學識才智的崇敬之情，有對他俠義心腸的誠服之情，還有對他給予自己關心幫助和樂善助人的感動和欣賞之情，因得這對他種種複雜感情的揉合，所以自己年輕時就朦朦朧朧的錯認為自己是愛上了他。

其實對萬喜良的感情，不用戀人而用兄妹來定義，更是恰如其分些。對項思龍呢，更明知道這種戀情是不正常的，但是自己還是那麼的狂熱而且沒有戒備之心，甚至給逐步的沖淡了羞澀和忘卻了這種做法是對萬喜良的背叛，自己是那麼心甘情願的願意奉獻出自己，願意完全的敞開自己的心懷，並且深深的渴望項思龍給予自己關愛，自己的心思在與項思龍接觸時有著一份少女般的情懷，這種種感覺都是以前與任何男人都沒有的。

孟姜女在思量了又思量的凝重抉擇中，得出了自己是真正喜歡上項思龍的結論。說起來她與項思龍相識還不到一整天的時間，但是當她剛見得項思龍時心中就起了漣漪，甚至萌生出想把女兒孟無痕嫁給項思龍的念頭，其實這種古怪念頭的誕生，也就預示著項思龍打破了她平靜如水十多年的心，在那刻起，項思龍就佔據了她心靈的一角了。

像項思龍這等有著超古代人二千多年的思想和智慧的人，再加上他那英俊高大魁梧的身材以及那身世所罕見的絕世武功，更主要的是他那顆正義而又博大的心，確實是不能不讓這古代的這些優秀美女動心，尤其是像孟姜女和苗疆三娘本就有一顆超越這時代思想的心的女性，項思龍就更俱誘惑力。

自己是確確實實的喜歡上了項思龍！這已是無需置疑的事情了，但是痕兒是否能接受項思龍呢？亦或她見了項思龍也喜歡上了她，自己不就陷入了如苗疆三娘差不多的困境了？

唯一不同的就是苗疆三娘和她女兒石青青，是石青青先認識項思龍並且喜歡上了他，苗疆三娘是後認識項思龍而喜歡上了他；自己和女兒孟無痕呢，如陷入這種困境，則是自己先認識項思龍並且喜歡上了他，女兒無痕後認識項思龍而喜歡上了他。

自己的擔心說來是有些荒誕，可是這種局面卻又大有可能發生。女兒無痕的心性自己是知道的，雖是對自己畢恭畢敬，從不敢以下犯上，但由於自己自幼對她嬌寵慣了，以致養成了她心高氣傲的個性，一般的優秀青年她是看不上眼的，像項思龍這等英武非凡的青年才是她心目中的真正白馬王子。知女莫老母，自己的這種預感絕對不會錯，以無痕的任性，只要她喜歡上了項思龍，那可真就是天塌下來也不可能讓她改變主意了。

唉，自己該怎麼辦呢？現在與項思龍還沒有做出什麼越軌的事情，懸崖勒馬還來得及，如此到時就不會陷入苗疆三娘的這種困境了！

但是……叫自己放棄項思龍卻又是一件多麼殘酷的事情啊！自己好不容易才尋找到了真正的愛情，但是卻又要被自己狠下心來無情的放棄，這……自己能夠接受這種痛苦的打擊麼？

愛情是自私的啊！自己為什麼狠不下心腸來與女兒爭奪被愛的權利呢？難道母愛比愛情更要重要嗎？

孟姜女被自己猜測的這種擔憂給陷入了痛苦的境地之中，也是無精打采的低垂著嬌首。

項思龍回頭不經意的見著了身後二女的痛苦神色，知道她們的內心都在做非常劇烈的鬥爭，如自己一般甚是難以做出決定，陷入自我設置的陷阱之中。

唉，現代裡有一本小說中說得很好——城內的人想逃出來，城外的人想衝進出，這對於愛情也罷，職業也罷，人生中的命運大都如此！

自己和苗疆三娘、孟姜女不正是陷入了一個自我設置的圍城之中嗎？

正如此心下慨然沉重的想著時，通道已是走到了盡頭，落入眼前的正是「日月天帝」告誡自己的那三條「生死岔道」。

項思龍的心神倏地一斂，進入了面對現實的冷靜心境之中，轉身回首望了苗疆三娘和孟姜女一眼，率先打破了沉默許久的沉寂道：「咱們又遇上障礙了，大家集中一點精神！」

說到這裡，頓了頓又神色凝重的道：「我們面前的三條岔道很有可能是生道亦或全是死道。但不管其中有什麼玄虛，我們既然來了，就得闖！這生死岔道是考驗一個人對生對死的觀念的難題，只有拋開對生或死的一切概念，集中所有的精神力量去探測其中的奧秘，才能得知哪一條是生路，哪一條是死路。

「我們三人現在就要拋開一切的凡塵瑣事，進入對生和死的禪悟境界中去，一人一條岔道。我去『死』，孟……女俠就走『生』，中間那條無字道就由夫人負責！」

說罷，坐地盤膝而坐，正欲閉目進入冥思中時，忽地又想起了「日月天帝」對自己最後一次通話中的告誡，覺得其中暗藏著對這「生死岔道」破解之法的暗示，當下也脫口道：「記住，陰陽五行，相生相剋，生即死，死即生，空即虛無！」

這次話剛說完就倏地閉上了雙目，凝功進入冥思之中，再也沒有開口說話。

因為項思龍怕觸動二女的心思，讓得她們大哭大鬧起來，那就不但二女無法安下心來，就是自己也會被她們搞得心煩意亂，所以索性對她們來個不理不睬，只說完三人遇到的困難和吩咐給二女任務後，自己一時冷落了她們，但終會冷靜下來面對現實。苗疆三娘和孟姜女可都不是一介弱質女子，她們都俱有一身高絕驚世的超強武功，心性的剛強堅毅可都是非一般人所能比擬，對事情的嚴竣輕重自還可分辨得出吧！

苗疆三娘和孟姜女乍聞項思龍說話，心神都是一震，從沉思中驚醒了過來，舉目見著眼前的「生死岔道」，也都又是心下一驚，心神頓斂，再聞得項思龍嚴肅凝重的對「生死岔道」所作的推測，更是集中起了精神，再也不敢胡思亂想，但對項思龍說話時對自己二人態度的冷漠卻是心下有些甚是不舒服，不過卻又因聞得被這「生死岔道」要進行對生和死之道的禪悟，心下頓是大感刺激，沖淡了心中不舒服之感。

對生和死的禪悟，這是多麼新鮮和刺激的事情！苗疆三娘和孟姜女因得這刺激的興奮感覺，倒也真忘懷了項思龍的冷漠，都依項思龍之狀，坐地盤膝，眼觀鼻，鼻觀心的進入了冥思之中。洞中的氣氛頓時又進入了一種沉寂之中，瀰漫著一股凝重的氣息。

項思龍凝功冥思之後，只覺靈台一片空明，精神進入了一種從所未有的極佳巔峰之中漫遊著，他的思維可以隨意把每一件事物給搬上眼屏，進行細緻入微的觀察。

思維在功力的催發下緩緩飄出了腦海，有若一個沒有實體的虛無精靈般在空中飄蕩著，向「生死岔道」中的「死」道飄去。

眼前中的清明突地變得雜亂起來，思維精靈進入「死」道剛不久，就只見「死」道中突地紅光大作，到處都是一對對赤身裸體的男男女女在交合著，但轉瞬那些交合的男女忽又化作了一堆堆的鮮血和骷髏，接著只見一個特別巨大的骷髏在吮吸著那些鮮血，同時咧著白森森的牙齒衝著項思龍的思維精靈獰笑著道：「這裡是歡樂堂！歡迎你進我歡樂堂來！在這裡你可以享受到人世間最快樂的溫柔之鄉！我的門徒，請先把你的靈魂交給我吧！」

這巨大的骷髏說著時，突地伸出它那雙白森森的手向項思龍的思維精靈抓來。

項思龍心神大震，知道思維所見到的全是一些虛像，但西方魔教中人能創造出此等怪道來，也確是對五行陣法精通非常了。這些虛像雖然不會傷到肉身，但卻可傷害人的精神，這比面對一個武功不弱的高手更是危險得多。

項思龍曾經有過破解此類陣法的經驗，那是在收服天絕地滅時，就破解這可產生幻象的「無魔陣」，破解之法即是「遇魔除魔，遇佛斬佛」。

想到這裡，頓即用意念把功力輸入思維精靈中去，思維精靈在骷髏怪手抓向自己時，驀地射出幾道勁氣向骷髏擊去。

「轟轟」幾聲爆炸之聲響起，項思龍的思維感應輸入他腦海中的是一片煙霧四起的景象，煙霧漸漸消散過去後，項思龍的思維感應讓他感覺如置身在一個四周都是湧動的毒蛇的地穴裡，那些毒蛇一隻隻都有手臂般粗，張著一張張吐著長信的血盆大口，對著項思龍嘯叫著，似在等待命令才敢向項思龍發動攻擊。

突地一陣竹哨聲響起，這些本是興奮的毒蛇頓即如狼似虎般的向項思龍飛撲過來，有十多隻纏住了他的四腳和虎腰，還有十多隻緊纏住了項思龍的頸脖和頭部。

項思龍只覺呼吸愈來愈是急促，正嚇得亡魂大冒的欲提功攻擊時，突地一個貌若天仙的少女騎著一隻巨蟒蛇飛了過來，她的手上拿著一個竹哨，正對著項思龍微微笑著。

項思龍被少女的微笑看得一愣，精神一懈功力頓退，那少女身下的巨蟒蛇趁機張嘴向項思龍思維精靈撲來。

項思龍的神智在蟒蛇逼來時頓即清醒過來，想起自己收服的兩隻金線蛇乃是萬毒之王，當即打開革囊讓金線蛇飛了出來。

就要逼近項思龍的巨蟒乍見金線蛇，嚇得身形頓忙暴退，在空中一陣翻轉，連那似牠主人的少女也不顧了，少女從蛇背上跌下，驚駭的嬌呼起來，身形急劇往下跌，竟似不懂武功。

項思龍心神略一遲疑之下，身形頓即縱身向那少女下跌的身形接去，不想在剛要接住那少女時，被金線蛇嚇得六神無主的巨蟒蛇在空中亂竄之下，巨大的尾部剛好在這刻掃中那少女嬌軀，少女軀體暴飛而出，卻倏地又是白煙一起，那少女竟又突地變成了自己先前所見的「日月天帝」的虛像，只見他微笑著對自己道：「小子不但心性堅定、勇敢善良，還福緣深厚，剛若不是蟒蛇那一記尾掃，你如接住了所見的那美少女的話，那你就會沒命了，要知道你所選的這『生死岔道』的『死』道設置的乃是叫作『樂極生悲』的虛像，先前是色關，即純粹的色慾；後面也是色關，但已外加了誠實的外衣。我一直都在一旁注視著你的一舉一動，剛才那少女乃是先前那骷髏的化身，它本已對你動了殺機，我為了救你，所以把元神注入它的體內，想控制住它的心神，使它不對你造成傷害，但豈知此乃虛像，我的元神並起不了多大的作用，正暗為你擔心時，不想卻無意使然，讓你順順利利的破了這『樂極生悲』的死道。小子，看來你我確是有緣。好了，收回你的思緒吧！快些領你的兩個大美人進我的練功室來！」

項思龍的思維精靈聞言心下不勝唏噓，正欲開口問其他的兩條「生死岔道」是什麼關卡時，不想「日月天帝」的元神突又消去不見，只剩下一片滿是沙石的洞道落入眼底，洞道中還有些完好的石雕骷髏和蛇像，想來是佈置什麼「樂極生悲」陣法時所用的一些器物吧。

項思龍的思維精靈長長的歎了一口氣，在項思龍實體思維的收斂下，思維精靈緩緩的飄回了項思龍的頭腦之中。

項思龍徐徐睜開了雙目，眼前的虛像已是全去，苗疆三娘和孟姜女還都閉目冥思著，顯得還沒有破關回神，只不知二人思維闖的是什麼關，但願不要出什麼事情才好！

項思龍怔怔的看著二女寶相嚴肅的面容，只覺她們這刻的形象甚是令自己心動不已，但卻不帶著絲毫色慾的意念。

這種感覺才是真正醉人的感情流露吧！自己到底是不是真正的喜歡上了她們二人呢？

唉，真是孽緣！誰叫自己遇上了石青青呢？若是沒有她，也就不會出現苗疆三娘，若是不出現苗疆三娘，也就不會打擾孟姜女的清修！

當然，如此說來也不是怪石青青，只是怨恨這老天真太不是個東西了，為何讓石青青和苗疆三娘是母女關係呢？要不自己可真把她們一股腦的全娶來做老婆算了！免得讓雙方心裡都老大的不舒服。

項思龍心下正如此發著脾氣時，苗疆三娘突地長長的「噓」了一聲，似是醒了過來。

項思龍聞聲頓即往苗疆三娘望去，卻見她臉上顯出一副心有餘悸的感傷之色，顯是闖「生死岔道」時見著了什麼觸動她心事的恐怖事情，但卻又好像是經歷過了一般有些不以為意。

項思龍甚想與苗疆三娘打招呼，詢問一下她闖的是什麼關，身心有沒有受到什麼傷害，但卻突見孟姜女的臉色似有些蒼白，額上也冒出冷汗來，心下大震，知她遇著了危險，當下再也不敢出聲打攪，只是為自己眼睜睜的知道她遇險卻愛莫能助而心焦如焚。

孟姜女到底是遇到了什麼困難呢？憑她的音波功也抗抵不了敵手嗎？那這「生」道關之險可真是可想而知了！生即死，死即生！難道「生」道裡才是真正的「死」道嗎？

這……怎麼辦呢？自己一定得想個辦法讓她脫困！陰陽五行，相生相剋！生即死，死即生！空即虛無！日月天帝這幾句話到底暗藏著什麼玄機呢？

「生」道即「死」道？「死」道即「生」道？「空」道即「無」道？這……似乎解釋不通！

自己所選的是「死」道，但其中確是有要自己死的虛像，相生相剋？「死」克「生」？「生」生「死」！

難道「生」道與「死」道之間有著什麼關邊？自己從「死」道獲生，則「生」道之闖關者必死？

這……不行！自己也得進入「生」道中救出孟姜女的思維！

項思龍愈想愈急，此時苗疆三娘也剛好睜開雙目來，目光與項思龍對視，臉上頓即露出喜色，剛想出言相呼，項思龍凝功成音對她道：「夫人，我們此時不宜出聲，孟女俠似是碰上什麼危險了，我想進入『生』道中去助她一臂之力，你為我們兩個護法吧！」

苗疆三娘微微一愕後，連連搖頭的頓忙傳音道：「不！我也要進『生』道去！」

項思龍見孟姜女的嬌軀似也有些顫抖起來，再也顧不得跟苗疆三娘抬扛，忽急道；「隨便你了！你可得小心防護住自己心脈！」

言罷，又閉目進入冥思之中，把思維給輸入「生」道中去，不想思維剛一看見孟姜女的虛像，二人目光一接，突地周圍所有的虛像都給消散了開去，滿入眼底的又是一條洞道而已。

洞道內四處都是碎石，顯是裡面作過慘烈的打鬥，孟姜女衣衫破裂多處，一臉的發狠之色。

項思龍心神一震下，思維頓然給自動收了回來，急忙睜開雙目往孟姜女望去，卻見她也正睜了雙目向自己望來，二人錯愕一陣後，孟姜女率先脫口問道：「你怎麼會去了『生』道？我不是在跟十大邪神決鬥嗎？怎麼突地又給回來了？」

項思龍被孟女這話問得恍然大悟，日月大帝對自己所說的那「陰陽五行，相生相剋」的話不正是說自己由「死」道出來，就可克制「生」道的幻象嗎？難怪自己一進入「生」道，幻象就自動消去，原來卻是這麼一回事！

項思龍暗暗慶幸自己及時進入「生」道，要不孟姜女可不知會遭遇什麼不測了！

她口中說什麼正在「生」道裡與十大邪神決鬥，想來以她的功力之高，鬥了十大邪神這麼久，那十大邪神定是凶猛至極吧！西方魔教中的能人可真不少，創想出的陣法竟是如此厲害！連當年威震江湖的孟姜女也闖不過一個什麼「十大邪神」的陣法！這可真是教人心寒，如讓西方魔教勢力在中原立足，那天下可真是要瀕臨災難的深淵了！

自己做了這西方魔教的什麼教主後，一定得把魔教在中原所有的勢力調回他國去，對於那些頑固之徒就採取——殺無赦的手段！這可也不能怪自己心狠手辣了，為了維護歷史，為了拯救自己的國家，就不得不採取一些非常手段！

政治本身就是殘酷的！在這個強權當道的時代裡，要想成就一番霸業，就得狠下心腸以殺止殺以武制武！誰的拳頭硬就可稱霸武林，稱霸天下，主宰一切！

想到這裡，項思龍又想起自己和父親項少龍之間的處境，雙方之間不也是為了爭權爭勢而鬧得處於僵態嗎？

若是父親在這古代裡平平靜靜的生活，自己二人一定會相處得很好！

唉，造化弄人！天意在冥冥之中註定了自己和父親項少龍之間的矛盾是不可調和的！

自己不會放棄維護歷史的重任，父親不會放棄想轟轟烈烈的創造歷史的偉大壯舉，這兩者是相互對立的，自己父子二人已是註定了敵對的命運！

但是最後的結局到底是喜是悲呢？自己現在也不知道，也不想知道。

劉邦和項羽之間的正面衝突現在還沒有真正開始，自己和父親之間的交手也就還沒有正面接觸！但是這日子已經是不遠了啊！現在是十月了，再過得一年，劉邦和項羽相約於鴻門歡宴，那時就是劉邦和項羽正面交鋒的導火線被點燃，自己和父親項少龍呢，也就不知道會是怎樣的一種相見局面了！

但願永遠也不相見好！父子相殘，這是何等殘酷的現實！雖是知道這種局面的不可避免，卻又無法相協調和，這種心理上的痛苦折磨也並不低於相見交手時的痛苦吧！

項思龍長長的歎了一口氣，與父親項少龍吳中一別至今不覺已是快一年了，時間過得可是真快！一年？再過一個一年，就是痛苦時刻的真正來臨了！

也不知劉邦現在的境況怎麼樣了？

歷史上記載他在未與項羽發生正面交鋒時，其勢發展還是一帆風順的，也沒有吃過多少敗仗，想來現在處境還不錯吧！

有十八鬼魅使者等一眾高手在劉邦身邊保護他，一般的殺手也暗算不了他，自己倒也無須擔心太多。也不知傅寬、雍齒他們與劉邦會合沒有？酈食其、灌嬰二人不知把劉秀雲、王菲送到劉邦身邊沒有？

唉，自己現在是多想回劉邦身邊去看看啊！看看劉邦現在成就！總不會是像剛剛舉行沛縣豐沛起義的那般窩囊了吧？

劉邦身邊的每一個大將基本上都是自己為他物色的，張良、蕭信，都是在自己的影響之下才效忠劉邦的！

可以換一句話說，劉邦今天的成就，都是在自己的幫助之下才有的！回去看看自己一手造就的劉邦，那將也是一件多麼開心的事啊！

可是……自己現在有著太多的事情要做！拜訪范增，收復地冥鬼府，還有更重要的阻止西方魔教的陰謀……

這些事情都是迫在眉睫，自己無法分身……

項思龍正心神凌亂的想著時，孟姜女見項思龍對自己的話置若未聞，還以為他出了什麼事情，嚇得跳了起來衝到項思龍身前，抬手摸了摸他的額頭，又把纖手在他眼前晃了晃道：「思龍！思龍！你沒事吧！可不要嚇我啊！」

項思龍心神凌亂之下，伸手突地一把抓住了孟姜女的纖手，把她一把拉往懷中，大親了兩口後，邪笑道：「我想要你想得神經失常了呢！」

孟姜女聽得俏臉一紅，卻對項思龍的怪異言行大生驚懼，以為項思龍真神經失常了。

懷中痛哭起來。

「天啊！這可怎麼辦？都是我害了你！」孟姜女說著嬌吟一聲，撲進項思龍

項思龍想不到孟姜女對自己的話信以為真，又是憐愛又是好笑的捉弄道：

「怎麼辦？當然是只要你與我共赴巫山一場，我的病就會好了！」

苗疆三娘本也被孟姜女的話給說得嚇了一大跳，心神緊張的細看了項思龍一陣後，知道他並沒有什麼「神經失常」，當下也附和著項思龍笑道：「不錯！思龍不是說過了嗎？他是想要孟姐姐想得神經失常了！要治思龍的病啊！就是只要孟姐姐與他即刻歡好一場就行了！」

孟姜女這刻也知道了項思龍是在捉弄自己，心下又是甜蜜又是好氣的大嗔道：「你們說什麼嘛？看我還理不理你們！」

項思龍見了孟姜女的嗔態，心神倏地一蕩，卻又有些訝然，看孟姜女這刻的嬌羞神態，倒真似回復到了少女般的心性呢！比起先前的放蕩之態可是正經多了！

但這種少女羞澀之態出現在孟姜女這等成熟的女性身上卻是更增風姿，自己倒是較喜歡她現在的這種神態。

但不知她為何突地斂了先前的態度變得這般拘束呢？

難道是這「生死岔道」讓得她的心性發生改頭換面似的轉變了?這……太不可思議了吧!

項思龍心下怪怪的想著時，只聽得苗疆三娘「呀」的一聲詫叫起來道:「孟姐姐這是怎麼的了呢?難道不喜歡我那般說嗎?其實我早就看出來你也是深深的喜歡上了思龍了，像我們這般的過來婦人，怎麼還像個未出閣的少女一般羞羞答答的?是不是想用這種方法勾引思龍啊?」

項思龍聽苗疆三娘還是老一副大膽放蕩的德性不改，微微皺了皺眉頭道:「我們不要說這些無聊話題吧!對了，把你們的思維進入生死道中的情形說來聽聽!」

苗疆三娘聽得出項思龍話意中對自己有責備的意味，嚇得垂下頭去，再也不敢吭聲。

孟姜女聽到苗疆三娘最後一句什麼「勾引項思龍」時，已是俏臉紅得像個熟透的紅蘋果，嬌首埋在項思龍的懷裡不敢抬起來。

項思龍見二女皆不吭聲，只好率先說出了在「死」道中的諸般遭遇，當說到「日月天帝」時，孟姜女終於抬起頭來，駭異的問道:「一個人的元神可以存活一千多年?這……你是不是在對我們說什麼神話故事啊?」

項思龍臉色一正的苦笑著道：「我說的可是沒有半句假話，『日月天帝』的元神正在這『生死岔道』對面的練功室中等著我們呢！待會你們就可見到他了！就可知道我沒有騙你們了！」

苗疆三娘也是一臉驚駭之中又有些羞澀的道：「那也就是說這洞穴裡還有一個幽靈般的人存在著了，幸好我們沒有……要不，可就難堪死了！你說什麼？這『日月天帝』乃是西方魔教的創始者？這……太不可思議了！」

項思龍淡然笑道：「還不止呢！『日月天帝』要收我作為他的繼承人，要把一身功力都輸給我，還讓我做西方魔教的第二任教主！」

苗疆三娘聽得驚駭道：「這可太好了！思龍做了西方魔教的教主，那飛天銀狐花赤媚就是你的屬下了！我要思龍判他死罪，把這傢伙殺了！他糟踏了我們五毒門的不少門人！有一次差點連青青也被他……」

項思龍聽苗疆三娘一開口就是報仇之類的話，心下有些反感，截口道：「這些私人恩怨以後再說。對了，孟夫人你在『生』道裡遇到了什麼十大邪神，是怎麼回事啊？」

苗疆三娘再次被訓，心下覺著有些委屈，卻也再不敢說什麼話來了，只嘟著嘴退站一旁。

孟姜女見項思龍對自己改了稱呼，不再「前輩！前輩！」的叫來叫去了，又見項思龍主動詢問自己的情況，心下一甜，感覺二人的距離拉近了許多，心下突突跳著，整理了一下情緒後道：「我的思緒進入『生』道之後，開始一路是暢行無阻，可正當我精神鬆懈疏忽時，突地冒出了十個自稱是西方魔教教主座下十大『焚天邪神』的漢子，他們個個武功卓超，起先我的音波功還可讓他們近不了身，但到後來，由於我功力損耗太巨，所以被他們迫得險象環生，正在我就要落敗時，你突地出現了，所有的虛像頓即消失，我也就脫險了。對了，思龍，那到底是怎麼回事呢？怎麼你一進『生』道，幻象就消失了？」

項思龍沒有回答孟姜女的問話，只是關切的反問道：「你現在感覺身體怎麼樣？有沒有事啊？」

孟姜女甜甜一笑的搖了搖頭道：「沒有什麼大礙，只是有些虛脫！」頓了頓又道：「你還沒有回答我的問話呢！到底是怎麼回事？」

項思龍微笑著把自己從「日月天帝」的告誡中領悟出來的道理跟孟姜女說了一遍後，慨歎道：「西方魔教看來真是我中原的一大威脅！趕除西方魔教的任務已是急不可待！我們還是先進得『日月天帝』的練功室去吧！」

苗疆三娘見項思龍對孟姜女如此親切，不禁醋火中燒，卻又不敢發作出來，本以為項思龍問完孟姜女的話後，就會轉回自己，心下還盤算著怎樣向項思龍發嬌呢，不想項思龍卻對她理也不理，不由氣得大叫起來的泣聲道：「項思龍！你還沒有問我到底遇到了什麼呢！」

項思龍本是故意冷落苗疆三娘，免得受她糾纏不休的，不想苗疆三娘卻忍不住向自己挑釁起來，不由得頭大如斗卻又心中冒火。

第七章　迷幻陣圖

項思龍被苗疆三娘激得心中冒火，當下冷冷的道：「我幹嘛非要問你遇到什麼事了？反正你好端端的，我又不是沒看見！」

苗疆三娘被項思龍這話氣得一愣，半晌只望著項思龍，沒有說話，嬌軀劇烈的顫抖著。

項思龍見了心下雖是憐愛，卻也一時拉不下面子去安慰苗疆三娘，只別過頭去不敢與她對視，臉色有些羞窘，但卻是繃緊著的沉默無語。

孟姜女實在是看不下去苗疆三娘被項思龍氣得欲哭無淚的傷心憐人之態了，邊走到苗疆三娘身邊，伸手輕摟住她的酥肩，口中邊責罵項思龍道：「苗疆妹子也只是希望多獲得你的些許憐愛罷了嘛！想不到你這傢伙卻這麼吝嗇，這麼不懂憐香惜玉，不但未對人家好言相慰，反冷熱嘲諷！可也真是個呆木頭！」

孟姜女這話剛說完，苗疆三娘心中的委屈，頓然如山洪洩堤般的爆發出來，一把緊摟住孟姜女，把嬌首緊伏進她的臂窩裡，嬌軀劇烈的抽搐著，竟是放聲大哭起來。

項思龍被苗疆三娘的哭吵得心煩意亂，眉頭緊鎖著，甚想對著她大發一通脾氣，但心下卻也知自己剛才的那兩句話語氣是太重了。

說來苗疆三娘方才也只是想重溫一下少女般的情懷，向自己撒撒嬌嘛，自己何必如此沒有氣量的對她發什麼火呢？更何況像苗疆三娘這等曾是叱吒風雲的女魔頭，現在對自己如此逆來順受的服從，已經是破天荒的事情了！

苗疆三娘在自己面前，也算是夠溫馴的了，她甘願對自己屈尊，還不是如孟姜女所說般的，是為了多獲得自己的一些關愛，誰知自己卻如此般的不懂風情，不懂憐香惜玉！

也難怪苗疆三娘委屈得放聲大哭了，要是放在以前，有誰敢用自己這等語氣對她說話，那這人定嫌活得不耐煩，想找死了！

唉，還記得在現代看過一本雜誌，裡面有一篇文章論述什麼「女人靠哄」的來著，自己還是說些好話來哄哄苗疆三娘吧！且試試看管不管用嘛！要不，苗疆三娘如此般的僵鬧下去，可就要更礙時間了！

想來現在天都快亮了嗎？這大半天沒有與石像外的姥姥上官蓮、義父天絕、義兄韓信他們聯絡，他們定都對自己擔心死了！

還是儘快哄好苗疆三娘，儘快解決「日月天帝」對自己的輸功授武，快快出了這神女石像吧！

如此想來，項思龍邊收拾著心情，邊走到孟姜女和苗疆三娘身邊，臉上強擠出一絲可憐巴巴的笑意，聲音乾澀而嘶啞的對伏在孟姜女懷中臉若梨花帶雨的苗疆三娘柔聲道：「夫人，請你就不要哭了吧！剛才算是我說錯話了，我現在向你賠理認錯可以了吧！出了這神女石像後，你想怎樣懲罰我就怎樣懲罰我好了！」

說到這裡，頓了頓接著又道：「唉，我這一輩子啊，最怕的就是看見女人哭了！有句俗話說『女人一哭，男人心輸』，夫人，求求你行行好，你就笑一笑吧，再哭，我的心可都要碎了！」

苗疆三娘本已是對項思龍愛極，甚是怕自己做錯了什麼事，說錯了什麼話，惹得項思龍生氣，所以在項思龍面前一直都表現得非常乖巧和溫馴。這刻放聲大哭起來，是因為實在是再也忍不住心中的壓抑委屈了，項思龍對孟姜女偏愛不說，還如此的冷落嘲諷自己，這實在讓苗疆三娘非常傷心。

聞得項思龍向自己柔聲軟語的賠理認錯，苗疆三娘心下怨氣頓時消去了一大半，但嘴上卻還是帶著泣音的氣呼呼嗔道：「你這沒心肝的，我沒有得罪你什麼，對你也可說是儘量忍著性子百依百順了，可誰知你……卻是得寸進尺，竟然對我那般的冷嘲熱諷！我……我不想活了！自己喜歡的男人卻一點也不喜歡自己，我活著還有什麼意思呢？還是讓我去死吧！我活在這個世上已經是如一軀沒有靈魂的活屍體了，這樣的活著還不如死了的好！反正我一生作惡多端，死了也是罪有應得！」

項思龍見苗疆三娘竟然像一個無賴般的向自己撒賴，不由得頭皮一陣陣的發麻，心中怒火又起，語氣再度變冷道：「我最討厭的就是女人放潑了！我警告你，你如再這般的哭吵著要死要活的，那我真是會一輩子都不理你了！」

項思龍的話果也有震懾威力，苗疆三娘聽了項思龍這話，頓即再也不敢放聲的大吵大鬧了，只狠命的用上齒緊咬著下唇，拚命的忍住更想放聲大哭的衝動，臉上的淚珠兒卻是如雨線般不能自控的落下，那楚楚動人的模樣，讓任何一個有同情心的人見了都會心痛。

項思龍卻是漸漸摸索出了一套對付苗疆三娘這等女人的辦法，那就是軟硬兼施。只有軟中帶硬，硬中含軟，硬軟並進才可俘住她這等女人的芳心。現刻用強硬態度的語氣唬住了苗疆三娘，就必須一直唬到底，等得時機成熟了再用好聲軟語來哄哄她，如此就可駕馭她了！

對於這些泡妞的方法，項思龍都是從一本雜誌上看來的，想不到在這古代裡，把從中學來的東西竟可以派上用場，且看效果也挺不錯的！

嘿，這些思想可都是比這古代先進了二千多年的泡妞經驗精華，自是可以在這古代情場裡縱意馳騁，快意江湖，戰無不勝了！

項思龍如此怪怪的想著時，臉上還是陰沉沉的道：「作為一個婦道人家，就必須遵守『三從四德』知道嗎？這個『三從』呢，就是『未嫁從父，出嫁從夫，夫死從子』；『四德』呢即『婦德』、『婦言』、『婦容』、『婦功』，也就是說你們婦道人家要有良好的思想品德，要講究言辭禮貌，要講究儀表著裝，還要粗通女工，如針線活、做飯、洗衣之類的。唉，這裡面的包容含義，我一下子也跟你說不清，以後再細細跟你講吧！

「不過，總的來說，這『三從四德』的中心思想呢，也就是說作為一個女人啊，就必須像個女人的樣子，溫婉守矩些，不要總是囉囉嗦嗦哭哭啼啼的，那像個什麼樣子嘛？還有男人家做事情，你們女人就不要去煩擾他了。如此才是一個好婦人，男人才會喜歡你。聽懂我話中的意思嗎？」

項思龍說這番話時，卻是做夢也想不到，劉邦得天下建立了漢皇朝後，就詔告天下女人必須遵守婦道，真正提出了「三從四德」等縛束女人自由的封建思想禮教，如女人必須坐守閨房，足不出戶等封建禮數，使得中國女人受這封建思想的抑制長達三千多年。而導至這一思想的誕生原因，卻是由於項思龍後來把這種思想對劉邦的灌輸。

想來現代裡的女性若是知道她們的權益之所以一直受到封建禮數的限制，是因為項思龍這受過現代開放思想教育的人所引起的，一定都會對項思龍深惡痛的破口大罵吧！

當然，這些都是後話和猜測。

卻說苗疆三娘和孟姜女二人聽了項思龍所講的一大通什麼「三從四德」的理論後，都是一臉的怔愕之色，後者語氣有些疑惑和氣憤的道：「你這些什麼『三從四德』的思想是從哪裡看來的？我怎麼以前就從沒聽說過這套思想呢？是不是你這傢伙自編出來制約老婆的？

「想來你的妻妾一大堆，你自是需要想出些規法來管治那麼多老婆了！不過，你的這些什麼『三從四德』的思想，我可不會遵守！如依你所說的那樣，我們女人不就成了男人的擺設了嗎？根本就沒有一點的人格自由可言，我可不要做這樣的女人！」

項思龍「噢！」了一聲，故意作弄的笑道：「是嗎？若是當今皇上頒令天下，要天下女人皆都遵守這『三人四德』的禮教呢？你敢違抗皇命嗎？」

孟姜女「嗤」笑了一聲，哂道：「什麼皇命不皇命的？現今的秦王朝已是搖搖欲墜，自身難保了，誰還聽那秦二世胡亥的什麼個臭皮蛋詔令？」

說到這裡，頓了頓，突地又嬌笑道：「除非是你項思龍做了皇帝，頒佈這霸道的詔令，那我或許還可考慮考慮遵守。否則，隨便說出的這套思想，想要我遵從，可就全都免談！並且，我不但不遵從，還要從中加以破壞作梗。我會聯合起一些有膽有識有聲有勇的婦女起來，成立一個『婦女聯合社』，反抗這霸道的思想！」

項思龍「哇咋」的大呼一聲，豎起左手大拇指道：「才夠膽識！但解救天下萬民的疾苦，不更是現今的燃眉之急嗎？不知夫人願不願隨在下重出江湖，去天下間再次一顯身手呢？像你這等人才，埋沒在這深山裡，實在是太可惜了！憑你的才識武功，絕對可以做一個真正的巾幗英雄！」

孟姜女以為項思龍邀自己與他一起重出江湖，是在向自己求愛，羞得嬌面通紅的低聲道：「我……我……可是……已經發過誓言，此生不再重入江湖了，怎麼可以……自破誓言呢？這……我……不行的啦！」

項思龍見孟姜女一臉羞態，說話吞吞吐吐，知她心中矛盾之極，一方面對自己愈陷愈迷，一方面卻又拘束於誓言困擾之中。

沉吟了一番後，項思龍突地愁眉一展，哂笑道：「要解決這個問題嘛，實在是簡單得很！你現在不是叫作孟姜女嗎？哦，對了，還有你原名叫作孟心如對不對？只要這樣就行了，你現在頭髮全都變白了，容貌定也大變，江湖中甚少有人能識得你是誰。只要你改掉現在的名字，不叫孟姜女亦或孟心如，重新取個名字，不就可以破違誓言再入江湖了嗎？

「因為只要你改掉了原先的名字，就不是原來的你重入江湖了，而是改了名字的你新入江湖了。想來以你現在的模樣，江湖上應是沒有幾個能識得你就是當年名震江湖的孟姜女了。」

說到這裡，又搖頭晃腦的接著道：「嗯，改個什麼名字好聽呢？看你一頭銀髮，外號就叫作白髮魔女吧！至於名字呢，姓自是不變，但叫什麼名字呢？馨香若蘭，這可以說是你給我的印象，那你以後就叫孟馨蘭吧！從今以後新入江湖的你就叫白髮魔女孟馨蘭了！我這主意怎麼樣？就等你一句話了！」

苗疆三娘聽完項思龍所講的一大通「三從四德」的理論後，見項思龍一直都不理睬自己，還以為他真生了自己的氣，嚇得早就忘去了哭泣，只怔怔的聽著項思龍和孟姜女二人的對話。

聽到項思龍給孟姜女改名字後，訕訕的笑著接口道：「我看思龍這主意不錯！孟姐姐就依了他的話吧！你在這神女石像裡一待至今已是快有二十來年了，難道就不覺得日子沉悶乏味嗎？外面的世界是非常多彩多姿的，姐姐現在也是應該出去看看走走的了！何況還有思龍相伴呢，你也不會感覺寂寞的！」

項思龍聽得苗疆三娘幫自己說話，語氣也穩重了許多，覺著還算是比較中聽，知道是安慰她的火候到了，不能再說什麼刺激她的話了，當下對苗疆三娘微微一笑的讚賞道：「苗疆夫人這話說得甚是正確！過了這種與世無爭的靜修生活二十來年，歲月已是奪去了你的青春年華，對生命的這最後幾十年，是應該享受一下生命，創造一些生命的意義了！」

孟姜女又以為項思龍這話是對自己窮追不捨的示愛，只羞得面紅耳赤的暗暗道：「我……思龍你說怎麼著就怎麼著吧！我聽你的話就是了！」

說到最後一句，已是音若蚊蚋，嬌首深垂了。

苗疆三娘見項思龍對自己附和著他的意思所說的話，讓得他「龍顏大悅」，不但未責怪自己，反還對自己施以微笑和大加讚賞及肯定自己所說的話，還以為項思龍是因自己在幫他說話泡孟姜女而對自己改以顏色，心下雖是又甜又酸，嘴上卻還是獻殷勤的拍掌道：「好哇！孟姐姐已是笑應思龍重出……不，是新出江湖了！以後我在江湖中行走就又多了一個好姐姐相伴了！哦，更重要的是拯救天下萬民的疾苦，自此又多了一個有膽有識武功高強的女俠了！不過，這次是叫作白髮魔女的孟馨蘭，不是叫作孔雀令主的孟姜女！」

項思龍聽了孟姜女答應自己重出江湖，也是心中大喜，不過卻也同時湧起一股煩惱。

他力邀孟姜女重出江湖，甚至不惜用孟姜女對自己大有情意這點對她進行誘騙，為的還不是想增強一份抗抵西方魔教將來入侵中原的力量？

但如此一來，如讓孟姜女對自己的情意愈來愈深，陷入不可自拔的境地中了的話，那可就真不知怎麼辦是好了！但願不會如此！

唉，也只有走一步算一步了！為了維護歷史的不被改變，為了完成自己的歷史使命，有時候是不得不狠下心腸來採取一些非常手段的了！要知道，自己是一個軍人，軍人就必須擔負起維護國家統一和平的無責！無論付出什麼代價，都必須堅定信心，不達目的誓不甘休！

到時要是鬧得不可開交，自己就索性娶了孟姜女得了唄！管他什麼倫理道德什麼的呢！在現代裡不是也有四五十歲，有兒有女的老婦人嫁給二十幾歲青年小夥子的現象嗎？只要自己行得正坐得穩，也不必理會他人的什麼閑言閑言了！再說，作為軍人，為達目的，不擇手段，這才是自己應持有的心態！

項思龍自我安慰的思量著，收斂了一下心神，笑道：「夫人這話是不是說什麼都聽我的啊？好，我叫夫人嫁給我作老婆，你也不會拒絕了？」

孟姜女想不到項思龍竟然也說出如此赤裸裸的話來，心如鹿撞的低聲道：「你剛才不是說過『出嫁從夫』嗎？我若不是把你當作我的夫君了，又怎麼會說願聽你的話且盡由你作主呢？」

項思龍聽得有些頭大如斗，卻又心中大樂，暗忖道：「哈！自己對女人的魅力還挺不錯的呢！只不知是自己的外表形象吸引著她們？還是自己泡女人的手段特別高明？連孟姜女和苗疆三娘這等女強人和女魔頭都對自己服服貼貼的！倒不知若是娶了這等女人到底是禍還是福？」

怪怪想著，項思龍口中卻是突地一陣哈哈大笑，轉過話題道：「好了，兩位夫人，我們還是準備去『日月天帝』的練功室吧！看看那裡到底有什麼古怪，竟然有這麼多的關卡！」

說到這裡，頓了頓，望了苗疆三娘一眼，臉色一正道：「哦，對了，還沒請問苗疆夫人，方才你在『空』道裡到底遇上些什麼境況了呢？」

苗疆三娘這刻情緒已平靜下來，淡笑道：「也沒什麼，只是又經歷了一場如同身入地獄般的感覺罷了！但可惜也應幸我先前身有七步毒蠍母蠱，瀕臨死亡時已是有過這種感受了，所以過那什麼『魔鬼幻象』一關時甚是輕鬆呢！」

孟姜女見苗疆三娘心懷大暢，當下也打趣起她來報復道：「你方才不是還賴死賴活的責怪思龍不關心你不疼愛你的麼？怎麼現在思龍說你想怎麼罰懲他就怎麼罰懲，卻顯得不大熱心了？是不是心疼捨不得啊？」

苗疆三娘俏臉一紅的啐道：「誰賴死賴活了嘛？我……思龍還有著要事去辦，怎麼可以因兒女私情而打攪他呢？我們還是辦正經事去吧！」

孟姜女失笑道：「苗疆妹子倒是非常聽思龍的話呢！這麼快就把他的什麼『三從四德』的思想給吸收了！以後定是個乖巧的好妻子！」

項思龍見二女話題又要說到讓自己頭大如斗的事情上來了，忙喝止道：「好了，我們不要再閒扯浪費時間了！快進洞去吧！」

話音剛落，已是展開身形向「生死岔道」的「死」道掠去。

苗疆三娘本還想還擊孟姜女幾句，見項思龍身形已動，當下只得壓下已是咽到喉嚨裡的話，與孟姜女手拉著手緊跟在項思龍身後。

洞道足有一人多高，顯得也甚是寬敞，但拐彎較多，三人行進起來身法始終無法施展暢快，只得放慢速度，緩緩行進。

洞道內沒有燈火，幸得孟姜女身上攜有三顆夜明珠，使得三人還可借著珠光看清洞內境況。

洞道的四壁都是紅色的，是有若鮮血般的赤紅，洞道裡面也顯得甚是乾燥，並且溫度也是不冷不熱，非常適合人體的承受力。但是讓項思龍、苗疆三娘和孟姜女三人均感詫異的卻是——這洞道的兩壁，似是一邊釋發著陰寒的冷氣，一邊釋發灼熱的暖流，這一冷一熱兩股氣流會合於洞道空間時，就變成冷熱適中的氣流了。

項思龍率先訝異的開口道：「這洞道怎麼這麼奇怪？似是有一冷一熱兩股本屬本相融的氣流在湧動，但卻又讓人感覺不到一絲的冷和熱，難道這種現象就是『日月天帝』口中聽說的這神女峰地底蘊藏有什麼天地陰陽之氣交合的現象？」

孟姜女聽了咋舌道：「若真如此，那這大自然的異能可真是巧奪天工了！『日月天帝』能選中這塊靈地作為他的練功之所，上人的才智可也真算得上是學究天人，無所不通了！這等罕世奇才英年早逝，也不知是上天的福份，還是這世上的遺憾？」

項思龍接口感慨的長歎道：「世上的萬事萬物均蘊藏著無空無盡的奧秘，一個人一生若是能發現這世上的一種奧秘，那也就可受用無窮了！」

項思龍這話剛剛說完，「日月天帝」的聲音突地又在耳邊響起道：「小子，你已經通過了我的一切測試了！現在只要你們走到這『陰陽洞』的盡頭，就會見到一座石壁，石壁上面雕刻有一個巨大的八卦陣圖案，在這八卦陣圖中，你要去細心的找著其中隱藏著的『Z』字形圖案，把這圖案先按順時針施轉八圈，再按逆時針施轉八圈，洞壁就會自動開啟，裡面也就是我的練功密室了。

「不過，我可也先提醒一聲，石壁上的八卦陣圖上任何一點都控制這山洞中機關的按鈕，你如稍不小心按錯了地方，就會觸發洞內的機關，甚至有使整個山洞毀滅的危險，所以你開啟石壁的『Z』字形按鈕時務必謹慎小心了！」

項思龍正想發話詢問「日月天帝」是怎麼跟自己通話的疑惑時，「日月天帝」的聲音卻又轉告沉寂，當下只得按捺下滿肚子的疑問，不過心中卻有些毛毛燥燥的，甚是有些不舒服。

他奶奶個熊，自己到底是來這鳥洞裡闖關來著的，還是來接受「日月天帝」傳功授武的？「日月天帝」開始說只要自己三人闖過了什麼「陰陽八卦反陣法」就可以見到他了，可接著又來了個什麼「生死岔道」。現在呢，又有個「八卦陣圖」，到底這是不是最後一關？

若不是為了能多瞭解一些有關西方魔教的事情，自己可真懶得闖這一道又一道的關呢！

唉，還是強行的耐住性子，再闖他媽的一關吧！或是還有什麼狗屁關要闖，自己可是要大發牢騷了！

項思龍如此想來，壓下心中煩燥，對二女道：「我們走快點吧！前面還有一道關要闖呢！」

苗疆三娘聞言失聲道：「什麼，還要闖關？這『日月天帝』到底在玩什麼花樣？」

孟姜女也皺眉道：「是不是最後一道關了？要是如此接連不斷的闖關下去，我們三人說不定會把命也丟在這見鬼的地洞了！」

項思龍苦笑道：「想來是最後一道關卡了吧！『日月天帝』是如此告訴我的！不過，到底如何，我卻是也不知曉。據『日月天帝』所說，前面一道關可說非常凶險，也可說非常簡單輕鬆。是在這『陰陽洞』的盡頭有一石壁，石壁上有一巨型的八卦陣圖，只要從中找出開啟石壁機關的『Z』字形按鈕就可進入『日月天帝』的練功秘室了。但如按錯了，則就會發動洞道裡的機關，我們三人就會有送命在這洞道裡的危險！」

苗疆三娘恨恨道：「這『日月天帝』會不會是在捉弄我們？既然要輸功力給思龍，卻又如此的百般刁難我們。簡直是想要了我們的命嘛！」

說完這氣恨的話後，臉上卻又顯出一絲傷感的喜色道：「不過，要是我們三人全都給困死在這洞道裡，我卻也不會後悔。能與思龍死在一起，也是我一生中最開心的事情了！」

孟姜女搖頭凝重道：「此刻不是說這等喪氣話的時候，要知道思龍如出了什麼差錯，那麼整個天下都會有陷入萬劫不復之境的危險！」

說到這裡，沉吟了一番後，接著又道：「想來『日月天帝』是不會捉弄我們的吧！以他那等來無影去無蹤，跟思龍談話，但卻又讓我們察覺不到他行蹤分毫的神出鬼沒武功，和他絕世少見的才智，如想要取我們三人的性命，簡直是易如反掌！我看他或許只是想測試一下思龍的資質罷了！」

苗疆三娘氣嘟嘟的道：「以我們二人的眼光選中的對象資質還會差嗎？自是上上乘了！更何況我們已闖過兩道關了，測試也測試夠了嘛！」

項思龍不想把時間浪費在這等沒有結果的爭論中了，當下沉聲道：「就算這是最後一道關了！若是還有什麼關要闖，我們掉頭就走！」

苗疆三娘和孟姜女二人自是點頭稱「好」，也知項思龍話中有叫自己二人不要再爭論什麼了的言外之意，當下也都沉默下來，緊跟在項思龍身後默默前行著。

三人行進了不多時，洞道就已走到盡頭，果然進入三人眼前的是一個容積增大了許多的天然石洞，這石洞足有五米多高，面積也有三四十平方米之竟，石洞正面一塊平整的石壁上雕刻有一個足有十四五平方米見丈的巨大八卦石雕圖形，八卦石雕的圖案刻畫得非常精緻，並且上面刻寫有許多密密麻麻的三人皆都看不懂的文字，使得整個八卦石雕圖形顯得甚是繁雜，要想從中找出一個什麼特殊的「Z」字形來，可也確實是讓人頭大如斗，困難非常。

項思龍看得頭皮發麻，心中暗暗大呼：「我的媽呀！」

卻又不得不教自己靜下心來，目光一瞬不瞬的盯著八卦石雕圖案，不想看察揣摸了老半天，不但未看出一點點的端倪來，反突覺得頭腦有些昏昏沉沉的，並且這種感覺愈來愈深，神智似被什麼神奇的魔力給蠱惑住似的，漸漸的不知自己在看些什麼在想些什麼，眼前的八卦石雕圖案變得模糊不清起來，如水波似的蕩漾著，全身所有的神經知覺在這水波的蕩漾中顯得輕飄飄的，有如沒了軀體的靈魂在一種透明的液體空間中四處漂蕩，突地這蕩漾的水波又似變成了一個巨大的漩渦，把自己的靈魂向漩渦中心捲去。

「錚！」的一聲寶劍龍吟之聲突的響起，項思龍已是漸趨模糊的心神聞聲猛地一震，神智頓然清醒過來，暗暗驚呼「好險！」時，全身已是冒出了一身冷汗。

緩緩的睜開雙目，第一眼瞧見的就是自己腰間的鬼王劍已是不知什麼時候彈鞘而出了大半，並且劍身釋發出一道紅光，把項思龍給包裹其中。

項思龍心生憐愛的把鬼王劍輕輕推入劍鞘，同時亦也為鬼王劍的通靈，知主人遇險而自動出鞘示警而感到驚訝不止。

看來在現代的一些書本看到有關通靈寶劍可以驅邪避魔自動報警的文言記述卻也真不假呢！自己這鬼王劍不正是這樣一把通靈的寶劍嗎？倒真不知此類寶劍是怎麼鑄造成的？古代裡的有些東西確是非現代科技所能解釋的，自己來到這古秦時也算是大開眼界了！

項思龍斂神如此怪怪的想著時，也頓知自己方才的失神定與眼前這八卦石雕圖案有關，其中定蘊藏有什麼古怪玄奧之處，可以迷惑人的神智，使人進入失去自我控制的狀態，最終會導致什麼後果，自己卻也是估摸不出。

心神一緊之下，轉目往苗疆三娘和孟姜女二人望去，卻見二女也是神情恍惚，臉上一副呆滯之樣，怔怔愣愣的望著石壁上那八卦石雕圖，像是完全失去了自己的思想。

項思龍見狀心中大駭，頓忙施展「獅子吼」的功夫，「嘿！啊！」的大喝一陣。

二女聞聲嬌軀晃了晃，面上的肌內抽搐了幾下。突地二女「嘩！嘩！」不分先後的同時噴出兩口鮮血來。項思龍又忙運功對二女一陣推拿，才使她們緩緩清醒了過來。

孟姜女率先睜開了秀目，聲音脆弱的問一臉凝重擔憂之色的項思龍道：「思龍，到底是怎麼回事？方才我感覺自己如進入了一個巨大而又讓我有壓抑感的空間裡，這空間沒有一絲一毫的聲音，周圍全是一片透明之色，但這些透明色似在吞噬我的軀體和靈魂般，讓我感覺非常恐懼想大聲叫喊，喉嚨裡卻發不出一絲的聲音，並且我也覺不著一絲痛苦，只是如自己的肉身麻木了般，靈魂也不受自己思想控制了。

「直到剛才突地聽到你的大喊聲，才使得我神智一震，人也頓然清醒過來，但我的心神卻也突地遭到了什麼神奇魔力的重重一擊，使得我喉嚨一熱……這……到底發生什麼……事了？」

項思龍聽孟姜女說話很有理智，知二女只是受了些內傷，倒沒有精神失常，暗暗慶倖自己相救及時，否則二女愈陷愈深，精神完全被八卦石雕圖案所控制，可真不知會是一種什麼樣的局面了！臉色稍稍一緩，但卻似心有餘悸的自語道：「厲害！連孟夫人和苗疆夫人這等功力深厚的絕頂高手，也抵抗不了八卦石雕圖案的神奇魔力！看來這鬼陣圖倒也甚是不簡單！自己絕不可再次粗心大意的小看了它！」

喃喃自語一陣後，目光又轉落在此時均已清醒過來的二女身上道：「你們沒什麼大礙吧？剛才可真差點疏忽之下著了這八卦陣圖的道了呢！從現在起你們運功進入靜坐中去，要使腦海中呈現一片空澈透明，把這八卦陣圖中的任何東西都給去掉。否則你們可能會走火入魔的！」

說到這裡，頓了頓又道：「至於這八卦陣圖中蘊藏的機關按鈕，就由我一個人去尋找好了！」

項思龍說出的這番話倒也確給他說中了這八卦陣圖的厲害和破綻之處，它內中的複雜圖像和文字配合以八卦陣法雕繪出來，就組成了一個「八卦迷幻圖」，這「八卦迷幻圖」雖不是什麼攻擊性的陣法，但它卻可以讓人看久了就神智失常，甚至會走火入魔，並且只要你看過這「八卦迷幻圖」，內中的圖案就會如驅不散的魔鬼般死纏在你的腦海中，並可以繼續發揮出它的威力，迷惑人的神智，除非這「八卦迷幻圖」的本圖被毀掉，有人破解了其中的奧秘再向你說出其中的破解之法，才可以使人的神智恢復正常。

但要破解這「八卦迷幻圖」卻也並非一件易事，既需要破解者有著超強的定力，又需要破解者有著高絕的功力，二者缺一不可，並且破解者需把自身的定力和功力融合起來，使之相輔相承，尚可有機會破解去「八卦迷幻圖」。

當然，破解「八卦迷幻圖」的細節之處，項思龍還不能完全推測出，但他在現代時也甚是喜歡看一些古裝武俠影視和小說，對於此類「迷幻圖」的破解之法，那些影視和小說中也不乏解釋，所以略有印象，想不到現刻卻也能給派上用場。看來知識一道確是廣博無邊，多通曉一些學問，將來或許終會有用武之地的。

卻說苗疆三娘和孟姜女聽得項思龍對眼前這「八卦迷幻圖」凶險之處的解釋，二女已是臉色微變，聞得項思龍說要一個人獨闖「迷幻圖」時，苗疆三娘頓即連連搖頭的強提起精神，大聲道：「不行！我們又沒有受什麼重傷，還是可以幫你忙的！俗話說『團結就是力量』，我們三人合力闖這八卦陣圖，總比你一個獨闖破關的可能性大得多啊！我們三人還是商議一下怎樣合作的方法吧！我是非要加入闖關行列的！這樣生命才有新鮮和刺激感嘛！遇難而退，可不是我苗疆三娘的個性！我是愈難的事情就愈……」

苗疆三娘的話還未說完，項思龍就已皺眉截口道：「你就給我少說兩句行不行？我說了我一人闖關就一人闖關，你們二人都不要給我再爭個什麼的了！要不，我就強行點了你們的睡穴，讓你們二人睡他個十個八個時辰的！」

苗疆三娘被項思龍斥責，再也不敢說什麼，只把求助的目光投向了孟姜女。

孟姜女也知項思龍堅持要一人獨力闖關，是為了自己和苗疆三娘好，如自己二人加入，說不定不但幫不了什麼忙，反累得項思龍為自己二人擔心，那就成了幫倒忙了。但聞項思龍非要如此做來，卻也不禁為項思龍緊張起來，然而她理智終比苗疆三娘堅定些，已稍稍恢復了些血色的俏臉上露出一絲苦笑道：「苗疆妹子，我們就依了思龍的話吧！他決定了的事情，想來我們也勸阻不了！他不是說過要我們遵守什麼『三從四德』的麼？他們大男人做事，我們這些婦道人家還是少插手些為好吧！免得礙手礙腳的！」

苗疆三娘本想孟姜女幫自己勸阻項思龍幾句，不想她卻說出如此一番洩氣的話來，先是微微一怔，接著便是一臉的失望之色，心下卻也默認了孟姜女的話，以項思龍的個性，自己二人即使說什麼也還是勸阻不了他的決定的。

項思龍見二女都沒有什麼異議了，當下微微一笑道：「你們放心吧！我即使在闖關時遇到了什麼危險，『日月天帝』也會來搭救我的！要知道他的元神也只有幾天的生命了，我可是他唯一的希望，他不會眼睜睜的看著我遭險的！」

孟姜女卻是突地流下淚來，幽怨而無限深情的道：「項郎啊，我和苗疆妹子下半生的一切希望和幸福都寄託在你的身上了，你如果出了什麼意外，我……我和苗疆妹子也定都不會獨活！」

項思龍聽得心下一震，卻也倏地湧生起一股豪氣干雲的鬥志來，仰天一陣哈哈哂笑道：「放心吧兩位娘子！這世上還沒有什麼事情可以困住我項思龍！我一定會安然暢順的破闖過關的，到時你們二人每人賞我一個熱吻就可以了！」

苗疆三娘強展歡顏的嬌笑道：「一個熱吻怎麼夠？至少是十個……不，索性就讓你這壞傢伙把我們親吻個夠親吻個飽得了！」

項思龍呷笑道：「苗疆夫人這話是不是鼓勵我到時可以把你們二人任意施為啊？」

苗疆三娘俏臉微微一紅道：「我是不會拒絕你的了，至於孟姐姐……我就不知道了！」

孟姜女本是一臉嬌羞，聞得苗疆三娘這話，突地咬了咬下唇，低聲道：

「我……我都把思龍當作未來的夫君了，他……他想把我怎樣就怎樣好了！我……也不會拒絕的！」

項思龍聞得二女都願對自己以身相許以作慰勞，心生感激和漣漪之餘卻也有些躊躇滿懷。

唉，暫且不要管那些心煩之事了！李白的「將進酒」中不是寫過「人生得意順盡歡，莫使金樽空對月」麼？自己現在就索性放開心懷與二女盡情嬉笑打罵吧！這也是人生的一種風月情場的享受呢！倒是不可錯過的了！

項思龍本就繼承了其父項少龍和其母周香媚的風流個性，只是作為一名軍人，把他的這些個性給用理念抑制住罷了！

心下如此想來，頓即什麼都覺坦然許多，走到二女身前，一手摟住一人的酥肩，各親了一口後，才裝作餘香未了的長歎一口氣讚道：「兩位娘子均是如此香豔欲滴，當真是把為夫給陶醉了，那我就吻你們一番討個賞再說吧！就是死後也變成個風流鬼，也不枉在這世上來一遭了！俗話不是說『牡丹花下死，做鬼也風流』麼？能做個風流鬼，確也不錯的呢！」

苗疆三娘和孟姜女想不到項思龍一開放起來，竟也是如此無拘無束，放蕩不羈，且稱呼自己二人為什麼「娘子」，又以「夫君」自居，只把二女的芳心都給喜翻了底兒，以為項思龍已決定接納自己二人了。

二女當下情不能自控的扭動著水蛇般的腰肢，主動的向項思龍送上熱吻。

洞道內一時溫度高漲，春色瀰漫。

項思龍只覺自己在二女的糾纏下速迅的起了生理反應，甚想把二女翻倒在地來他一場翻雲倒雨，但心中的理智卻也告誡他先要以闖關為重。當下猛吸一口氣，倏地推開二女，仰天一陣長嘯道：「兩位娘子，看我的！你們的夫君一定可以闖過這他奶奶的個破爛八卦陣圖的！你們等著我的恩寵吧！」

第八章　破關入室

項思龍話音甫落，「日月天帝」的聲音突地又傳來道：「小子，好樣的！但憑你這份豪氣干雲的勇氣，要破這『八卦迷幻圖』已是有了六成把握了！再加上你的卓絕武功和才智，想來你也定可順利破解這『八卦迷幻圖』吧！

「我在練功室內靜候你的到來，祝你好運了小子！哦，對了，你還要關顧著你的兩個大美人呢！不要讓她們失望了！她們可都對你芳心默許，等待著你對她們的恩寵呢！美人之恩可辜負不得啊！」

「日月天帝」說到最後幾句，語氣帶著點猥戲之味。

項思龍聽聞了，驀地哈哈大笑的回音道：「老小子，你說得不錯，這破爛『八卦迷幻圖』想攔住我項思龍？門都沒有！我的兩個大美人一定可以如願以償的得到我的恩寵的！」

「日月天帝」這次倒沒有馬上消失聲音，聽得項思龍這話，也回音笑道：「小子，你放心吧！到時你進得了我的練功密室，接受我的輸功時，想不恩寵你的兩個大美人還不行呢！這也就是你的福緣當真非常深厚之處了！

「要知道我的『陰陽五行神功』如沒有陰陽相調之氣就無法進行轉輸，方才你和那潑辣嬌嬈的婆娘，在神女石像洞府內進行了一場淋漓酣暢的巫山雲雨之交，剛好適應我的『陰陽五行神功』的傳輸狀態，所以老夫瞧準時機輸給了你六成功力。

「現在要轉輸給你剩餘的六成功力，自也得需要這兩個大美人的幫助。我的『陰陽五行神功』共分為一十二重功力，輸給你的六重功力乃是前面的六重，後面的六重功力才是我『陰陽五行神功』的精髓所在。

「要接受後面六重功力的轉輸，接受者不但需要自身有著高深的內功根基，且需要極強的陰陽相調之氣作輔，你的兩個大美人都是四十左右的絕妙佳齡，正值女人慾望最強之期，想來她們可以滿足你所需的陰陽相調之氣吧！」

說到這裡，頓了頓又道：「我之所以讓你帶著她們闖關，其目的也就在於此了！其實說來，我們真是似有著冥冥無意註定的緣份，天意註定小子你要接傳老夫的衣缽！哈哈，老夫能得你這小子作傳人，也算不負老夫的千里等待了！」

項思龍聽得眉頭連皺，心中大呼：「媽的個辣皮子媽媽！老子剛剛大幹了一場，搞得筋皮力盡的！待會還要老子連御二女，你當老子是鐵打金剛，練有金槍不倒神功啊！說什麼要接受你的『陰陽五行神功』就必須陰陽交合之氣作輔，是不是你這老小子一千多年沒有與女人親熱，心理上發生了變態，想老子表演好戲給你看啊？哼，老子才不信你那一套！待會偏不與二女交合，看能不能承受你後面六重的『陰陽五行神功』！」

項思龍心下怪怪的大呼著，目光落到孟姜女和苗疆三娘身上時，心下不經意的蕩起一陣漣漪。

二女都早對自己芳心默許，自己若想與她們行巫山雲雨之歡，想來她們也都不會拒絕。

只是歡娛之後，接踵而來的事情卻定會教自己頭大如斗。自己倒是得慎重一些了，一個苗疆三娘已是夠自己麻煩的了，若再多一個孟姜女，那自己倒是真……

心念電轉的想來，項思龍口中也頓忙回聲道：「老小子，我問你一件事情，這『八卦迷幻圖』是不是最後一道關了？你不要把我們當猴耍了！闖了這道關後，如還有其他的什麼鳥關，老子掉頭就走，不再做你的衣缽傳人了！」

「日月天帝」聞言慌聲道：「小小子，老夫以人格擔保，你闖過了這『八卦迷幻圖』後，就可以進入老夫的練功密室，再也沒有什麼關卡了！你可千萬不要走，要不老夫可真要死不瞑目了！你不會不滿足老夫臨死前的這個請求吧？」

項思龍故意沉吟了一陣後緩緩道：「既然如此，我就發發慈善心腸，勉為其難的作了你的衣缽傳人吧！不過，我可先把醜話說在前頭，我甚是看不慣你們西方魔教想侵犯我中原的野心，若是你們魔教中人賊性不改，可別怪我翻臉不讓人，我定會對他們大開殺戒的！」

「日月天帝」沉默了片刻，苦笑道：「我早就推算到我們西方魔教的剋星會是我的傳人！好吧！我不管你與我們西方魔教將來是敵是友，都決定收了你這傳人，讓你作我們西方魔教的第二任教主。

「但我也有個請求，就是希望你將來對付我們西方魔教時，不看僧面看佛面，還請賣我這作師父的面子，不要對我們西方魔教的人趕盡殺絕，得饒人處且饒人，要知道他們當中也不乏心地正直善良之人，只是近墨者黑，受了後天的環境才入我魔教的！」

說到這裡，才長長的歎了一口氣，不勝感慨的接著又道：「想當年我創建西方魔教時是何等的煞費苦心，可不想今天卻要毀在自己唯一的傳人手上！唉，一切都是天意，我當年建教時殺戮太重太多，今日卻要遭到報應了！」

項思龍想不到「日月天帝」竟然能如此虛懷若谷，自己明言要毀去他一手創建的西方魔教，可他竟然能坦然接受，並且仍堅持要傳功授武給自己，這一份廣博的心胸確是非常人所能及的了。

心下油然一股敬意的恭聲道：「在下會謹記前輩的囑託，決不會濫殺無辜的！說來在下如入了前輩門牆，西方魔教就是我的同門了呢！在下一定會以德服眾，以理教眾，讓他們當中的一些教徒改過從善，讓西方魔教成為交流中西方文化的橋樑，成為一個讓中原中人所接受的教派，一定會不辜負前輩所托的！」

「日月天帝」聽得項思龍說什麼要把西方魔教改造為一個讓中原人所接受的促進中西文化交流的教派，先是微微一愣，接著是仰天一陣哈哈大笑的連聲讚「好」道：「我果然沒有選錯門人！能得小子你作為我的傳人，確是老天賜給老夫此生最大的安慰，也是我西方魔教的福緣了！」

說罷，聲音漸漸遠去的又道：「小子，『八卦迷幻圖』中最為難破的不是那八卦陣圖，而是內中的那些梵文，這些文字你不能用一般的思維去思索它。記住：魔由心生，空即無，無即空，空無虛成影，影成象，象成形，形即空無！」

項思龍的耳際迴繞著「日月天帝」的話音，口中喃喃自語的念記著他最後的幾句口訣，知道其中又必有玄奧，說不定會對破解「八卦迷幻圖」有著什麼用處，心中對「日月天帝」不勝感激。

其實說來自己闖過的前面兩道關都多多少少得到了「日月天帝」的些許暗示，想來他要自己闖關真的是想考較自己的才智和能力，自己倒是不可太過大意的丟臉了！

這裡面可有著兩重意思的比試，一是自己作為中原人士的代表和西方國家的代表作比試，二是自己作為現代人的代表與這古代人作比試，所以自己無論如何也不能敗下陣來畏縮不前！

想到這裡，項思龍收斂心神，拍了拍孟姜女和苗疆三娘的酥肩道：「好了，我馬上就要開始闖關了，你們先閉目凝功進入靜思中去吧！」

二女見項思龍一臉的嚴肅之色，也都再也不敢執拗，只都向項思龍投去兩束無限情意的關切目光，均依言盤膝坐下。

項思龍待二女坐定後，猛吸一口氣，把「道魔神功」給提升到十二層功力的至高境界，又輸以十二層功力的「北冥神功」，使整個人的精神都高度集中起來，同時把「天魔神功」、「天煞神功」和「冰魄神功」提升進入後備的警戒狀態之中。

目光倏地如兩束鐳射般的向石壁上那巨大的「八卦迷幻陣圖」射去，不想那八卦陣圖竟也欲之生出一股異光來，把項思龍目光凝聚的功力給堵住，使他的氣機感應不到一丁點「八卦迷幻圖」的內中情況，反使得他的目光有一種受抑制的壓迫感覺。

項思龍所使出的功力不但如泥牛入海，而且使得他的心神猛地一震，不由自主的收回了目光所凝注的功力，「八卦迷幻圖」上的異光也隨之劍去，但是陣圖上的石塊位置變動尤其明顯。

這細微的變化落入項思龍的眼中，使得他的心神倏地一動，「日月天帝」告誡他注意陣圖中梵文的話頓然在耳際響起。

不能用一般的思維去破解八卦陣圖中的梵文，這到底是什麼意思呢？難道陣圖中的那些梵文就是發動這「八卦迷幻陣圖」的玄機所在？但是這與思維方式又有什麼聯繫呢？

魔由心生，空既無，無即空，空無虛成影，影成象，象成形，形即空無！

這幾句口訣到底又有何指明？

魔由心生！空無虛成影！

這……到底作何解釋？

難道……自己所見到的那些梵文都是虛像，是由於心魔所導致的？

這……如真是這樣，那設計這「八卦迷幻圖」的人才智太不可思議了！

但……這怎麼可能呢？

自己第一眼就實實在在的看到了陣圖中的梵文，不會第一眼所見到的景象也是由於心魔所引起的吧？

這「八卦迷幻圖」還厲害不到這種程度，可以一入人眼就讓人心魔頓生吧！

但是……這幾句口訣與陣圖中的梵文在自己心目中的感應是有著什麼聯繫的，那這二者之間到底有著怎樣的聯繫呢？

項思龍只覺愈想愈是頭痛，眼前竟突地閃現盡是八卦陣圖中的那些梵文，並且這些梵文如一隻隻活動著的閃亮蟲子般在自己眼前活蹦亂跳著，且愈跳愈快，眼前不多久閃現的盡是一片跳動著的點點光亮，自己的影像竟然也突地出現在這光亮閃閃的境界之中。

正當項思龍就要墜入這魔幻之境中時，項思龍體內的七步毒蠍突的「咕咕」的叫了起來，一股外來的強大內力突地湧入體內，使得他神智倏地一震，人頓然清醒過來。

知道是自己體內的七步毒蠍毒蠱發覺自己陷入險境，頓然發動「人蠱心魔大法」，把八大護毒素女的功力給輸送入了自己丹田之中，險險救了自己一命。

項思龍虎容一沉，咬了咬牙暗咒了聲道：「老子就不信這個邪！憑我項思龍這一身絕世功力和比這古代人多二千多年文明進程的才智，竟破不了這什麼『八卦迷幻圖』！」

心下如此發狠的想來，卻也有一份安然的感覺湧上心頭，七步毒蠍母蠱竟然幫助自己，看來牠已是適應了自己體內的生活環境，認了自己作新主人了，自己倒也不必為之擔心了！

想著這些時，又想到自己現刻的險境定也通過七步毒蠍母蠱感應到了八大護毒素女身上，那麼姥姥上官蓮、義父天絕、義兄韓信，還有自己的一幫妻妾他們也定都可以從八女身上看出自己遇險了，想來他們現刻定都為自己非常擔心吧！唉，自己怎麼這般沒用，連這什麼破「八卦迷幻圖」弄了這半天也破不了呢？

項思龍心下如此毛毛燥燥的想著時，「八卦迷幻圖」中的梵文影像又頓然跳現眼前，這一發現令得項思龍先是大驚，接著似又給他領悟出了什麼似的，臉上露出狂喜的神色來。

魔由心生！空無虛成影！空即無，無即空！……形即空無！

這……裡面所蘊含的意思難道是說要破解這「八卦迷幻陣圖」就必須破除自身的心魔，而要破除自身的心魔又必須靜心養性，進入無思維的冥想中去，也即讓自己的心成空成無，才可擺脫「八卦迷幻圖」所產生的幻影虛像？

這種念頭剛在項思龍心頭閃過，「八卦迷幻圖」突地又有了異動，只聽得「嗡嗡」「軋軋」的陣陣怪響，「八卦迷幻圖」在項思龍清流如水的目光中，竟然自動的轉動起來，並且轉動的軌跡一覽無餘的盡數落在項思龍眼中，猶使項思龍驚喜的是陣圖中的梵文再也不閃爍跳動，反是隨著自己的心境所願，似在漸漸組合成一個「Z」字形。

這一發現讓項思龍欣喜若狂，頓忙催發體內的萬年寒冰真氣，讓自己進入無思無為的空冥狀態之中，渾然忘卻世上的一切事物，眼前的「八卦迷幻圖」以及內中的梵文成了一片透明的空白，目光似可穿透陣圖石壁。

「日月天帝」的影像竟然突地出現在眼前，卻見他臉上掛著一抹慈祥的笑意，邊向自己輕輕招手邊道：「小子，快進來吧！『八卦迷幻圖』又已被你窺破其中奧秘了！」

「嗤！嗤！」幾聲光束破空之聲驀地響起，項思龍眼前的空白透明的「八卦迷幻圖」突地又顯現眼前，但這次所見到的是陣圖中一個赫赫閃閃釋放著金光的斗大「Z」字形躍然眼中。

項思龍心下狂喜，驀地睜開眼睛來往石壁上的「八卦迷幻陣圖」望去，卻果然第一眼見者的就是陣圖中由梵文組成的巨大「Z」字形，並且組成這「Z」字形的梵文全都褪去了先前的石壁色，顯出一片閃閃爍爍的金光來，原來這些梵文竟然全都是由黃金鑄成的，所以特別醒目。

項思龍心神大寬的一陣哈哈大笑，想起孟姜女和苗疆三娘二人，她們頭腦中的八卦迷幻圖還沒有破解掉，當下飛身掠到她們身後，伸手出指在她們身上一陣指點。

拍醒二女後，微笑著對呆愣莫名的二女道：「『八卦迷幻圖』的奧秘已被我破解了，你們現在再看一看石壁上的『八卦迷幻陣圖』，以破解去你們腦海中的迷幻圖吧！」

孟姜女和苗疆三娘聽了卻是一點反應也沒有，臉上仍舊是一片呆滯之色，雙目失神之態。

項思龍看得心中亡魂大冒，知二女定是心神受了「八卦迷幻圖」的迷惑，失去控制了，驚駭得出指在二女全身大穴上一陣連點，又把雙掌分抵二女背心的中樞穴上，把體內的萬年寒冰真氣源源不絕的輸入她們體內，同時施展「移魂傳意大法」把「八卦迷幻圖」的破解之法輸送入二女腦內。

這樣忙活了大半天，孟姜女才「嚶嚀」的脆弱呻吟一聲，緩緩睜開了雙目，正待扭動嬌軀活動一下時，項思龍低喝了聲道：「不要動！繼續閉目運功配合我輸送的內力調息一下內傷！」

孟姜女聞言頓然心神一斂，想起自己在項思龍闖關前自己閉目靜思不久後，神智頓告迷失，知自己定是受了腦中先前所遺留下「八卦迷幻圖」的迷惑，幸得項思龍相救及時，才得以脫離險境，心下一甜的也依項思龍之言凝神閉目運功。

項思龍見自己還算相救及時，一番努力也算沒有白費，大是鬆了一口氣後，抵住孟姜女背後的右掌內力也頓然一轉，變成一股溫和的陽剛之氣，緩緩向她體內輸傳過去。

不多久孟姜女本顯蒼白的臉上顯出一片紅潤之色來，氣息也漸趨調勻，顯是已康復過來。

項思龍感覺孟姜女已完全好轉過來，當下鬆開了抵在她背後「中樞穴」上的右掌，「呼」的一下又抵在了苗疆三娘背後穴道上。

苗疆三娘的內力因比孟姜女弱了一籌，所以抵抗「八卦迷幻圖」迷惑的意志也就薄弱了些，心神的迷失程度比孟姜女嚴重了許多，雖重項思龍的內力之助和

「移魂傳意大法」對腦海中「八卦迷幻圖」的確解之法的傳送，但還是一時未能喚醒她來。現下項思龍少了孟姜女這層負擔，可以集中全力救治苗疆三娘了，於是苗疆三娘面上的神情也就加速的起了變化。

半個來時辰過去後，苗疆三娘終於「嘩」的一聲吐出一口鮮血，人也脆弱的清醒了過來，但臉色卻是煞白，嬌軀也搖搖欲倒，顯是身心甚是疲憊，整個人顯得憔悴之極。

項思龍額上此時已冒出汗珠來，心下本是焦慮忐忑之極，見苗疆三娘終於醒轉，懸掛的心才終於舒緩下來。把功力轉為陽剛溫和之氣後，項思龍舒了口氣對苗疆三娘沉聲道：「配合我輸送的功力繼續調息運功！」

苗疆三娘也沒有言語，只把秀目無力的眨了眨，依言閉目進入調息狀態。

又過得盞茶工夫，項思龍感覺苗疆三娘已基本復元過來，而自己也確實是疲憊之極了，於是緩緩撤去了雙掌，自行吞納調息一會後，精神振作了些許，睜開虎目來時，卻正好見著孟姜女怔怔望著自己的深情目光，心中升起一股溫暖的感覺，展顏一笑道：「夫人現在感覺怎麼樣？沒什麼大礙了吧？方才可真嚇壞我了！」

孟姜女眼圈倏地一紅，聲音哽咽著道：「我現在沒事了！項郎，你呢？是不是有些虛弱？」

說著從腰間革囊裡掏出一個玉瓶，接著又道：「我這裡有四顆『百靈丹』，乃是我師父孔雀公主的遺物，這『百靈丹』彙集百味世所罕見的藥物合煉而成，也算得上是提神養氣的靈藥吧！

「據我師父遺記中說此丹有起死回生之效，且可增長功力，我曾服了二顆，痕兒服了十二顆，現在就只剩下這四顆了。你現在耗輸真元過多，快服兩顆調息一下吧！效果還挺不錯的！」

項思龍接過玉瓶，拔開瓶塞聞了一下，裡面一股清香撲鼻而來，知確是世所罕見的靈藥，旋又蓋好瓶塞，邊遞給孟姜女邊搖了搖頭，淡然笑道：「省耗這麼一點功力算得了什麼呢？再調息一陣就可完全恢復過來了呢！白白浪費了此等靈藥豈不可惜？還是留待日後極需用時再用吧！苗疆夫人她……」

不待項思龍的話說完，孟姜女就已接口道：「苗疆妹子剛剛睡了過去！她的氣息脈象均都平穩，已是沒什麼事了！只是身體有些虛弱！」

項思龍噓了口氣道：「總算平安無事的闖過這『八卦迷幻圖』了！待會進得『日月天帝』的練功密室時，非得向他要些大補特補的藥丸來吃吃壓壓驚！他奶奶個熊，連闖三關，把我們又驚又嚇又累，人已是一點精力也沒有了！」

說到這裡，站起身來，拍了拍身上的塵土，轉身抬頭望著「八卦迷幻圖」上閃閃發著金光的巨大梵文「Z」字形，不勝感慨的道：「讓得老子三人九死一生，煞費心血的才找著你！也不知是誰把你設計出來的？設計你的這傢伙看來不但精通我中原文化，且還懂天梵文化，對於機關玄學一道更是精通透徹！也真不知這設計者腦袋瓜是怎麼樣的？竟懂這麼多知識！」

項思龍話音剛落，「日月天帝」的聲音又突地傳來道：「小子，設計這『八卦迷幻圖』的人腦袋瓜你已是見著了！你問他為何懂得中西兩方的知識，這話卻說來話長了！」

項思龍俊臉一紅，知道設計這「八卦迷幻圖」的人原來是「日月天帝」，當下暗暗的道：「這……前輩，在下方才出言多有失禮了！還請見諒一二！」

「日月天帝」樂呵呵的笑道：「無妨無妨！我就是喜歡小子你那等無拘無束的率直性格！像這般婆婆媽媽的我卻不大欣賞了！嗯，你還是叫我老小子吧！我感覺這稱呼甚是親切呢！」

項思龍聽了這話，心下怪怪然的，嘴上卻是轉過話題道：「哦，前輩……老小子，你方才說什麼懂得中西兩方的文化知識說來話長，是怎麼回事？」

「日月天帝」聞言沉默了好一陣，似是陷入回憶中似的緩緩道：「這話要從我的出身來歷說起！」

原來「日月天帝」的父親巴浦洛夫在他們西方國家裡堪稱當世第一高手，所向無敵，直至再也沒有一人可以在他手下走出十招，這讓得巴浦洛夫甚感孤獨寂寞，於是封劍退隱江湖，過起獨來獨往的探險流浪生活來。

一年他駕駛一艘船獨自漂洋探險，也不知在海上漂流了多少時日，在一次海嘯中，他為了避難，慌不擇途的運功駕船，不想因此迷路了。自此巴浦洛夫就一直過起海上漂流生活來，他靠海魚充饑，有時見著島嶼會在島上逗留些時日，採些山果為食。如此般的海上生活漂浪了或許有三年。

一日巴浦洛夫運功施展「千里聽音」的秘功，讓他發覺在距他只有四五百海浬的地方，似有人類說話的聲音。

這一發現讓得巴浦洛夫欣喜若狂，忙運功禦船快速行駕起來，不想他這一喜，運功過度，疏忽了船身的破浪承受力，當船口行了一百來海浬時，船身驟然破裂，使得他只好借木板施展「萍水飛渡」的輕身功夫。

但偏偏禍不單行，他所處的海面突地起了陣龍捲風，捲起了風暴，使得他藉以萍渡的木板被沖失，他自身也因與風暴作鬥爭，使得元氣大費，竟昏迷過去。

待他醒過來時，卻發覺自己躺在一個陌生的少女香閨裡，這使得巴浦洛夫又驚又喜，知道自己命不該絕，被人所救，當下想起身下床去向救自己的恩人道謝，不想全身卻酸軟無力，連連提氣之下，竟也提不起一絲的功力來。

巴浦洛夫心中大急，甚想發聲叫出，不想喉嚨裡竟也吐不出一個音調來，只聞呼呼啊啊的怪叫，而說不出一句完整的話。

巴浦洛夫發覺自己的這些狀況，心中大驚，拚命的掙扎欲起，可始終是力不從心，並且由於這一掙扎觸動了身上的傷口，使得他痛得從床上滾了下來。

屋內的響聲驚動了屋外的人，巴浦洛夫剛滾下床時，只聽得一個少女的聲音傳來，說著自己聽不懂的異國話語，話音響起之際，巴浦洛夫眼角餘光卻見一個讓他心動得一見傾心的絕色少女，一臉驚慌之色的衝了進來挽扶他。

這少女也就是「日月天帝」的母親了，她乃是中原魔教「日月神教」教主狂笑天的女兒，因狂笑天與他的「日月神教」被中原正派人士所圍殲，落得出逃海外，隱居在中南海的南沙群島上。

巴浦洛夫的出現打破了狂笑天和他女兒平靜的隱居生活。

狂笑天一見巴浦洛夫就發覺他是塊練武的奇才，並且體質骨格特異，又本身具有一身足可傲視群雄的怪異武功，雄霸中原武林的野心又再復活，於是收了巴浦洛夫為關門弟子，把一身所學悉數相傳，並且將自己的遺志灌輸給巴浦洛夫。

狂笑天女兒那時正值少女懷春的妙齡，巴浦洛夫又長得一表人才，深深的打動了她的芳心，使得二人深深墜入愛河。

巴浦洛夫本在他國是一個傲慢不可一世的人物，這次願作狂笑天的徒弟，一來是他確確實實的覺得中原武學比起他們西方武學來，也確有其博大精深的玄奧之處，深深的把他迷戀住了；二來則是狂笑天貌若天仙的女兒深深的吸引他，使得他狂態盡斂。

巴浦洛夫在狂笑天的栽培之下，靜心練了五年中原武學，他本是一介武學奇才，這下把中西兩方武學結合起來融會貫通之合，武功更是突飛猛進，就連狂笑天這作師父的竟也不是他五十招之敵。

在這五年之內，他不但繼承了狂笑天的全部武學和其他的一些機關玄學之類的知識，還學會了中文，並且娶了狂笑天女兒為妻。

狂笑天見巴浦洛夫武功大成，足可稱霸中原武林，心下狂喜，認為重振旗鼓的時日到來了，於是帶領巴浦洛夫和女兒重返中原，重新招集「日月神教」的舊部，氣勢洶洶的在中原鬧了起來。

起先一路也一帆風順，江湖中的一大半幫派都屈服在了「日月神教」的武力威迫之下。

可不想好景不長，狂笑天因舊傷復發，死於心肌梗塞。巴浦洛夫繼承了狂笑天的遺志執掌「日月神教」，使教中的幾位元老級重臣不服巴浦洛夫，起了內哄自開門戶，樹起了「東方神教」的旗幟。

巴浦洛夫一怒之下，大開殺戒剷除叛徒，這一著是壓下了教眾的反叛情緒，但教中所有門徒都對其畏若寒蟬，根本就不與他溝通。

這種後果導致了後來巴浦洛夫被印度一入侵中原的「烏里木蘭教」教主巴達漢用毒所害，而無一教眾幫他，巴浦洛夫因此含很而亡。

「日月天帝」此時已出生了四年，目睹父親巴浦洛夫慘死，母親被「烏里木蘭教」教主巴達漢侮辱而自殺，而他則被他父親的一忠心門徒捨身救下得以倖免。自此「日月神教」亦或「東方神教」宣告覆滅，隨而在中原武林橫行霸道的是印度的「烏里木蘭教」教主巴達漢。

「日月天帝」被父親的忠心門徒帶至了父親的秘密練功點，苦練了十八年的武功，服食了父親早先為他以後練功所準備的「天地赤龍丹」使得功力巨增，繼承了父親巴浦洛夫當年的一身武學，自認為功成圓滿之後，於是復出江湖，以「復仇使者」的身分在中原掀起了一場血腥屠殺，徹底剷除了「烏里木蘭教」在中原的勢力，殺了巴達漢，重建了「日月神教」。

只不過因知道自己乃是西方國家的後人，於是把「日月神教」更名為「西方魔教」，並身往西方己國發展，受得己國君王之命，蓄意侵佔中原。

「日月天帝」因自小受的刺激太深，所以對中原充滿仇恨，接受了己國君王之命，負起了侵佔中原的重任，因此也受到己國君王所看重，傳他以西方文化思想的學說。

再後來，「日月天帝」因得種種奇遇，學會了梵文，練成了「陰陽五行神功」、「玄月劍法」等驚世絕學，使得他成了當時中原和西方國家裡談之色變的梟雄人物，怎奈他野心太大，對武學一道也太過於癡迷，不想最終卻落得困死在這神女石像地底的練功密室中。

說到這裡，「日月天帝」長長歎了一口氣道：「冥冥中一切自有定數，我『西方魔教』的前身本是中原的『日月神教』，所以千百年後『西方魔教』必將被瓦解，而中原的『日月神教』也必將獲得重生！」

項思龍聽完「日月天帝」的這一席話，心下唏嘘不已，同時也知道了他之所以取號為「日月天帝」，也隱隱有懷念其父親和母親的意味。

可也真想不到呢！原來「日月天帝」是個混血兒，他的身上也至少有一半流的是中原人的血！難怪他對中原也有著不可割捨的感情！

哈，「西方魔教」竟是由中原的「日月神教」演化而來的！這秘密恐怕「西方魔教」中已沒有知曉也沒人會相信了吧！

嗯，自己接手「西方魔教」教主之位後，就把它更名為「日月神教」！這名字不但好聽一些，可還是自己中原的古老教派呢！

項思龍心下如此怪怪的想著時，「日月天帝」似調整了一下情緒，溫和的笑道：「小子，你現下的心情是不是舒坦了許多？我可也不全是西方人種呢！一千多年的靜思也讓我看破了世上的一切功名利祿，平靜才是我的嚮往！」

頓了頓，接著又道：「我把我一生的所學都刻在了練功室內的石壁上，裡面還有我的一些生平回憶錄。小子，你若想多瞭解我『西方魔教』的情況一些，還是快開啟機關進密室來吧！

「嘿！我今次的話可是顯得偏多些了呢！這可要耗去我幾十年的內力修為！好了，我不再多說了！

「至於你兩個大美人的傷勢，待你們進得密室來後，我會給她們靈藥服食的，包保可以讓她們青春煥發，生龍活虎，不會讓你失望！」

言罷，「日月天帝」的聲音又自行消去。

項思龍吐了吐舌頭，暗忖道：「自己與二女所說的每一句話，看來都落入了「日月天帝」耳中去了，要不他怎會知自己向他要什麼靈藥的事呢？

「只是這老小子也顯得太色了點，一出口就提到男女合歡的事兒上去！這老小子沒兒沒女的，會不會還是隻童子雞啊？」

項思龍心下如此怪怪的想著，不覺失聲笑了出來，當下也不再拖延，感覺功力恢復了十之八九後，猛吸了一口氣，當功力提了十層左右，身形倏地縱起，向石壁上的巨大「八卦迷幻陣圖」掠去，待距得陣圖二三米遠處時，身形在空中滯住，雙掌一錯，揮動功力，依「日月天帝」先前指示，把陣圖中的「Z」字形先按順時針轉了八圈，再按逆時針轉了八圈。

項思龍剛剛轉完，倏聽得「轟轟轟」一陣巨響，石壁上的八卦陣圖隨著響聲突地緩緩轉動起來，隨著八卦陣圖的轉動，石壁也緩緩向兩邊開去，顯出一個縫隙，並且縫隙在八卦陣圖的繼續轉動中越來越快，裡面透出一閃一閃的珠光寶氣。

項思龍和孟姜女的心都隨著八卦陣圖的轉和石壁開啟的洞口愈來愈大而緊張起來，昏睡過去的苗疆三娘也被八卦陣圖轉動聲和石壁開啟聲給驚醒過來，睜大秀目緊張的望著石壁開口，一時忘了向項思龍報平安。

「砰！」的一聲巨響，八卦陣圖驟然而止，石壁也乍然不動了，三人心神也隨之齊都一震。

第九章　匪夷所思

項思龍、孟姜女、苗疆三娘三人心神大震之下，舉目往石壁開口的洞穴內望去，卻見裡面霧氣繚繞，在洞內幾十顆斗大夜明珠的映照下，那些霧氣都泛著七彩的光澤。

其中一顆有拳頭般大的紅色寶珠尤其讓人注目，這寶珠通體透明，內中有一佛像，佛像口中吐出一束紅光，使得整個寶珠紅光四射，而更讓項思龍驚訝的則是，「日月天帝」的影像竟然也在這寶珠裡面，正含笑望著自己三人，傳音給自己道：「小子，傻站著幹嘛？快攜著你的兩個大美人進密室來啊！不要訝異了，進室後你就可以細細打量室中情景了！不解的地方我會給你作解釋的！」

項思龍心中倒真是滿是疑惑，聞言想想也是，當下不再猶豫，回首對孟姜女和苗疆三娘說了聲道：「我們進室去吧！」

言罷，率先閃身過得室內，二女隨後緊跟閃身而至。

三人身形剛剛進得「日月天帝」口中所說的練功秘室，身後的石壁就隨即在「轟轟轟」聲中給關閉了起來，待項思龍三人驚覺回頭，石壁已是完全關合，只剩下一絲石壁關閉的餘音。

三人心神皆是一緊，項思龍發音對紅色寶珠中的「日月天帝」影像道：「老小子，你又在搞什麼玄虛？石壁給關閉了，待會我們怎麼出去？」

「日月天帝」不緊不慢的笑答道：「小子，放心吧！只要你學全了老夫的一身所學，你自會找到出室之法的！好了，在室內左側的石桌上有一紅色玉瓶，內中的丹丸，你給你的兩個大美人分服一顆，讓她們先行調息一番，待會好施行『陰陽交合輸功大法』！我也趁時給你講述一下老夫的武學機要以及『西方魔教』中的一些教規和教中等級劃分等情形，同時傳你教主聖令！」

項思龍聞得「日月天帝」前面的話，心中又燥又急的道：「老小子，你說什麼？要我學會了你的一身所學後，才可以出室？這……我可沒這麼多時間啊！要學全你的全部所學，可不知要幾年幾月？外面卻有著許多的緊要事情等著我去辦，我……最多只能給兩天時間來學你的一些武功，太長了的話，那……我就不學算了！外面的許多事情可比跟你學武重要得多呢！你行個方便，放我們出去算了吧！」

「日月天帝」微慍的道：「小子，你怎麼這麼沒耐心？我說過要你待在這密室裡幾年幾月了嗎？學我的武功哪需這麼長的時間？我不是跟你說過我只有三天可活了麼？三天之後，你就可隨意翻閱老夫所留下的典籍，待你看完了我的這些遺記，你就自會找到出室之法了！這花不了你多長的時間吧！最多十天，你就可出室了！那時外面的海闊天空就又可任你遨翔了！」

項思龍寬了些心，但仍是苦臉道：「十天啊？這……時間倒是不算長！只不過……石像外我姥姥他們可全都在焦急的等著我呢！如十天沒有我的音信，他們可定都為我擔心死了，不知會出什麼亂子了呢！我可得先跟他們打個招呼！」

「日月天帝」皺眉道：「這事情就交給我去辦好了！石桌上有刀有簡，你刻上幾句讓我給你送出去吧！唉，你這小子感情太過於豐富，今後會在這方面吃大虧的！不過，因此卻也會有許多的人願意跟你交往，但老夫不喜歡，成不了大氣候！欲成大事者就不能這麼富於感性！」

項思龍表面上對「日月天帝」這幾句話不置可否，但也知他確實是說中了自己的弱點所在，想想以後自己跟父親項少龍在戰場上兵戈相見，自己如這麼富於感性的話，那或許真會……因此而抱憾終生了！

心下有些傷感的如此想著時，也依言走到石室左側的石桌前，拿起一片竹簡和一把刻刀，運功提刀在竹簡上一陣龍鳳飛舞的書寫下了幾行字後，對「日月天帝」傳音道：「老小子，如此這事就拜託給你了！你可一定得給我送出去！」

「日月天帝」無可奈何的牢騷道：「小子，你做事情怎麼如婦人般婆婆媽媽的？我說了給你送信出去就會做到，不要擔什麼心的了嘛！唉！你先讓你的兩個大美人服了丹丸調息一陣吧！」

項思龍疑心著那可能是刺激情慾之類的春藥，把紅色玉瓶握在手裡把玩了老半天，卻是一時決定不下到底給不給二女服食內中丹丸。

「日月天帝」似看出了項思龍心中的疑慮，主動解釋道：「玉瓶內的丹丸乃是補血養氣提神的，並沒有其他的負面效用，你就放心的給你的兩個大美人服食吧！如有什麼事，你咒罵我好了！」

項思龍聞言尷尬的笑了笑，拿著玉瓶到一直呆看著自己和紅色光球的二女身前，倒出兩粒透明的黃色丹丸遞給二女，著她們服下後坐下運功調息。二女分別接過丹丸，毫不遲疑的服下後，苗疆三娘終於按捺不住滿心的疑問，開口道：「項郎，那紅色光球中的人像，是不是你所說的『日月天帝』？他怎麼會在光球裡面？」

對於苗疆三娘的問話，項思龍只能回答前面的一個問題，而後面的問題在他心中也是一個謎團，當下點了點頭後又搖了搖頭道：「是『日月天帝』！但我也不知他為何會在光球裡面！待會我問問他再告知你們吧！你們還是先運功調息一下，讓丹丸發揮出其功效吧！我與『日月天帝』還有些話要談！他不肯告知我出室的機關呢！」

二女知項思龍這話的意思是叫自己二人運功調息，不要去打攪他和「日月天帝」之間的談話了，當下乖順的點了點頭，依言坐地運功調息。

安置好二女後，項思龍這刻才有心情及閒暇打量秘室的情形來，卻見整個密室的六大面壁都平整光滑如鏡，每個面壁都是血紅之色，釋發著陣陣陰陽交和的溫和之氣，密室的右端有一個十來平方見方的水池，池水也是呈血紅色的，水面蒸發著騰騰霧氣。

室內共安置有八八六十四顆斗大夜明珠，是按八卦陣安置排列起來的，那顆拳頭般大的紅色寶珠被安置在八卦陣中央，似可吸收其他六十四顆斗大夜明珠的靈氣。

紅色珠正前方二米的地面上，有一個綠玉溫碧石盤，玉盤有二尺來厚，四五個平方見方，上面也刻畫有一個八卦陣圖，紅色寶珠中佛像口中所吐出的紅光焦點，正好落在玉盤的中心點上，釋發著紅綠混合的異光似有著一種神奇的魔力，把石室中的池水水氣和石壁霧氣都給凝成一股一股成絲成束的氣浪，並且把這些氣流給吸納了過去化之無形。石室的左端則是一個休息的地方，有一張玉床，床邊有石桌石凳，並且旁邊還擺了許多奇奇怪怪萬能的兵刃和古色古香的典籍，有竹簡、羊皮、牛皮、龜甲等等十多數品種。

項思龍愈看愈覺駭然，這秘室內任何一物的佈置似乎都蘊含有八卦五行陰陽之理，並且物物相映，環環相套，這份巧妙佈置簡直可以說是巧奪天工，真不知設計這石室佈置的「日月天帝」當年花去了多少心血！

為了使武學達到巔峰境界，如此不惜代價，確可算是一代武癡了！怎奈造化弄人，卻沒有讓他達成所願，使得他這一番心血都白白付諸東流！也難怪他對自己的到來如此熱心看重了！在這古代裡，或許也確實只有自己才能繼承他的一身所學吧！

項思龍心下不勝唏噓的怪怪想著，禁不住誘惑的走到那綠玉溫碧盤上，坐到當中，頓時一種非常怪異的感覺傳遍全身，體內的真氣自動的運行起來，頭頂百會穴上一股神奇的能量源源不絕的輸入了體內，並且室內的珠光也似倏地明亮了許多，座下的綠玉盤也給轉動起來，眼前四周的石壁不再平整如鏡，而且顯現出許許多多的人像來，這些人像自在練掌法的，有在練劍法的，還有在運功打坐的和施展輕功身法的……總之是武學一道，應有盡有，並且每一幅圖像旁邊都作有文字注述。

項思龍只覺自己似進入了一個奇異的武學寶庫之中，並且這武學寶庫在一種意識狀態之下輸功給自己和傳授武學給自己，倒真有點像「移魂轉意大法」的意味，這武學寶庫似在把它內中的一切武學知識，都給傳輸到了自己的思想和腦海之中，而自己則不需花費力氣和思想。

這種狀態持續大約有一個時辰左右，玉盤才漸漸停止了轉動。項思龍睜開眼睛一看，卻只見室內的珠光突地黯淡了許多，霧氣也少了一大半，幾可一眼盡收石室全景了。

項思龍大感駭異的從石盤上站了起來，只覺體內的真氣又充盈了許多，方才在室外為孟姜女和苗疆三娘療傷省耗的真元不但全給補充起來，反更是充實了些，更為讓他訝異的是，體內的真氣似乎因剛才一陣珠光霧氣的洗禮，變得較為平和起來，而少了先前的陽剛霸氣，而頭腦中方才石壁上所見到的每一個圖像的招式都在腦海中顯現跳躍，自己似乎可把其中所有的招式給一招一招的演示出來。

項思龍肚子裡一肚子的疑惑，不過自己早一點學會「日月天帝」的武學終究是一件好事，方才的現象「日月天帝」遲早會叫自己去做的，自己只不過是誤撞誤著，早先一步自行去做了罷！

項思龍從玉盤上走下，往二女望去，卻見她們還沒有行功完畢，全身上下都冒著一層白氣，且身形在這層冒出的白氣當中緩緩的旋轉著，面上的顏色甚是紅潤，氣色也顯得甚好。

項思龍大是放下心來，再往紅色光珠望去，內中「日月天帝」的影像已逝去，可能是給自己送竹簡信去了還沒回來。石室內顯得甚是靜寂，只有自己和二女的呼吸聲和池水的冒汽泡聲清晰可聞，室內的空氣頗是清新，也不知其換氣孔在什麼地方。

項思龍走到石室左端的石桌上翻閱起那堆典籍來，內中有醫療篇的東西，也有機關玄學一類的記載，更為讓項思龍注目的是也有不少有關兵法之類的典籍……

總之，這些典籍所涉及的內容包羅萬象，可以說是上至天文地理，下至中原和西方的人情風俗江湖傳聞，都有典籍記述。

在這古代，一個人要學會這麼多的知識可以說是絕世聰明了，否則，一般人除非是走馬觀花，要不想懂這麼多學問，可以說是比登天還難。

還好是項思龍，內中的許多東西他有的在現代裡時學過，有的在這古代來後學過，所以裡面的東西他有一半以上已是懂得，剩下的那些東西，想來憑他是穿古今的學識，「日月天帝」可以學會，他定可以學會吧！

項思龍略要的先看了一下那堆典籍的大概，雖是有些頭大如斗，卻是稍稍安下心來，內中的一些學識自己如要大概掌握，十天的時間應該也足夠了吧！

嗯，怎麼沒見著有關「西方魔教」各記錄的典籍呢？不會是「日月天帝」收藏起來了，想作為自己學他武功的交換條件吧？

項思龍怪怪的想著，也納悶在這些典籍之中為何沒有一本有關「日月天帝」武學記載的書籍，不會是他吝嗇，不想把那些武學典籍傳給自己吧？

還有那什麼教主掌令——「聖火令」，自己也沒有見著影子。這些東西「日月天帝」都給放到哪裡去了呢！

難道這秘室裡還有什麼秘庫存放著這些東西？這秘室已經是夠穩妥了啊！「日月天帝」做事情也太過小心細緻了吧！

項思龍心下不置可否的想著，手上也放下了那些典籍，站起身來，又走到那堆奇奇怪怪的兵刃跟前，正欲俯身要去拿一把碧玉長劍時，「日月天帝」的聲音從身後傳來道：「小子，看什麼呢？咦！你氣色看起來似乎好多了呢！是不是……嗯，夜明珠的珠光也黯淡了許多，室內的霧氣也散去不少。你是不是方才坐到『綠玉溫碧陰陽八卦盤』中去了？吸收的陰陽五行之氣確也不少！石壁上的武功招式都記住了吧？」

項思龍聞聲心神微微一震，站直身子轉身一看，卻見「日月天帝」的虛像就站在身後，正臉上堆滿歡容的望著自己，不由俊臉一紅的道：「我……只是隨便看看罷了！簡信已經送出去了嗎？」

「日月天帝」點點頭，溫和的笑道：「當然不負所托！不過你那姥姥和兩個義父都太情緒化了，見得簡信反應甚是激烈，開啟了神女石像肚腹的洞門，進得洞府裡後，竟然爆跳如雷的揮掌大肆摧毀洞內的一切什物，害得我忙活了大半天，才阻住他們破壞洞內的機關！」

項思龍心神一緊的失聲道：「你沒有把我姥姥、義父他們怎麼樣吧？」

「日月天帝」被項思龍神經質似的大叫嚇了一跳，但旋即平靜下來，苦笑道：「我怎敢把他們怎麼樣呢？要是他們出了什麼事，你會饒過我魔教中的那幫徒子徒孫麼？你放心吧！你姥姥他們只是自感找你無望，所以派人搬了食物進洞，準備在那裡長住下來，等你十日後出關了！」

項思龍聽了這話放下心來，歉然一笑道：「這……我……剛才對不起了！出言太重！」

「日月天帝」釋然道：「沒什麼！把話說明了，彼此溝通過來，不就什麼事也沒有了嗎？」

說到這裡，頓了頓又道：「小子，你也看出這秘室內的玄奧佈置了吧！不錯，這室內的每一件物都被我運用了『連環八卦』的原理安放起來的，為的是能物盡其用，使每一件什物都發揮出能吸收地底陰陽靈氣的功效。

「那紅色光珠乃是用月亮上的一塊巨大的隕石提煉出來的，它性子屬陰，可以極大的吸收地底的陰寒之氣。而光球內中的佛像則是來自一火山口的熔岩，性子屬陽，可以吸收地底的陽剛之氣。二者一陰一陽，中和合，就把地底的陰陽之氣化成五行真氣。

「那八八六十四顆夜明珠呢，則是起到守護地底陰陽靈氣的作用，要知道此秘室乃是這整個神女峰陰陽靈氣的靈穴所在，陰陽靈氣極盛，要守住這陰陽靈氣不被擴散浪費，所以我設置了六十四顆夜明珠布成的『八卦鐵鎖陣』，所散發出的陰陽靈氣被這六十四顆夜明珠吸收蘊藏住。

「至於那塊『綠玉溫碧陰陽盤』，則是秘室中所有佈置的中心要點所在，那綠玉盤乃是來自地球子午線上的一山峰，它內中蘊含了地心的核力，又吸收了宇宙的靈氣，我在上面繪刻了一處『乾坤五行八卦陣』，使之可以吸納日月精華，天地靈氣，並且激發出它內中所蘊含的能量。

「這秘室內的寶物都是當年我爹遺留在他的秘室裡的，我窮花了十年的功夫才把它們設計在這秘室裡，想不到我的一番心血都白費了，自己享用了幾年，就……唉，冥冥中自有天意吧！」

項思龍聽得「日月天帝」的話，只覺匪夷所思，想不到在這古代就也知道了地球的子午線，這是在現代裡才被命名出來的新名詞啊！

難道時代的科技也存在著輪迴的現象？還有什麼地心核力，宇宙靈氣……這些連現代科技都無法搞懂的東西，在這古代裡被利用來練武功了！

這……嘿，古代真是個神秘難解的謎呢！對了，這「日月天帝」不會是個外星人吧？怎麼懂得這麼多先進的知識呢？

還有，他的肉身沒了，元神卻可以存活下來，並且活了一千多年，這些……都是神話般的現實啊！但是自己卻親眼目睹親身經歷了這神話，還看見「日月天帝」的元神可以進入到紅色光球裡去！

這簡直就如陷身在一個科幻片的境界中了嘛！這「日月天帝」定是什麼外星人吧！在現代裡不是有雜誌上介紹埃及的金字塔裡就發現過外星人的屍體嗎？這神女石像裡的建築建造之難並不亞於埃及的金字塔啊！憑這古代人的能力和智慧建造得出如此巧妙的洞天麼？

項思龍的心下如此般怪怪的想著，看向「日月天帝」的目光也變得怪怪的，像在打量一件讓他極為感興趣的新奇物體般的望著「日月天帝」。

「日月天帝」似被項思龍這突如其來的神態變化給嚇了一跳，自己低目望了自己幾眼後訝異的道：「小子，你……你到底在看什麼呢？我又有什麼不對勁嗎？哎，你不要用這樣的眼光看著我嘛！把我當怪物似的！真讓人受不了！」

項思龍也覺出自己的失態，聞言朝「日月天帝」尷尬的笑了笑，但心中那種怪怪的感覺卻未消去，不由得脫口問道：「老小子，你是不是外星人？」

「日月天帝」被項思龍問得一愣，不解的道：「你說什麼？外星人？什麼叫作外星人？」

項思龍從「日月天帝」的言詞神態上看不出一絲的破綻，不由得疑心盡去的乾笑了一聲，胡亂編道：「這個……外星人嘛，也就是說你是不是外面星空上的人，要不怎麼懂得這麼多，武功這麼高？當然，這是說笑的啦！」

第十章　陰陽傳功

「日月天帝」坦然一笑道：「你是不是感覺我身上有許多讓你解不開的謎？其實也沒什麼的，因為我曾練就了一種『意念神功』，這種武功可以讓人的思想也即靈魂，脫離肉身而浮離在空間中，當年我練功自焚，自因這『意念神功』救了我一命而保住了我的元神。

「人的元神一旦脫離了肉身，就可以無處不入，無處不在，而沒有空間的限制，因為元神是一種虛體，只要意念所至，元神就可達到意念的目的。這些說來是讓人難以理解，但是我們西方就有一種『嫁衣神功』，它可以把人的元神進行轉嫁，當練成這種神功的人，他的肉身如老化而瀕臨死亡，他就可以把元神轉嫁到另一個健康的生命肉體去而獲得重生。

「你們中原的西藏不是有活佛轉世之說麼？這其實也跟我們西方的『嫁衣神功』差不多。

「我說起這些呢，也就是告訴你，大千世界，無奇不有，見怪不怪，其怪自敗，不需要有什麼疑惑的，你所見到的都是一些真真實實人世間的事情，而不要想到其他的什麼外星人上去了！」

項思龍一臉尷尬的暗暗道：「只是……我從來沒有見著這等現象，人死了，元神卻活了一千多年，這……在我心中沒法解釋，所以就胡思亂想了！就是現在我還是無法接受理解你的那些解釋呢！不過想想也是，大千世界無奇不有，我今天算是長了一些見識吧！」

「日月天帝」淡笑道：「你能如此想來自是最好！其實你的胡思亂想卻也是我有生以來所聽到最大膽的假設呢！由此可見你的思想卻是非一般常人所能比擬的了！甚至連我也對你的才智有些驚歎，竟然敢作出有外星人的這種假想！」

項思龍肚裡苦笑，自己哪裡是什麼才智過人嘛，只不過是假用了現代的一些知識罷了！

但想不到自己隨口說出一現代的新名詞，就讓得這古代奇人如此驚訝看重自己，要是自己把現代裡的一些高科技拿來說一說，那不讓他驚訝得合不攏嘴才怪！

由此可見，現代文明還是比這古代進步多了，自己倒是不必哀歎什麼科技文明倒退之類什麼的！「日月天帝」懂得一些現代文明，只不過是他是這古代裡傑出人物的代表而已，像他這種人才，在這古代裡定然屈指可數！再說他口中所說的什麼地球子午線之類的現代術語，並不一定跟現代所指意思相同，只是名稱的偶然巧合而已！

如此想來，項思龍心下頓然開朗了許多，轉過話題道：「我們不談這些了！對了，室內右端的水池又是做什麼用的呢？」

「日月天帝」也斂了斂神，正顏答道：「那水池乃是用來吸收日月精華的！神女石像洞府內的泉水井你看到了吧？那就是這水池的源頭，水池的日月精華就是通過那泉水井傳遞進來的，再有，這水池也是地心的一處溫泉，它內中蘊含了這神女峰的陰陽靈氣，所以池水散發出的霧氣都是日月陰陽精華。

「至於這神女峰地心靈氣的形成原因，據我推測，乃是因為這神女峰在很古以前是一座大山脈的中心所在，因為地殼變遷，所以變成今日模樣，而在地殼變遷的時候，神女峰似曾遭過雷電的轟擊，亦或外來行星的撞擊，使得它內中蘊藏有無窮無盡的神奇能量。

「我在這石洞內開發吸收了一千多年，還是不能吸收其萬萬分之一，並且我感覺自己並沒有開發出這神女峰地底裡能量的真正源泉。」

項思龍聽得吐了吐舌道：「哇咔！這麼玄奧啊！我沒得精力去鑽研這些東西！對了，我們還是轉入正題吧！要知道我來你這裡可是來接受你的輸功授武的！可得加緊時間，要不我姥姥、義父和我其他的一些老婆可真不知會急得成什麼個樣子了！再說，我還有其他的緊要事情去辦呢！」

說到這裡時，項思龍突地想到了范增，也不知他是否會在自己在這地室裡練功的這幾天被騰翼他們找到，如真這樣，那自己可真要甚感遺憾了，不能與這奇人有一面之緣。

想著時也不禁暗歎道：「或許這也就叫作天意吧！要是被自己先找到范增的話，他可能會被自己說動而為己所用，歷史或許因此而有改變了！現實中的許多事情都冥冥中似有天意作安排，自己也無法強求去改變！」

唉，父親項少龍意欲強行去改變歷史之舉，或許天意會叫他註定要失敗吧！誰叫老天也讓自己來到了這古代呢？自己或許註定是父親項少龍命中的剋星，教他的陰謀不能得逞！

想到這裡，項思龍長長的歎了一口氣，心中油然的生出一股惆悵的傷感來。

「日月天帝」似看出項思龍情緒的突然低落，以為他是想念著他的一些親人和朋友，不由得失笑道：「小子，十天的時間你也嫌長嗎？好了好了，就佔用你五天的時間吧！三天用來接受我的輸功，兩天用來參閱我到時傳給你的一些武功典籍，待你練成我的十二重功力的『陰陽五行神功』後，你就可隔壁傳功開啟石壁了！」

項思龍聞言卻是提不起多大的興趣來，淡淡道：「是五天還是十天，這已經無關緊要了！噢，我們需不需要行拜師之禮呢？」

項思龍這話倒讓得「日月天帝」為之一愣，呆怔了半晌才道：「小子，你到底怎麼了？情緒這麼低落？是不是對老夫把你禁錮起來感到不開心啊？要真是如此，你可以說出來，老夫會放你出去與你的親人朋友見見面的！

「唉，說來也是怪我心裡太是激動，沒考慮到你的情緒，而把我的意念強加於你，難怪你不開心了！」

項思龍見「日月天帝」誤解了自己的心情，說出這麼一番通情達理的話來，又是感動又是好笑的道：「這……我……不是因為你而心煩的！而是因為想到其他的一些事，所以……唉，這些是一時也說不清的！我們還是說說別的話題吧！嗯，你們西方魔教設在中原的總壇是不是只有苗疆和西域兩處？在你們西方國家有沒有設立總教呢？你來這神女峰練功時，教務交由哪幾個下屬去處理了？說說這些問題吧！」

「日月天帝」聽得項思龍一連串的發問，有些「招架不及」的沉吟了好一陣後才道：「我們西方魔教起源於中原教派，在中原可以說是紅極一時。但為了縮小目標，所以當然我也只選了苗疆、西域和南沙群島三處作為我魔教的中原分壇，而這三處中又以南沙群島為主要基地，由我們國的國師『枯木真師』坐鎮，苗疆則是我魔教總護法『骷髏魔尊』領首，西域則是由我魔教軍師『笑面書生』掌管。

「我呢，則是一直坐鎮我們國內的魔教總壇，直至君王命我親自來到中原視察情況，讓我發現了這神女峰地底的靈氣，所以才留在了中原。

「現在已是一千多年過去了，我們西方魔教到底變得怎麼樣的一種局面了，我也不大清楚，但想來也不會比我領教時興盛吧！」

項思龍聽得西方魔教在中原的分壇以南沙群島為主要發展基地，不由心神一震。

南沙群島原來也是西方魔教在中原的勢力範圍，自己先前倒是不知道，差點疏忽了呢！

看來西方魔教在中原的勢力範圍還真不小，苗疆、西域、南沙群島三地剛好成一三面合抱中原內地之勢，且此三地中原勢力難及，可真是陰謀不軌的邪教發展的好地方！

想不到「日月天帝」對地理知識也挺有研究的，並且看樣子也挺擅長行軍作戰之術似的，倒也有些將才之能呢！幸得他遭遇不測，要不中原可能早已落入西方國家的控制之下，成為殖民地了！

項思龍心下唏噓不已的想來，歎道：「現在你們西方魔教又蠢蠢欲動的想侵犯中原了，但中原人才輩出，想來他們的陰謀是得逞不了的吧！就是我也不會讓他們在我中原胡作非為！」

「日月大帝」靜默了片刻道：「我們西方魔教對中原虎視眈眈了一千多年，至今還是一事無成，由此可見中原裡確是人才濟濟了！任何外國勢力想滲透中原都是決不可能的，因為中原已是有著幾千年文明歷史的古國了，中原文化已是深植在中原人的心靈深處，圖謀侵犯中原的外國勢力，會遭到中原人團結一致的抗擊，是絕對成功不了的！

「唉，也是我當年受了我國君王的蠱惑，才弄至了今日的這等流血仇殺的沿續！一千多年了，也是該結束這段怨仇的時候了！小子，你可不要忘了你對我的承諾！」

項思龍正色道：「這個請老小子你放心就是了，我一定會履行我的諾言的！噢，現在又是天色大亮的清晨時分了吧！我離開雲中郡城已是有一天一夜還多的時間了呢！想來騰翼他們已是趕到西域了吧！還要五天！他們定會找著范增帶他往回返了！唉，也是天意使然啊！」

「日月天帝」聽得項思龍後面一截話的喃喃自語，也猜知了他可能是為著那叫范增的人煩心，可自己偏又也幫不上什麼忙，當下只得沉默不語的望著項思龍，一臉的歉然之色。

氣氛一時陷入靜寂的沉默中！過了好長一會兒，「日月天帝」長長的舒了一口氣道：「小子，不要想那些心煩的事情了！我們還是加緊時間做我們該做的一些事情吧！嗯，我先授給你我們西方魔教的教主令符——聖火令，以及我的生平武學雜記和有關西方魔教當年的一些教國記錄吧！」

說罷，只見「日月天帝」的虛像一閃，如一束鐳射般射入了那紅色光球中，從身上不知何處拿出一個白玉老虎，手指往白玉老虎身上一按，白玉老虎口中倏的吐出一把鎖匙般的金色之物。「日月天帝」把這金色之物插進了光球佛像的口中，順手一陣左旋右轉，過得片刻，卻突聽得「綠玉溫碧陰陽盤」發出一陣「海海」「轟轟」的聲音，卻見綠玉盤上的八卦陣圖在巨響聲中自動的旋轉著，並且綠光大作，發出「嗚嗚」如報警器般的怪聲，讓人心神為之緊張。

響聲持續了好一陣子才告落下，項思龍收拾心神，再次往綠玉盤上細望過去，卻倏見綠玉盤上已顯示出一個暗格來，暗格中兩支如釋發著火色光芒的什物顯得分外的奪人眼目，兩物尖端寬闊處赫然都有兩個「令」字！

這兩支大概就是「日月天帝」口中所說的西方魔教教主令符——「聖火令」了吧！

看其發出的光芒倒也確像兩件寶物！嗯，上面似乎還刻著有許多文字，可能是梵文記載的武學吧！「日月天帝」說他也沒有完全滲透這兩枚聖火令上所記載的武功，這「聖火令」上的武功真有那麼玄奧嗎？

製作這「聖火令」的主人，武功豈不是到達了出神入化深不可測的巔峰之境了？世上難道還有比這「日月天帝」武功更高的人麼？這……古武功的玄奧神秘實在是太讓人感到不可思議了！

項思龍看著那兩枚「聖火令」發愣時，「日月天帝」已把它們從暗格中拿了一枚出來，用手輕輕的擦拭著，似有無限感情的道：「這兩枚『聖火令』乃是我當年得自天梵國的一個神秘洞府，那洞府的主人叫作『無極禪師』，乃是天梵國的佛教創始人。這『聖火令』中所記武學之深奧，堪稱當世獨一無二吧！

「想來這或許與天梵國乃是如來佛祖的誕生之地有關，『無極禪師』是『如來佛祖』的傳人也說不一定呢！要不他所遺下的這兩枚『聖火令』上所記載的武學怎麼會這麼深奧呢？」

項思龍聽得這話，甚感啼笑皆非，想不到神話中的如來佛祖被「日月天帝」這麼一說，也似真有其人似的了，還說自己想像豐富，他才真是名副其實的喜歡突發怪想呢！

項思龍搖了搖頭，不置可否的笑了笑道：「『聖火令』裡所記載的武功真有那麼厲害嗎？」

「日月天帝」神情嚴肅的點了點頭道：「在我的意念中，世上所有的武功都似源出『聖火令』，它內中所記載武功的深奧可以說是天下武學之祖，我這一身所有的武功有一大半是從中悟解出來的，比起我爹和我外祖父的那些武功深奧厲害了不知多少倍！像我的『陰陽五行神功』就是我從『聖火令』中參悟出來的，其威力之大之強你也見過了，還算過得去吧！這只是『聖火令』中所記載武學的一小點罷了，厲害的還不知有多少呢！」

說到這裡，頓了頓，接著神色一正道：「我現在就把這兩枚『聖火令』正式傳交給你，自此以後你就是我西方魔教的第二任教主，也是我『日月天帝』的唯一關門弟子！希望你不遺餘力的發揚光大我西方魔教！徹底參悟『聖火令』中我所未參悟的其他武學！小子，跪下接令吧！」

項思龍知道教規，自己倒是得跪下接這「聖火令」牌，但一時卻未對怎樣稱呼「日月天帝」做出決定，聽得「日月天帝」的喝令，倒給怔住了。

項思龍的怔愣呆樣，讓得「日月大帝」甚是不快，接著連聲喝道：「小子，快跪下接『聖火令』！」

項思龍呆怔了好一會，才邊朝「日月天帝」跪下，邊訕笑道：「老小子，現在我是該稱你『師父』呢，還是稱你『教主』？亦或繼續稱你『老小子』？」

「日月天帝」聽得項思龍這怪問，也給一愣，但只怔了片刻就失笑道：「小子，你喜歡怎麼稱呼就怎麼稱呼吧！我說過我挺喜歡『老小子』這稱呼呢！你這般叫我也沒關係的啊！」

說到這裡，突又神色一黯的歎了口氣道：「只可惜我最多只能聽到你三天這般的叫我了！」

「日月大帝」這話讓得項思龍心神也是一沉，暗暗道：「你既傳功授武給我，我看我們還是也先行個拜師之禮吧！這樣合乎情理一些！」

言罷，不待「日月天帝」阻攔，已是「撲通」一聲，雙膝跪地，「咯咯咯」的朝「日月天帝」叩了三個響頭，口中同時恭聲道：「師父在上，請受弟子項思龍一拜！」

「日月天帝」見狀聞言突地虎目落下淚來，軀體微微顫抖著，伸手想去扶項思龍，不想卻摸了個空，方才想起自己只是個幻體，根本觸摸不到項思龍，心中更生感觸，驀地仰天一陣似喜似悲的長嘯。過了好一會，才平靜下心緒，雙手凌空一揮，發出一股無形內力托起項思龍的身形，語音激動而哽咽的大笑道：「好！想不到老夫作惡多端一生，臨終之前還能收得你這麼一個傑出的弟子！我確是可安心瞑目了！」

項思龍的心靈感應到「日月天帝」向自己流露的真情，想起像他這般的一代梟雄，最終落得個如此憂鬱不得志的結局，也確是他一生的悲哀了，難怪他得到自己這麼一個得意弟子，會如此激動，怎奈自己卻不能繼承他的遺志，想來這也是他內心深處唯一覺著遺憾的地方吧！

一個胸懷不世才學的人，終是不會甘心於平凡一生，像「日月天帝」這等罕世奇才，即便被困在這石室靜修了一千多年，他那顆不安寧的心又怎會真的滿足於與世無爭呢？

他與自己所說的一番話，多多少少都有些無可奈何的意味吧！只可惜自己確是不能存仁慈之心而答應幫助他實現他的野心，自己也需有自己做事的原則和立場，再富於感性，在大事上卻也不能讓步，就如自己不能苟同父親項少龍意圖想改變歷史的野心一樣，這是自己的使命！

不平靜的靈魂在平靜如水的歲月中沉浮！不安寧的肉體在自我設置的陷阱中掙扎！人生都有那麼一種不甘心於平靜亦或平凡的心態吧！太得平靜亦或平凡的人生就是平凡了，任何一個人都難以長時間承受那種平凡的生活。正因為如此，這世上才有了殺伐和戰爭，才有了人與人之間的勾心鬥角，才有了金錢與名望的角逐，……正因為如此，世上才變得豐富多彩。

但是世上的悲劇卻也正因為人性的不甘平靜，人性的不甘安寧而誕生了，還記得有這麼一句話「世上的喜劇不需要金錢就能產生，世上的悲劇卻大多和金錢脫離不了關係」，這話可正是隱射著人生的一種哲理，金錢不也是腐化人性的東西之一嗎？

唉，也不知自己怎麼突地會生出這許多怪怪的感想來，自己可不是個哲學專家呀！現在也沒有那麼多的時間去思考這一類的問題吧！

收拾了一下心情，項思龍正顏道：「師父，我們開始授令儀式吧！想來我的兩個大美人也快調息好了，我們還要進行『陰陽輸功大法』呢！」

「日月天帝」這刻情緒也平靜了些，聞言一笑道：「你小子倒是還念念不忘著想與你的兩個大美人親熱呢！」

說到這裡，條又臉色一正道：「西方魔教弟子項思龍得令，現在本教主傳你本教聖令，自今日起，你就是我西方魔教的第二任教主！務必擔負起發揚光大我西方魔教的責任！」

項思龍再次跪地，恭敬的接過「日月天帝」遞過來的兩枚「聖火令」牌，沉聲道：「弟子項思龍謹遵師父之令！一定會不負所托的！」

授令儀式完畢後，「日月天帝」又自綠玉盤的暗格中取出一個紅木盒子，盒子約有一米來長，四十釐米高，六十釐米寬，顯得甚是古色古香。

「日月天帝」把紅木匣子擦拭了一陣後，也遞給了項思龍道：「這就是老夫的一生心血所在了！裡面有我的一身所學，也有我爹巴浦洛夫和我外公狂笑天的一生所學，還有關於我西方魔教的一些教務記錄和一把『陰陽碧玉斷魂劍』。

「『陰陽碧玉斷魂劍』乃是我爹當年的遺物，也是我外公狂笑天送給我母親的嫁妝。據我爹遺記中記載，這『陰陽碧玉斷魂劍』是開啟『日月神教』的總壇地室武庫的一把鑰匙，我外公狂笑天和我爹都沒有找出這『斷魂劍』的玄奧所在，所以『日月神教』總壇地室武庫裡到底有些什麼秘室，他們也不知道。「我因忙於組建西方魔教，所以也沒有把精力投注在對這『斷魂劍』奧秘的研究之中。現在我把此劍一併傳了給你，希望你能發現其奧秘所在！」

項思龍接過木匣，口中沉聲道「是」，心下卻是突地掠過自己來到這古代後武學上的一大堆奇遇，先是師父李牧傳授給自己「玄陽心經」和「雲龍八式」等武學，接著是掉入山谷得鬼谷子的一身所學，再接著就是遇到鬼冥雙怪後，習得鬼冥神功、道魔神功等一些超越自己想像的武功，……現在又得著「日月天帝」的什麼「陰陽五行神功」。嘿，自己所學的神功也不知有多少種了，總之功力是一天比一天深厚，照這般發展下去，自己豈不成了神仙一般的超現實武學中人了！

項思龍感覺自己的種種際遇是一層比一層富於神話般的色彩，讓得自己疑似生活在一種虛幻的境界中，但暗咬一下舌頭，卻又有疼痛的感覺，始知自己是生活在現實的境地之中。

唉，又已學了這麼多高深的武功，可卻還是時時遇上比自己武功更高的高手，古武功到底有沒有巔峰的境界呢？

項思龍心下如此怪怪的想著，「日月天帝」突地歎了一口氣道：「小子，三日後我的元神就要灰飛煙滅了！我死後，密室內你感覺可用得著的東西就全都拿去吧！待你出了神女石像後，別忘了發動洞外的毀滅機關，讓這整個石洞的機密與我一起淹埋在地底好了！」

項思龍聞言一顫，但也知道「日月天帝」元神的死亡已是必然的事情，自己也回天乏術，只好強忍住心下的悲痛了！目下自己唯一能安慰「日月天帝」心懷的，就是在他元神大限之前練成「陰陽五行神功」，和多給他一些作為弟子的親情。

這般酸澀的想來，項思龍苦然一笑道：「我會照你的話把事情辦得妥妥的就是了！對於你未完成的心願，我會盡我的能力去為你完成的！」

「日月天帝」臉上顯出安慰的神色，正待發話時，突聽得孟姜女「啊」的一聲驚叫，把項思龍給嚇了一大跳，目光快捷的一掠「日月天帝」，見他臉上露出一抹欣然的笑容，知道孟姜女沒事，卻也還是捺不住擔心的縱身往孟姜女靜坐處掠去。

孟姜女臉上滿是桃紅春色，見得項思龍的目光向自己望來，先是大喜的欲縱身投進他懷中，但旋又似想到什麼似的，俏臉一紅，羞澀的垂下頭去，目光不敢與項思龍對視，但眼角卻全是洋溢著一股春情，似是剛剛從男女交合的慾情中平靜下來，又似是剛剛動情的少婦。

項思龍見得孟姜女臉上一臉春情，想起「日月天帝」的詭異笑容，似是明白了些什麼東西，身形掠到孟姜女身邊後，遲疑了一陣才伸手輕按她的酥肩，心中卻是生起一股莫名的燥動。

孟姜女「嚶嚀」一聲倒撲進項思龍懷中，雙手反抱住項思龍的虎軀，嬌體在他身上不斷的扭動著，口中鼻中均都喘息著一股讓任何男人聽了都會心動的輕輕呻吟聲，她的臉色愈加紅潤，眼角中的春情也更是不能自禁的氾濫起來。

項思龍在孟姜女情動如潮的肢體交纏下，也漸漸的有了生理上的衝動。在項思龍的內心深處，孟姜女其實讓他第一眼就有了慾念，所以他並不拒絕接納她。何況聞得孟姜女之名後，一種新鮮的刺激感覺更是在他的心底滋生。

如能擁有這等歷史上也是盛名廣傳的美女，那將會是何等一番風味啊！項思龍天生就是個風流情種，其父項少龍和其母周香媚的風流個性流植在他的血液裡，像他父親項少龍一樣，來到這古代，這裡不受制束的男女關係，讓得項思龍的風流本性如出籠之鳥一般的肆意亂飛，更何況他自小就受到過鄭翠芝的引誘，讓他的心靈對成熟的女性有一種本能的偏好，所以他接受了劉邦之娘劉氏，還有舒蘭英之母朱玲玲以及王躍之妻劉秀雲和鬼青王之女傅雪君等一眾年齡均是比他都大出一二十年的成熟女性。

孟姜女本是天生麗質的絕世佳人，又對項思龍大有情意，這讓得項思龍怎忍心放棄送嘴邊的秀色呢？

他之所以一直抑制著心中對孟姜女的情意慾念，皆是因為不願重蹈苗疆三娘般讓自己頭大的覆轍。他記得苗疆三娘說過孟姜女本藉也是苗疆人，而苗疆卻有什麼母女可同嫁一夫的風俗，苗疆三娘和石青青已是夠讓項思龍不知如何是好的了，而孟姜女卻也有個女兒孟無痕，如她們母女二人也……那可真是要教項思龍心煩得只有跳河自殺了。

但孟姜女對他的深深吸引力卻是真真實實存在的，其實項思龍愈是抑制自己對孟姜女的情意和慾意，孟姜女對他的吸引力卻更是刺激得他不能自制。

現刻這美女又在自己懷中春情蕩漾，自己該怎麼辦呢？「日月天帝」方才要自己給二女服下的丹丸肯定有什麼古怪，要不孟姜女不會一醒來就春情燥動，自己可不可趁此機會與這美女共效于飛呢？

「日月天帝」輸功給自己是需要二女來與自己配合，施展什麼「陰陽輸功大法」，使之己身陽剛之氣與二女傳遞給自己的陰柔之氣交合相調的，說來自己是非與孟姜女交合不可的了！這……

哎，人生得意須盡歡，莫使金樽空對月！管他那麼多呢！今朝有酒今朝醉，明日愁來明日還！自己還是徹底的放縱自己，來與二女有一段荒唐放縱的回憶吧！

如此想來，項思龍頓即放開心懷，在孟姜女的熱情挑逗下，大放手足，在孟姜女嬌柔灼熱的軀體裡大肆作怪起來，熱唇自是不會閑著，在孟姜女的耳珠、頸脖、櫻口等處狂亂的痛吻起來，只讓得孟姜女口中的嬌喘聲更重更濃，秀目裡的春意更熾更灼，軀體扭動得更快更頻。

正當項思龍和孟姜女沉浸在慾潮愛意的狂流中時，「日月天帝」的聲音倏地在二人耳中響起，只聽得他突地狎笑道：「日後恩愛的時間還長著呢！先停下來，待會再親熱好嗎？等我告訴你們『陰陽輸功大法』的細節後，你們就可盡情放縱享受了！要是現在開始瘋，豈不浪費了我剛才給她們所服的『回春丹』？」說到這裡，頓了頓又自動對那「回春丹」作解釋道：「這個『回春丹』並不純粹是一種刺激慾情的春藥，它內中含有許多可增長內力的絕世靈藥，方才二女娃子的調息就是化納其中的藥力納為己用。

「但是它也算是一種春藥，裡面也含有刺激人產生情慾幻覺的作用藥物，可以極大地激發人體蘊藏的慾情，使之在交合之中釋發出來。

「二女服了這『回春丹』後，一方面她們可以最大限度地陷入肉慾的追求之中，釋放出她們體內的女性元陰，使之與小子你體內的陽剛之氣交合相調，好讓『陰陽輸功大法』順利進行；另一方面呢，則是『回春丹』可補充她們在交合之中洩出的元陰之氣，使她們不會脫陰而亡，反可以獲得無窮的益處，在與小子你的交合之後，『回春丹』的藥力會被二女完全吸收，她們的內力不但不倒退，反會更加精進一層，並且更主要的是服了『回春丹』可讓她們減緩衰老，回復青春活力，當然包括……女性生理上的本能需要了！」

項思龍聞聲才想起這石室內還有個虛體「日月天帝」的存在，俊臉一紅的頓忙停止了對孟姜女的進犯，但口中卻突地道：「要是我不與二女交合，那這『回春丹』會不會有負面影響呢？」

「日月天帝」聽得這問，呆愣了片刻，搖頭苦笑道：「沒有！這『回春丹』乃是我據『聖火令』上的秘方煉製而成的，我研究過它的藥性，對人體沒有任何負面作用。嘿，這『回春丹』的煉製可不是一種易事！

「首先得配齊所需的一百八十一種罕世靈藥，而後又必須有非常精通煉藥之術的人，精煉九九八十一天方才煉成。當年我從『聖火令』上譯出此秘方，親自花費了許多的心血才煉製了四顆，二顆賞賜給了我西方魔教的四大邪神中的『陰魔女』，剩下的這兩顆想不到今日卻給派上了用場。

「小子，你不會辜負我的一番心血吧？我現在可是把我此生所有的希望寄託在你身上了！還有西方魔教的存亡！」

項思龍大釋心懷道：「我怎會辜負師父的一番心血呢？再說，與我的兩個大美人交合可不是一件苦差，想來全天下正常的男人都會樂意接受的吧！我可不是什麼聖人，能夠不近女色！」

孟姜女一直聽著「日月天帝」與項思龍的談話，本是羞澀之心被淡去了一大半，這刻聞得項思龍最後這幾句話，又不由嬌羞得滿面通紅，口中羞道：「你還沒有問我和苗疆妹子願不願與你……那個呢！說得像是我們已成了你的囊中之物似的！哼，說不定我們二人不願與你那個呢！你還可以那麼自信嗎？」

項思龍聞言怪叫起來道：「我們不是說好的嗎？只要我安然闖過了那『八卦迷幻圖』，你和苗疆夫人都要陪我放縱一夜以作獎賞的！現在我過關了。你怎可以耍賴呢？」

或許是項思龍的大叫驚醒了苗疆三娘，項思龍話音剛落，苗疆三娘也「啊」的叫了一聲醒了過來。項思龍聞聲轉頭望去，卻見苗疆三娘的臉上眼中也是現出如孟姜女叫醒來時一樣的春情盎然的神色，知是那什麼『回春丹』所起的功效，想起自己與苗疆三娘在神女石像洞腹中欲死欲仙的景況，確是非一般女人所能比擬。現在她服了可刺激情慾的「回春丹」，自己待會與她交合起來，又會是怎樣的一種妙境呢？還有孟姜女，她久曠多年，待會把積蓄多年的情慾一股腦的向自己發洩出來，又會是怎樣的一種旖旎風光呢？

項思龍心下怪邪的想著時，孟姜女已扶拉起了苗疆三娘，湊首在她耳際一陣嘀咕，想是在聯合苗疆三娘一起來與項思龍抵抗吧！

不想苗疆三娘聽得孟姜女對她把項思龍方才一番話的轉述，不但沒有發嗔，反是大喜的嬌笑道：「姐姐不會是真忘了吧？我們是答應過項郎，如他安然闖過了那『八卦迷幻圖』，就要賞他一夜風流快活的呢！現在既然項郎索賞，又加上是對他輸功有益的，我們自是要滿足他了！」

孟姜女不想苗疆三娘會作此說，又氣又急又羞的大叫道：「妹子，你……你喜歡與那傢伙快活，自個兒去好了！我才不願理他呢！」

苗疆三娘一把摟過孟姜女，伸出纖手在她身上一陣亂摸，害得孟姜女連連驚叫不已，嬌軀在上氣不接下氣的嬌笑氣喘中非常劇烈的扭動著，口中斷斷續續的嗔罵道：「妹子，你……你與項郎那色鬼……聯合起來對付我啊！我們可……都是女人呢！應該聯手……對付他才對啊！你……不是為了討好項郎，想他待……

待會多給你一些溫……溫存吧！」

苗疆三娘纖手在孟姜女身上不斷亂摸著，口中邊浪笑道：「姐姐不早就已對項郎芳心默許了嗎？遲早都是他的人，何必這麼羞羞答答的呢？現在項郎向我們求歡，可是我們的幸福呢！想今後項郎有那麼多年輕漂亮的妻妾，我們想得他恩寵也想不到呢！現在何不放縱一下自己，來盡情的享受與他交合之歡呢？」

說到這裡，神色一正的接著又道：「再說，項郎現在與我們交歡也並不全是肉慾上的追求，『日月天帝』前輩向思龍輸功可需要我們與他進行交合呢！能為項郎做些事情，姐姐不覺得是我們最大的幸福嗎？」

說著已是放開了孟姜女，輕輕的摟擁著她，嘴角掛著一絲甜甜的笑意。

孟姜女倒也被苗疆三娘的這一番話說得去了羞澀之心，突地哂道：「那好，在『日月天帝』前輩為項郎輸功的這幾天裡，我們就放下一切矜持，盡情的與他行男女交合之歡吧！說得也是，今後我們不知還有沒有機會得他的恩寵呢？」

二女的這一番話倒是讓得項思龍聽了心中又喜又苦，暗暗大呼道：「我的媽呀，兩隻母老虎溝通來對付自己了！可真不知自己到時可吃不吃得消她們二人？要是敗陣下來，那自己這臉面丟得可大了！今後就再也不要想在自己的一眾妻妾面前抬起頭來做人！看來今天這一戰，自己可得打起十二分的精神來才行！

「二女都正值女人性慾最旺時期，現在又經『回春丹』這麼一刺激，還有她們都懂魔教的『密宗合歡術』，自己待會與她們二人大戰起來，鹿死誰手可真還是個未知數呢！不過自己可絕對不能輸！」

如此想來，項思龍心念一動道：「兩位娘子，待會我們的交合可不是為了私慾的發洩，而是為了配合我接受我師父『日月天帝』的輸功，所以到時只能我作主動，你們則在我的指示之下與我進行交合，決不能被慾念控制理智亂瘋亂來，要不使得我們輸功失敗，其後果可是不堪設想的！這話你們可得記住了！」

二女聞言先是一愣，接著又是神色一黯的點了點頭，一臉的失望之色躍然人前。

項思龍見「奸計」得逞，一邊暗暗竊喜，一邊卻也暗感內疚。自己使得二女順從自己的話意，還不是利用了二女對自己的關心和深愛？

正當項思龍如此患得患失的想著時，「日月天帝」的發話卻突地破壞了項思龍的諾言道：「兩個女娃子，你們不要聽那小子的胡言亂語！『陰陽輸功大法』是男女雙方愈是完全投入就愈能順利進行，你們到時不需要有任何抑制慾念的顧忌，否則在我輸功時，如突地斷掉了你們陰陽之氣的相互交合，那這小子才會有走火入魔之險。所以你們在與他交合之時愈是放縱自己，同時可以施展『密宗合歡術』來進行催情，總之是你們愈投入就愈能激發陰陽交合之氣，不必有什麼不好意思的！」

項思龍聽了這話，心下對「日月天帝」自是暗責不已，卻也無法出言相阻，因為在這問題上，「日月天帝」說出的話才是權威，當下只好一臉尷尬的望著二女，對「日月天帝」投去的目光卻甚是不滿。

孟姜女和苗疆三娘聽了「日月天帝」這話，則是均都喜上眉梢，兩雙秀目則是向項思龍投出有若母夜叉般的凶光，只聽得後者悶哼了一聲道：「像是害怕我和孟姐姐把你給吃了似的！你還是不是個男人啊！這麼沒種！連我們兩個人也害怕搞不定嗎？那你娶那麼多的妻妾幹什麼？銀樣蠟槍頭是沒有女人會喜歡的！」

項思龍被苗疆三娘這話激得一陣氣血直往上湧，俊臉脹得通紅的道：「誰是銀樣蠟槍頭啊？你不是品嘗過我的厲害嗎？怎麼？還沒有滿足你嗎？哼，待會我會讓你為你說出的這話付出代價的！」

苗疆三娘俏臉微紅的哂道：「誰怕誰啊？明天就可分出個高低來了！」

二人這般赤裸裸的打情罵俏，讓得孟姜女有些不好意思的插口道：「我看大家都不要再爭什麼了，還是聽聽『日月天帝』前輩講解一下『陰陽輸功大法』的情形吧！」

項思龍和苗疆三娘聞言也都停下了爭執，轉目向「日月天帝」望去。「日月天帝」何曾見過這等打情罵俏的場面？心中一陣不平靜，不由得乾笑了幾聲，掩飾過心緒，收拾了一陣心情後道：「說起『陰陽輸功大法』的緊要之處，你們都已經知道了，那就是利用男女間的陰陽交合之色作引，導化我輸入思龍體內的『陰陽五行真氣』，彼此均屬陰陽，不會相斥，只會相吸，如此就可使思龍安然接受我的一身內力，再有就是我先前輸入思龍體內前六成的『陰陽五行神功』受得你交合的陰陽之氣的引發，會與我留的後六成真氣脈脈相道，使之可順利承接。」

說到這裡，頓了頓接著又道：「更主要的是我真身已亡，只剩一個虛化的元神，要使我的元神內蘊藏的真氣代之為實體，就必須有無形的陰陽之氣作為橋樑與我的元神相溝通，如此才可以把我元神內的功力輸給思龍。」

項思龍聽得暗噓了一聲，忖道：「原來自己要接受『日月天帝』的一身勞什子的『陰陽五行神功』已註定了需要有女人來與自己交合作引的，難怪『日月天帝』先前說自己福緣深厚，現在想來也的確如此，想想如是自己一人闖入『日月天帝』的練功密室，空喜『日月天帝』願把一身功力傳輸給自己，但卻沒有辦法傳輸，那可真是悲哀了！」

心下怪怪想來，口中卻是苦笑道：「看來我是脫不了會有一場香豔的肉搏戰了！對了，老小子，到時你會不會在旁……這個的嘛！」

「日月天帝」眉頭一揚的做了個怪像，聳了聳肩道：「我自是需在旁看著的了！要不怎麼瞧準時機向你輸功啊？不過，小子你大可放心是了，即便我食指大動，看得直流口水，卻也無法碰你的兩個大美人一根指頭，因為我是個虛像，根本無法與實體實質接觸，只可用意思和氣機去感應自己可見到的東西。」

項思龍想著「日月天帝」要在旁邊看著自己和二女做愛。心下老大不自然的道：「你那時最好進到紅色光彩中去，否則我心裡還是會不安心的！」

「日月天帝」失聲笑道：「你這小子原來對私有財產這麼小氣的啊！我又不會與你分享！不過，也就依你這言吧！你放心狂歡就是了！」

項思龍毫不覺歉然的道：「這話可是你說的啊！我與二女狂歡時你得走開的！」

「日月天帝」點了點頭，話題突又轉到有關「陰陽輸功大法」上的問題道：「記住，你們一定得雙雙進入靈與慾交融的至高巔峰中去，如此思龍才可以完全吸收後六成的『陰陽五行神功』！」

接著又講了一通有關三人在交合時應該怎樣分配時間，應該注意哪些事項等問題，才向項思龍狎笑的望了一眼道：「為師去也！你慢慢的與你的兩個大美人盡情享受吧！」

言罷，影子身形又倏地化作一道白光向那紅色光球射擊，轉瞬卻見「日月天帝」的身影已在裡面，正望著項思龍，向他戲弄的眨了眨眼睛。

項思龍雖是不願「日月天帝」在身邊，但當他一走，卻又有些心慌的感覺，因為孟姜女和苗疆三娘二婦這刻的目光有若發情的母狼一般湧滿著潑辣的個性，正熱情如火的盯著項思龍，並且二女的嬌軀在「日月天帝」斂去後，都在向項思龍貼近著，口中發出「唔唔」「啊啊」的呻吟聲。

項思龍只覺情慾在二女的目光中快速的暴漲著、灼燒著。他的心理障礙已經去除，這刻在二女的液態中，已是迫不及待的表露出自己對她們的情慾來。

二女邊向項思龍走來，纖手撕扯著身上的衣物，待到得項思龍身前時，身上都只剩下了兩件薄薄的內衣，凹凸有致的身材完全裸露在項思龍的眼底。

項思龍看得一陣心蕩神搖，慾火如熔岩般的爆發出來，嘯叫一聲，張開雙臂，迎合著二女向自己撲來的嬌軀，一手一人，把她們給緊緊的摟在懷裡，一雙怪手同時大是不規矩起來，在二女身上狠搓緊捏著，只讓得她們口中更是「唔唔呀呀」的浪叫不已。

苗疆三娘迫不及待的把手伸進了項思龍衣內。孟姜女雖是比較羞澀，卻也放浪形骸的拉住項思龍的大手往她上身摸去。

項思龍只覺在二女的撫摸下，身上的慾潮更熾，體內一股異樣的真氣在不自控的湧動起來，推動著慾火的燃燒，讓他全身似輕飄飄的又似沉甸甸的。

項思龍的心神已感覺一震，卻也隨知這股真氣可能就是「日月天帝」所輸給自己的前六重「陰陽五行神功」了！只不想這「陰陽五行神功」竟會有著可刺激情慾的功效，如此一來，自己如學全了「陰陽五行神功」，會不會變成個色中餓鬼呢？

項思龍身上慾火高燃，只有靈台仍保持著這麼一點兒清醒怪怪的想著，但很快又被體內給二女激發的一浪又一浪的慾潮給淹沒了。

雙手粗暴的撕扯下二女身上最後掩著的衣物，把她們吹彈得破的柔嫩肌膚用手盡力揉搓著，一張大嘴也不停下的俯首在二女的酥胸上狂吻著，有若發了情慾的公牛。

二女芳心都均已對項思龍默許，又都正是女人性慾最旺的年齡，同時均又把慾潮壓抑了十多年，這刻且服下了「回春丹」，又懂「密宗合歡術」，在項思龍狂暴有力的揉捏下，體內的慾潮愛意更是如山洪奔洩般的噴發了出來。

密室內的春情溫度高熾至極點，讓得任何一個正常的男女見了這等場面都會情動如潮不能自制，哪怕是靜修百年的老禪師也不行！

因為光球內已是有一千多年未曾動過慾念的「日月天帝」，見了這等火爆情景，也禁不住雙目放光，全身肌肉繃緊，體內有一股灼熱在湧動奔流了。

第十一章　功成圓滿

項思龍和孟姜女、苗疆三娘三人均都陷入了情慾的狂流裡，對光球裡「日月天帝」的反應是毫無所覺，即便是有覺察，三人這刻也均都沒得其他一點兒的心情和理念去理會了。

三人完全的沉浸在肉慾橫流的激情中。

慾念這東西就是這麼樣的，一旦衝動起來，可以使一些平時拘謹守節的貞婦淫蕩得比那些蕩婦淫娃更是不可收拾，孟姜女和苗疆三娘都是這樣，因對項思龍動了情慾，這刻一旦肆無顧忌的放蕩起來，心底裡久蓄多年的慾潮愛意，有若山洪般的被引發起來奔瀉如萬馬奔騰。

項思龍則本就是個生性風流的多情種子，體格又非常的健壯，在一種異樣情緒的刺激下，情慾也是比平時的高逢時期還要旺盛許多。

三人在極度瘋狂的輪流交合著。項思龍不但沒有感覺到一丁點兒的勞累，反還覺著精力愈來愈是充沛，將近二個時辰下來，不但沒有力竭勁疲的現象，而且性慾還越來越強烈，體內那股異樣的真氣流動的速度越來越快，並且越來越是雄渾沉凝，似是有著無窮大的暴發力。

二女幸得「回春丸」之助刺激了她們的情慾，增長了她們的體能，所以在將近二個時辰的瘋狂動作下也沒有敗下陣來，還是一副如狼似虎的向項思龍索要的淫蕩模樣。

這倒正合項思龍的胃口，自身已是慾火愈燒愈熾，與得二女的這一戰更是殺得天昏地暗天翻地覆。三人極盡所能的去迎合著對方，變換著所能想到的各種姿勢進行交合。

「日月天帝」在光球內一直目睹著這香豔刺激至極點的活生生的春宮圖，連眼睛也捨不得眨一下，情慾在太過的緊張刺激下倒是淡忘了下去，但整個人的精神卻都完全投注在這場風情中，渾然忘即其他。被得一女突地發了的尖叫聲震得心神一跳，斂回神來，見得項思龍的情景，心中暗呼：「好險！是差不多可以輸功的時候到了！自己卻差點給疏忽了！唉，怎麼回事嘛？自己一生可都未近女色，練有童子功，怎麼會色心大動吧？」

自責自嘲的想來，「日月天帝」在光球中，口中一陣呢呢喃喃，似在念什麼咒語亦或心法口訣，只見得他光球內的虛幻身形頓即在「嗤」的一聲光束破空之聲中射飛出來，停落到「綠玉盤」上，雙手揮出一道弧線，把體內的真氣給提發出來，向項思龍和正與他交合著的美人揮去，把二人身形托在空中，再雙手愈揮愈疾，連虛幻的身形也轉動起來，化著一道旋轉的光影，把項思龍和與他交合的美女二人身形在空中也快捷的施轉起來，並把二人身形旋轉到綠玉盤的中心處，再驀地大喝一聲，雙掌勞宮穴處射出兩道紫光向項思龍頭頂百會穴射去。

項思龍正感覺自己的整個靈與慾都沉浸在一股氣流的包裹之中，體內的真氣似在無窮盡的膨脹著，但這種膨脹卻並不充實，似是被充滿了氣的氣球，內中沒有實體。

「日月天帝」射向他頭頂百會穴的紫光剛好充實填補了他體內真氣充盈空中的空虛，如百川歸海般的歎納著「日月天帝」射出的喜氣，只覺體內的真氣愈來愈是充沛，似是舉手投足之間都有無窮無盡的內力。

身上的每一根筋脈都在體內真氣的快速增長之下給凸現了出來，呈現出紫紅之色，並且身上的肌膚也漸漸變色，由先前的黃白色變成了現在的紫紅色，且肌肉顯得透明發亮，可清晰的見著體內流動的血液和真氣，但又給人一種這透明的紫紅色肌肉並不脆弱而甚是緊韌無匹的感覺。

當然，對於這些變化項思龍並不知道，因為他體內的慾火還未熄滅，反正處於極度興奮的高潮之中，所以他的神智還未醒過來，但體內真氣愈來愈充實這感覺他還是有的，不過這種感覺不但未使他的慾火漸趨平熄，且讓得他的慾望再次萌生暴長。

「日月天帝」似感覺到了項思龍的這種反常現象，眼睛裡顯得有些驚駭，卻又顯得有些興奮。

這小子的體質怎麼這麼厲害特異？瘋狂做愛了十幾個時辰，卻一點勞累樣子也沒有！

照這樣下去，他體內的陰陽交合之氣還會增長。自己發出的功力已是快有三成了，這小子似毫不費勁就給接受下來，且他體內裝納真氣的空間似乎讓自己也探測不到邊際，待會自己的功力如被他吸乾了，那自己還要交代他一些後事豈不沒有氣力了？這……怎麼辦呢？

「日月天帝」心下矛盾的想著。說來這種現象也是一件好事呢！自己的功力可被小子完全吸納過去，也不致造成浪費了！

反正自己也只有一天好活了，遲死不如早死，有什麼好擔心的呢？

再說，小子可完全吸納自己的功力，自己也就不用擔心他承受不住了！

如此想來，「日月天帝」的心情又平靜下來，凝神靜氣的全力把體內的功力源源不絕的向項思龍輸送過去，而他自己元神的虛像卻在他功力的漸少之下，顯得愈來愈是黯淡。

項思龍只覺體內的真氣如熔岩般湧動著，衝突著，讓得自己的軀體愈來愈是沉重堅實，自己像成了個宇宙巨人般蘊藏有天與地所有的靈氣，只要自己擊出一拳天會被擊個洞，他會被擊個孔般。

此刻項思龍有若一個發了狂的淫魔般拚命的索取，而喪失了一切的理智，體內真氣的空白空間主動的吸納著「日月天帝」傳輸給他的真氣，有若現代武俠小說裡所寫的「吸星大法」般，是在吸取「日月天帝」的內力，而不是傳輸了。

二人絞黏著一個多時辰過去了，「日月天帝」元神的虛像已顯得越來越蒼白黯淡，似是已再也不能見著他的容顏了，他的額上已是出汗珠了，臉上也顯出痛苦的神色，卻又掛著一抹安祥的笑意，似是很滿足了人生似的。

項思龍則是身上的紫紅之色愈來愈熾，全身上下釋發著一重灼亮的紅光，與紅色光球的光亮連為一體、使得紅色光球的紅光倏地大熾，亮得有如天上明月，彩芒閃耀，詭異無比。

就像紅色光球具有了靈性般的。放射出無與倫比的異力。要侵進他的腦子裡和體內去。

奇怪而陌生的景象紛呈眼前。似若有一個全身赤裸的美女在光球裡面演練著一套詭異絕倫的劍法，又似著那美女在與自己交歡，把項思龍刺激得煩燥的欲瘋狂大叫，似若陷身在不能自拔的詭異的夢域裡。

來自項思龍得自「日月天帝」的真氣，催發出了紅色光球神奇的力量。

紅色光球內的佛像吐射去一束灼亮的紅光向項思龍的「氣海穴」射去，並且紅色光球在佛像紅光向項思龍體內的吐射中顯得愈來愈小，似是其中的能量全給轉輸到項思龍體內去了似的。

奇怪的氣流在項思龍體內竄流不息，有「日月天帝」輸過來的「陰陽五行神功」真氣，有項思龍體內自身的各種真氣，還有紅色光球輸送過來的奇異能量，都在項思龍體內循環往復著，這些氣流每循環一個周天，讓得項思龍的經脈似乎膨脹了許多，體內的各種真氣異能也都漸漸的凝合成了一體，成為了一股新的奇異功力，這股功力似若淡淡如無，又若閃電奔雷山洪火山巨大無比，使得項思龍的整個心神都進入了一種詭異的意境裡，體內的慾念倏然退去，進入了一種無思無我的至高境界中。

「日月天帝」的元神虛像看得項思龍的這種情形，渾體猛震，在項思龍體內真氣進入自我封閉的運行狀態時，大吸一口氣，暗喝一聲，掙脫了項思龍的吸制，但體內的真氣卻已是可明顯的感覺到所剩無幾，還不到平時的十分之一成。

可「日月天帝」不覺悲哀，反是無限的欣慰和激動，因為項思龍這刻破去了紅色光線的奧秘，釋解了他心中的一個疑團，這讓得「日月天帝」是多麼興奮啊！

雙膝一跪，熱淚已是不受控制的奪眶而出。他成功了，把項思龍造為自己的影子的計畫他成功了！項思龍學會了他的「陰陽五行神功」行走江湖，異日所取得的成績不也等若他「日月天帝」所取得的成績嗎？

對於「日月天帝」這邊的景況和心情，項思龍自是一無所覺，他整個的身心完全沉浸在了自身真氣給予他的那種奇妙感覺中。

腦海內突地似多了一個靈魂的存在，使得自己似多了許多自己從不知道的知識，但這些學識卻又顯得有些模糊而不清晰。

項思龍的意念在瞑目深思著這些模糊的影像，影像中的一切形而無質的東西似在自己體內與自己的思想給聯在了一起，突地他看見了「日月天帝」，只見他變成了一個有形實體，正望著自己微笑著。

項思龍沉迷的意念倏地一震，神智倏然清醒過來，他似明白了些什麼東西般的倏地睜開了雙目，旋轉的身形也隨之停住，在他意念一動之下，緩緩的落向了地面。

身下的美人是孟姜女，已經昏睡過去，那赤裸的睡態甚是撩人心癢，但項思龍這刻的靈台非常清明，竟是提不起絲毫的慾潮來，只是無限憐愛的親吻了一下她的俏面，頓即站起身子，伸手一揮吸過外袍，胡亂的被在身上後，雙目頓時打量起密室內的情景來。

苗疆三娘也已昏睡過去，臉上掛著一抹幸福滿足的笑意，赤裸的嬌軀竟然發著瑩瑩白光，使得她的肌膚看上去更是柔白細嫩了些。紅色光球已是夷然不見，卻見地面上有一堆閃著珠光的粉末狀物，顯是紅色光球因內中異能被項思龍吸收了去，所以變成粉末了。但寶歸有緣人，想是項思龍與那紅色光球甚是有緣吧！

「日月天帝」的虛體已是只能隱約可見了，顯見他體內內力已被自己吸收了大半，所剩無多，讓項思龍見了，心下不覺升起些許傷感。

這當年威震一時的魔教教主看來就要形神俱滅了！

唉，但願他的靈魂能升西天極樂去吧！想來他在臨死之前也算做了一件好事，造就了自己這個徒弟，可以拯救中原和魔教之間的一場劫難，總算也可以得以瞑目吧！

項思龍心下傷感的想著，同時發覺密室內所有的煙霧都消失不見，室內的一切可一眼盡收眼底，石室右端水池內的水已不再冒氣泡，也沒有了蒸騰的霧氣，連池水色澤也不那麼赤紅了，黯淡了許多。

見著這些異況，項思龍心下暗暗嘀咕道：「這是怎麼回事嘛？難道這密室內的靈氣全被自己給吸納光了？這……不可能的啊！『日月天帝』也跟自己說過，這神女峰地底蘊藏有無窮無盡的異能，而這密室處於這異能的靈穴處，自己怎麼可能吸收光這些異能？」

項思龍正如此怪怪的想著時，耳際突地傳來「日月天帝」的聲音道：「小子，你成功了！我也想不到你的體質這麼特異，遠遠超越了常人體能的極限，使得『陰陽輸功大法』順利成功！」

說到這裡，頓了頓又道：「你小子體內是不是早就練有什麼玄奧高深的陰陽相調的神功？要不怎麼有那麼強盛的陰陽之氣？」

項思龍聞言，想起自己所練的本就是一陽一陰兩種神功，當即點了點頭道：

「或許是吧！我練會的神功有許多，有純屬陰的，有純屬陽的，也有陰陽相合為一的，但我在一次被大火圍困中，把我所練會的所有神功功力，都給無意中融合在了一起。

「現在也感到了這種現象，你輸給我的『陰陽五行神功』和吸收自怪光球的異能以及我體內的所有功力都給凝合在了一起，而形成了一股新的怪異功力。」

「日月天帝」聽得愣了愣，臉上閃著異光道：「小子，恭喜你了！你練成了練武之人夢寐以求的『無影無意無色無相神功』了！練功練至此等境界已經是達到天人合一了！今後的天下的確是要唯你獨尊，古往今來還沒有人練至此等境界。」

頓了頓，接著又道：「練武者守形為下，守神為中，無形無神為上。神乎神，機兆乎動。機不動，不離其空，此空非常空，乃不空之空。清靜而微，其來不可逢，其往不可追。迎之隨之，以無意之意和之，以無形之形施之，此乃神功大成的訣要。由有法之法，入無形之法，由有神之念，而無神之空，以無心之意禦氣禦形禦神，此也是功道中的至高境界了！」

項思龍聽得似懂非懂的不置可否笑笑道：「可我意念即便動了，體內的真氣卻也似乎沒有動靜呢！真不知我功力是否被廢掉了！」

「日月天帝」正色道：「小子，我說你練成了武道至高境界就不會有錯了！『聖火令』上就有對這種現象的講解，不信你可以參研一下！

「至於你現在為何似感覺沒有真氣，因為你是有意而為，所以如此。其實只要是你意念一靜，進入無心之意之境，你的真氣就可無堅無摧無處不至了。

「你不必擔心什麼的，你要進入無心之意，很是簡單，只要你心中對人動了怒氣和殺意，你的真氣就會自然而然的釋發出來。

「這意思也就是說，只要是你所憎惡的人亦或你的敵人，你的真氣就會自動的向對方發動攻擊。同時，只要你遇著任何險情，你體內的真氣都會自動向你報警和防禦險情。

「小子，你練成的這種境界亦可稱之為武學界的『不死神功』了！」

項思龍聽得「日月天帝」的這番解釋，心中是一喜一憂。喜的是自己練成了這門神功，今後，可以到任何地方放心的睡大覺了，反正這門功夫會向自己報警和防禦險情，再有就是任何偽裝的敵人也都逃不過自己這門神功氣機感應的耳目了，這對日後行走江湖可真是一件好事，再也不怕江湖險詐。

憂的則是，若是這鬼功夫需要自己憎惡的人亦或敵人，才會向對方發動抵抗，那自己若是遇上了父親項少龍呢？自己對他會懷有戒心嗎？他可屬自己憎惡的人還是敵人呢？在自己的心底深處，這兩者似乎都不是，那自己這鬼「不死神功」還可發揮出它的神奇功效嗎？

心下雖是如此想著，嘴上可不敢說出這內中的苦惱來，只是淡淡一笑道：「原來如此啊！那練成這勞什子的『不死神功』可真是我的福緣了！」

「日月天帝」正待說話，苗疆三娘的驚呼聲突地傳來，項思龍聞聲轉目望去，卻見苗疆三娘正赤身坐著，雙手緊抱胸前，雙腿緊緊挾在一起，目含羞澀的望著「日月天帝」。

項思龍見了苗疆三娘這等樣子，心下暗暗失笑道：「故作個什麼羞態嘛？方才你們二人與我極盡做愛的場面都盡被『日月天帝』目睹了，這刻卻還怕身子被他看到，真是的！」

心下不置可否的想著，當下轉目往「日月天帝」虛像望去，不想「日月天帝」果真雙眼直勾勾的望著苗疆三娘，似欲噴出慾火來，難怪苗疆三娘如此驚羞失措了！

任何一個女人在她這等境況下，被「日月天帝」的這種目光盯著，都不可能不感到羞澀，更何況是苗疆三娘這等女強人？

項思龍心下只覺怪怪的好笑，乾咳了一聲，「日月天帝」聞聲頓然驚覺自己的失態，老臉一紅，卻是戀戀不捨的收回盯在苗疆三娘身上的目光，暗暗道：「嘿，你的大美人醒了呢！過去探著一下她吧！看看有沒有什麼不好的地方！想來『回春丹』應是正常發揮出了它的功效，使二女沒有什麼損傷的吸收它的藥效就受益了的！」

項思龍聞言望著「日月天帝」笑了笑，也依言走到苗疆三娘身邊，動功吸過她的外袍輕披在她的酥肩上，口中柔聲道：「夫人，你沒事吧！」

苗疆三娘臉上露出幸福迷人的赧然一笑道：「沒事！我不但一點也不覺著體虛，反覺精力比以前任何時候都還要充沛呢！想來可能是那『回春丸』發揮出了它的功效吧！」

項思龍聽了大是放下心來，作弄的呷笑道：「那『回春丸』雖起了一定的功效，但為夫注入你身上的營養品，也起了滋補作用吧！」

苗疆三娘聞言俏臉一紅，但卻大膽的作答道：「那當然啦！男性的精子可有補血提氣養顏的功效呢！更何況項郎的超級特佳的身體裡射出的佳品，其滋補作用定然不比那『回春丸』差！」

項思龍聽得這等奇特論調，心下譁然，不過卻也突地想起在現代時看過的一些有關提到了性的醫書中的記載來，那些醫書中提到，男女交合只要不是太過放縱，確實是對女性有養顏的功效，這裡面有一個科學依據，因為在男女交合時，女性的性神經一興奮，會帶動她們整個內分泌系統的興奮，而在興奮狀態中，女性的內分泌系統會分泌出比平時多得多的女性荷爾蒙，而荷爾蒙對女性皮膚的滑嫩，面容的光潔都起著舉足輕重的作用。

基於此現代科學理論看來，苗疆三娘的話卻也有著一定的科學理論根據呢！她現在的容光煥發，定也有一半的因素是得到了自己對她的滋潤吧！

心下想來，當下也接著作弄道：「哇咋！原來你跟我做愛是為了想『返老還童』啊！那以後我可要向你收取營養費了！」

苗疆三娘秀目春情如絲的媚笑道：「那你想怎樣向我索取營養費呢？這樣可以嗎？以後讓我來為項郎每天按摩一次，我包保你舒服非常！」

項思龍咋舌的搖了搖頭道：「這個我看不行！讓你給我按摩，如此一個大美人，我可要禁不住食指大動！再說，你這騷婆娘不勾引我才怪，更甚的說不定會『強姦』我呢！」

苗疆三娘「咯咯」嬌笑道：「項郎可是越來越瞭解我了呢！的確是這樣，給你按摩，對我來說可是醉翁之意不在酒！不過，項郎與我做愛，對你不也是增進功力的功效嗎？因為你懂得了『密宗合歡術』，現在又繼承了『日月天帝』前輩的『陰陽五行神功』，男女交合對你更是有益無害。這等對我們雙方皆有利的事情，項郎何樂而不為呢？」

項思龍聽得苗疆三娘這等赤裸裸的告白，禁不住頭皮發麻，頓忙轉過話題道：「好了，我與我師父還有一些私話要談，你去看看孟夫人吧！等她醒來後告知我一聲！」

說罷又閃身縱回「日月天帝」身邊。「日月天帝」自被項思龍發覺自己的失態後，一直轉過身背對著項思龍和苗疆三娘，不敢再與他們對視，聽得項思龍身形閃動的破空聲，知他又縱回自己身邊，頓即低垂下頭去，老臉還是通紅著不敢與項思龍面對，倒是項思龍坦然一笑道：「師父，想什麼呢？是不是還有些什麼話要對我說的？那你快說吧！噢，現在是我進得神女石洞的第幾天了？」

「日月天帝」被得這話也給轉移了羞愧，收拾心情道：「嗯！已經是第三天了吧！師父現在只有一天時間可活了，在這一天的時間裡，我要傳你一套『玄月劍法』，這劍法共有一十二招，招招都有驚天地泣鬼神的威力，乃是我從紅光球裡在一次偶然的機緣中看來學會的！」

項思龍聽了這話，眼前頓即顯現出那赤裸練劍美女的情景來，其中的每一招每一式都如現代的特技鏡頭般可隨心停止下來，清清楚楚的閃現在腦海中。項思龍心念一動之下頓忙道：「師父，當時你看到的是不是一個裸美女練劍的情形？她所演示的劍法就是你所說的『玄月劍法』嗎？」

「日月天帝」大訝道：「小子，怎麼你……你也見到過那等情景了嗎？這……你是否記住那美女所使的劍法了？不要看她每一招每一式都像是在以劍作舞，其實威力卻是不可想像。

「當年我也只從中默記了八層左右下來，我通過一番心血改進後，創出的『玄月劍法』已是我所知曉的劍法中威力最大的一種劍法，比之『聖火令』中的兵器武功只有過之而無不及。

「創出此『玄月劍法』十二式後，我這一輩子只使用過一次，那就是與『烏里木蘭教』教主巴達漢的一戰，我只使出第三招『散花百變』，巴達漢就被我所殺。

「說來巴達漢的武功也屬不弱，若是我不使出『玄月劍法』，差不多需百招開外才可擊殺掉他，由此可見『玄月劍法』威力確非一般了。

「我一直在想，要是我十層十的學會了光球內美女的那套劍法，威力到底會有多大呢？不過這願望我一直未能實現，因為我此生只見過光球內的美女一次。」

說到這裡，不勝感慨的接著又道：「那紅色光球據上面的古文字記載，它乃是月亮上的一塊巨大隕石提煉出來的，它還有一個同胞體，名叫『和氏璧』，不知失落何處。

「如這兩塊寶壓合在一起，就可開啟一個名叫『天外天』的寶藏，那『天外天』裡面據載有著盤古開天地的『天矛地盾十三式』。

「當然，這記載是不是好事者刻上去的虛聞並不知曉，但這怪光球確是有著讓人不可破譯的詭秘怪異之處，只不想卻被小子你把它的異能給吸收到了體內去，那『天外天』的秘密自此也就再也沒法解開而成為一千古之謎了吧！」

項思龍聽得這話，差點要失聲驚叫起來，因為「和氏璧」乃是春秋戰國時代，一楚人卞和在荊山砍柴時，見一隻美麗的鳳凰棲於一塊青石上，卞和想起「鳳凰不落無寶地」這句話，斷定這青石必是寶物，於是獻給楚厲王，豈知楚厲王的玉石匠瞎眼不識寶，均都指卞和獻的乃是凡石，使得楚厲王一怒之下斬去了他的左足，並把他趕出皇宮。

卞和認定自己所採的青石是寶物，對於自己的遭遇冷落，心中不急，於是等武王繼位後，再去獻寶，但不想落得同樣的下場，被斬去了右足。就這樣卞和憂鬱而終。

到武王的兒子文王登位，聞得此事，於是命人找到卞和所發現的青石，因為文王也深信那什麼「鳳凰不落無寶地」這一俗語，再說寧可信其有不可信其無。工匠得文王之命於是日夜精心琢磨，剖開青石，從中得了一塊光潤無瑕、晶瑩光潔的不世奇寶，為了紀念發現這異寶的卞和，文王於是下令把它命為「和氏璧」。

後來幾經百年周折，這「和氏璧」落到了秦始皇手上，秦始皇命李斯在「和氏璧」上撰寫了「受命於天，既壽永昌」八個鳥蟲形篆字，經玉石匠鐫刻，於是「和氏璧」遂成了秦始皇的玉璽，再後來自己也不大清楚了，知歷史記載是說此寶璧流失民間了。

「日月天帝」比起卞和可是要早出一千來年的年代中人，他怎麼也會知道「和氏璧」這名字呢？不會又是偶然巧合吧？

難道「日月天帝」口中所說的「和氏璧」，真的就是歷史上傳聞的「和氏璧」？卞和是受命於天意才發現此寶璧的？如真是這樣，那世上的事可真是太過於玄奧了，真是比神話還要富於神話色彩！

再有，照這話說來，那「和氏璧」豈不也是月亮上的隕石？但它內中卻又與這紅光球又有什麼聯繫呢？「天外天」又是一個怎樣神話的地方呢？這與盤古開天地的「天矛地盾十三式」又有什麼聯繫呢？

項思龍肚子裡全是疑惑，使他對「日月天帝」的話將信將疑的理由是因為他確確實實的親眼見到了怪光球裡赤裸美人在練劍，這與「日月天帝」的話不謀而合，想來他不需編什麼神話故事來逗自己開心吧！但這卻是到底怎麼回事呢？

項思龍心下大是不解的想著，把疑惑的目光投向「日月天帝」，「日月天帝」見了，知項思龍滿心不解，當即接著解釋道：「據『聖火令』上記載的武學裡稱有一種『回夢神功』，可以把練成此神功者的意念發魂給移注在某一神物上，這接受移注的神物，必須自身是一通靈的異寶，可以與擁有寶物的主人心靈相通，『回夢神功』才可以施法成功。

「想來光球裡的美人就練成了類似『回夢神功』之類的詭異功夫吧！不過那美人到底是哪一朝哪一代的隱世高人呢？卻是無從考證了！」

項思龍聽得有些似懂非懂，卻也大體上聽明白了「日月天帝」的話意是說光球裡出現的怪異現象，並不是什麼仙術或妖法，而是一門詭異的古武功，至於這古武功的源頭卻是不能知曉了。

嘿，照「日月天帝」這般說來，那現代的一些神話小說裡所寫的神術妖法都可解釋為是古武功了！不過或許也是，現代人能夠創想出那些神術妖法，或許真是因為這古代裡有這些威力的古武功，而現代人冥冥中有了這些影像！

項思龍有這多怪異想法，卻也並不是他遺忘現代的一些科學思想，而是他身到這古代以後，親身經歷的一些用現代科學所無法解釋的事情，讓他不得不相信了古武功的存在。

項思龍怔怔的想到時，「日月天帝」突地又發問道：「小子，你是否已經緊記住了美人所練的那套劍法？可不可以演練一遍給我看看？」

項思龍聞言斂回神來，點了點頭道：「應該是全都記住了吧！但我的意念中卻模糊的感覺似乎那美女並不只是演練了一套劍法，還有其他的一些武功，不過，一時我卻無法把它想清晰起來。待二女都醒過來後，我把所能記起的劍法和其他一些武功演練給你看看吧！」

「日月天帝」聞得項思龍這話，臉上放射出極度興奮的光澤來，顯得歡聲雀躍的道：「這……是真的嗎？哈哈，太好了！太好了！我終於可以死得瞑目了！『月氏光球』的秘密終於被我的傳人給完全破解了！還剩兩枚『聖火令』！想來小子你也不會讓我失望的吧！」

想到這裡，倏地發出一陣猛咳，虛體急劇的顫抖著，過得好一會兒，才漸漸平緩過來，但臉上卻已顯出灰暗的黑色，語音震顫著的低聲道：「小子，看來我不能看你練劍了！我快不行了！不過，我卻死得真的足以安然而瞑！因為在我臨死之前，收了你這麼一位好弟子！

「你既已會得『玄月劍法』，我也就沒有什麼牽掛了！小子，希望你遵守你的諾言，善待我們西方魔教的門徒，給他們一個改過自新的機會！再有，出得神女洞後，別忘了發動毀滅機關，毀去山洞，我不想再有他人來打攪我死後的靈魂！」

說到最後，聲音已是越來越弱，雙目的神光也漸漸散去，掙扎著慘然一笑的弱聲道：「小子，別……別忘了你的諾言！我走了………！」

言罷，虛影倏地發出一陣「嗤！嗤！」「啪！啪」的怪響，轉瞬就已消失不見，只剩下一縷青煙久久繚繞在項思龍的身圍不散。

一代魔君終於與世長辭了！

項思龍的心中湧生起沉沉的哀痛來。

第十二章　魔教敵蹤

項思龍怔怔的看著身邊「日月天帝」元神化作的青煙，心中只覺一陣陣的刺痛。

無論如何，「日月天帝」也算是他的師父，傳授給了他自身的全部功力，這分恩情，已經是夠項思龍對「日月天帝」心生感激的了，更何況「日月天帝」臨終前的悔改更是讓項思龍生出敬意來。

唉，天妒英才！「日月天帝」這等不世奇才竟然會落得個形神俱滅的生命結局。

自己既然接受了西方魔教的教主之位，就一定得承擔起改造西方魔教的重任，如此才算是可以報答「日月天帝」對自己的輸功授武之恩。

項思龍心下滿是沉痛的想著，長長的歎了一口氣，忖道：「死者已矣！自己再悲傷也救治不了他，還是振作起精神準備去面對其他的一些現實中的事情吧！自己肩上的擔子可重著呢！悲傷可是解決不了什麼問題的！」

想到這裡，項思龍斂神收拾了一下心懷。

姥姥上官蓮他們在外洞定都等得心焦如焚了吧！自己得趕快出洞去與他們會合了！西域等待自己去解決的事可不知道會有多少呢！

尋找范增，重建地冥鬼府，收服暗中的魔教勢力，幫助組建匈奴國王室，還有抵抗諸葛長風、達多和童千斤他們的殘餘頑抗勢力，以及救治姥姥上官蓮的師尊「天山龍女」等等許多讓自己頭痛的事情！

更主要的解決這些事情拖不得，自己得速戰速決，趕去苗疆收拾那裡的魔教勢力，還有南沙群島的魔教勢力，在最短的時間內解決這些事情，儘快的趕到劉邦那裡去！

現在已是秦二世二年十月，距離劉邦和項羽之間的正面交鋒——楚漢相爭時間也只有一年的時間了，自己在楚漢相爭前一定得趕到劉邦身邊，否則他要鬥過父親項少龍可真是危險非常，自己一點兒也放心不下。

但是自己在這一年的時間裡可解決西方魔教的事情嗎？在這其中還不知會遇

到多少麻煩和挫折呢！

孤獨驚鳴要自己三個月後務必去撒哈拉沙漠的北冥宮救治他的侄女孤獨芳的，現在三個月早就過去了，也不知孤獨驚鳴跑去西域的地冥鬼府大鬧天宮沒有？

唉，自己要是學會一門可以分身的神功就好了！但是一個人只有一顆心一個腦袋，這「分身神功」卻是不可能會有的吧？

項思龍心下愈想愈是煩躁，連他也搞不清楚自己在這古代還有著多少尚未解決的事情了！

不過，只要助劉邦打贏了天下，其他的一切私人恩怨的事情就都可以捨棄不管的吧！自己可是一名軍人，軍人維護國家和平統一才是他的職責，其他的一些犧牲是在所難免的！

詩云：人有悲歡離合，月有陰晴圓缺，此事古難全。這詩意裡面不也就蘊藏著自己人生的一種苦理嗎？自己的命運已經註定了必將飽含悲局的色彩，這一切都是因為歷史的使命！

項思龍只覺心中在為「日月天帝」元神死去而悲痛的同時，為自己的命運而生出一絲哀痛來，心緒甚是低落的沉垂著臉，顯得有些無精打采。

死去才知萬事空！「日月天帝」的靈魂現在到了另一個西方極樂世界，塵世間的煩瑣事情他都再也毋須為之操心了，所以死亡對他來說也是一種解脫吧！

但是自己呢？卻是更加負擔沉重了！「日月天帝」一些未了的心願都落在了自己身上，他倒是落得個輕鬆的去了！

唉，這種生活真是太過沉重太過勞累了！自己要是也能找個可以分擔自己重任的弟子，那會該有多好啊！自己也可以輕鬆一下了！但是這種想法卻是一種奢想一種空想，甚至可以說是一種不負責任的消極想法，因為自己擔負的重任可以交由他人去分擔嗎？

自己的出身來歷在他人心目中都是一個謎，自己可以把這謎底告訴別人嗎？不行！哪怕是自己是心愛的妻子和最知心的朋友也不行！因為這是一個石破天驚的秘密，如洩露了出去，在這古代的歷史中會掀起怎樣的旱然大波，自己也不可預知，但總之會是這歷史的一場動亂了吧！如此，自己來到這古代的歷史重任完了，父親項少龍的野心完了，歷史也大有可能會完了！

項思龍痛苦的閉上了雙目，心中的沉重煩悶讓他忘卻了新練成了一種勞什子的「不死神功」而帶來的喜悅和興奮，「日月天帝」的死讓他看到了自己身上似乎也即將降臨著一種危機。

這是一種心電感應，其湧生心中的來由連項思龍自己也說不清，他只是模糊的覺得自己似乎有了一種可洞悉未來的異能，但這股異能並不清晰，只讓他的靈台似比以往任何時候清靜了許多，對周圍任何事物都觸覺知覺敏感了許多，並且他的思想裡增多了許多連他也不知道從何而來的知識，似比「日月天帝」懂得的還多。

這種感覺讓得項思龍心神猛地一震。這難道是那什麼新練成的「不死神功」所產生的異能？亦或是吸收了那「月氏光球」的能量後，自己所產生的異能？這種現象對自己來說是禍還是福？

洞悉未來，這是一些練術道家和巫師所夢寐以求的境界，自己無意中有了這種異能，對自己來說或許會是一種痛苦。

自己要是有一天感知了自己和父親項少龍的結局，而這結局是自己敗了亦或父親敗了，自已在現實中又應該怎麼去做呢？是改變這測知的未來嗎？但是解決自己和父親項少龍之間的恩恩怨怨在這世上會有一個理想的結局嗎？

項思龍的思想完全沉浸在了這些患得患失的思潮中，對孟姜女和苗疆三娘二人已經醒來怔怔的望著自己絲毫也沒有覺察，仍舊完全沉浸在他的思想裡。

苗疆三娘見得項思龍一副失魂落魄的模樣，以為他在哀痛「日月天帝」元神的死，先前還不忍驚動他，但過得了半個多時辰仍見項思龍呆呆的站著，不由得有些擔心的走到項思龍身邊，聲音有些哽咽的低聲道：「項郎，不要那麼傷心悲痛了！死者已矣，我們這些活著的人還是必須堅強的活著！『日月天帝』前輩能得此善終，想來他在九泉之下也會瞑目了吧！」

項思龍聞聲驚覺過來，不自然的笑了笑，收拾了一番心懷，驀地仰天一陣長嘯，震得整個密室一陣嗡嗡作響，二女嬌軀微顫。

洩發了心中的些許悶鬱後，項思龍斂了斂神，望向也是精神飽滿紅潤清爽的孟姜女道：「夫人感覺還可以吧？嗯，你看起來比苗疆夫人還要精神些呢！想是『回春丸』藥力你吸收充分些！」

見項思龍心情開朗起來，苗疆三娘不待孟姜女開口，率先搶著笑答道：「那當然啦！在我們方才的『肉搏大戰』，孟姐姐與你親熱的時間可是比我長得多呢！

「再說，你練成神功的最後時刻也是孟姐姐在與你親熱，她從你身上吸收的『愛情雨露』自是比我要多些了！嗯，你如要索取營養費的話，應該先向孟姐姐收取吧！」

孟姜女雖是沒有聽到苗疆三娘和項思龍的對話，但據她的敏感度和苗疆三娘說話的語氣，卻也可聽懂那什麼「愛情雨露」、「索取營養費」一類的話是什麼意思，聞言俏臉一紅的咳道：「妹子你說些什麼嘛？方才我們只是為了思龍順利接受『日月天帝』前輩的輸功嘛！

「啊，對了，項郎，『陰陽輸功大法』成功了嗎？你是否練成了那什麼『陰陽五行神功』了？我們何時才能出得這密室？」

面對孟姜女這一連串有若機關槍發射似的疑問，項思龍一時不知怎麼回答的沉默了片刻，苦笑道：「你沒看到我完好無缺嗎？『日月天帝』死了，我自是也練成了那勞什子的『陰陽五行神功』。至於何時能出得這密室，我的心靈感應是何時都能。

「不過，『日月天帝』曾著我看完他這密室內所遺的武學遺著，我不想違背了他的意願，所以決定再在這裡留一天，參閱一下他的遺著，兩位娘子不會有什麼意見吧？」

苗疆三娘不勝興奮的欣然道：「當然十分贊同了！我是巴不得項郎與我們二人在這密室裡待他個一輩子都不出去呢！

「不過卻也知道這是不可能的，所以只能希望能與項郎在這裡多待一刻了！一出這石室，我與你之間的距離就會被拉遠了，因為外面有那麼多的人來爭奪你的感情，我自感不是他們的對手，還有青兒……這許多的心煩事情讓得我可真不想出去。

「在這裡，只有我和孟姐姐分享你的寵愛，我感覺非常幸福，但是一出去，這幸福的感覺就會破碎了！」

說到最後臉上已是變成一派淒然神色，秀目竟也落下淚來，一派楚楚憐人的可憐模樣。

項思龍看得心中一痛，倏地一陣激情往上翻湧，脫口道：「放心吧！無論遇到什麼阻力，我也會把你留在身邊的！」

項思龍說出這句話來，卻沒想到他後來為了兌現這句諾言，遭到怎樣的一場紅粉劫難，差點鬧出人命來，使他苦惱不堪。

苗疆三娘聽得項思龍這承諾，歡聲雀躍的大叫一聲，一把抱住項思龍狂親了一口他的額頭，喜極而悲的道：「項郎，希望你說的是真心話，不是哄我開心！有了你這句話，讓我感覺到了我在你心目中的位置，即使到時不能成為你的好妻子，即便是為你死去，我也無怨無悔了！」

項思龍聞得苗疆三娘最後幾句話，心下猛地一震，那奇異的預測未來的能量在他心頭閃過，讓他感覺到將來的不幸，不由得反手一伸，把苗疆三娘緊擁在懷中，親吻去了她俏臉上的淚漬，柔聲道：「不要說那些不吉利的話！我今日對你所說的話，將來一定會成為現實的！不過，我要你好好的給我照顧好自己，我要你越老越年輕越漂亮，要你到時做我一眾老婆的首席教導長官，教她們做愛的技巧，教她們養顏的技巧，教她們『密宗合歡術』，還要教她們怎樣在懷孕期間調理孩子，分娩後怎樣帶養孩子。」

苗疆三娘聽得心下一甜，口中卻是嗔怨道：「哇咋！你把我當作什麼人了？婦科院的院長啊！那你每年付給多少的薪金呢？」

項思龍見苗疆三娘破涕為笑，心下甚是寬然，嘻笑道：「什麼？要我付薪金給你嗎？我還沒有向你索取營養費呢？就算二者相抵好了！」

苗疆三娘聽了喜滋滋的道：「這也行！不過你可得時常恩寵我啊！要不然我可就留一手，不悉心教導你的那眾多老婆了！」

項思龍虎目一瞪，佯怒道：「你敢！小心我把你打入『冷宮』，再也不關顧你了！」

苗疆三娘「咯咯」嬌笑道：「你捨得把我打入『冷宮』嗎？在你的那一大眾老婆當中，可能沒有人的做愛技巧能比得過我吧？要知道我可曾是當年威震江湖的『絕毒淫魔』的女人，對於做愛的技巧普天下之間能有幾個比我強呢？」

項思龍「哇咋」的怪叫一聲道：「哇！這世上竟然有你這麼樣的推銷自己做愛技巧高明的女人！當然是大千世界無奇不有了！唉，不過你說得也不錯，在與我有過合體之緣的女人之中，你確算得上是個尤物了！我可算捨不得你！」

對於二人如此般赤裸裸的打情罵俏，孟姜女只覺大感刺激，當下也插口道：「怎麼？項郎就只欣賞苗疆妹子的床上功夫，對我的床上功夫是不是感到不滿意啊？」

「哼，我曾看過一本我師父孔雀公主遺下的有關房室合歡術的『瑜珈行房七十二招』，如果我施出裡面的招數，也包然你爽歪歪得想喚爹娘，想不想試試啊？」

說著，竟然「嘶」的一聲撕破了外袍，若隱若現的顯露出了無限誘人美好的身體來，只看得項思龍食指大動，覺著孟姜女每一個動作都包含著無窮誘力。

哇咋！這招是不是她所說的那什麼「瑜珈行房七十二招」裡的功夫？確具震懾人心的魅力呢！

項思龍慾念大漲的吞了一口口水，邪笑道：「夫人不要這般的勾引我了！要不逗得我慾念高起，可就又要把你抱起來劍及履及了！」

孟姜女尚是第一次施展從「瑜珈行房秘術」裡學來的招式，不想施展出來，果也讓得項思龍對自己慾念大起，當下更是向他拋飛了一個媚眼，嬌軀一扭一轉，讓本已破裂的衣袍掀起來。把聲音變作嗲聲嗲氣的道：「喲！誰怕了誰來看了？有本事你儘管來侵犯奴家好了！奴家正等著你呢！怎麼？是不是怕鬥不過我啊？」

項思龍看得雙目邪光大熾，粗氣喘端的道：「嘿，怕了你？方才我殺了你們二人一天一夜有多，還未敗下陣來，我的『金槍不倒神功』你也是嘗試過了，怎麼會鬥不過你呢？」

說到這裡，忽地又神色一正道：「不過，現在我卻還有緊要的事情要做，需要參閱『日月天帝』的遺記。待閱完後，我再來與你們大戰一場吧！」

說這話時，項思龍臉上倏地寶象呈現，沒有一絲的好色之態，倒有幾分君子風度。

孟姜女看得一愣，項思龍的這種嚴肅神情更是讓她動心不已，同時也渲染了她心中的正氣，當下斂去了淫蕩之態，沉聲道：「項郎但管去做些正經事吧！妾身當會分清事情的緊要輕重的！不過，你可卻也記住你方才說過的話噢！」

項思龍點了點頭，深覺能娶得孟姜女這等知書達理，蘭心慧質的婦人為妻，確是己身之福。

心懷愉悅了許多的哈哈大笑一陣，著二女自行運功打坐，自己則走到石室左端的書桌上參閱起「日月天帝」所寫的遺記和搜集到的一些古籍來。

他來到這古秦時代已是快有兩年了，對於這古代的文字也基本上全都懂得了，再加上他由於武功越來越高深，靈智愈被開發出來，不但有過目不忘過耳永記的能力，且還有對於一些知識觸類旁通的能力。

他在現代時，由於見父心切，所以對於這古秦歷史、文化都有一番深研，所以這古代的許多東西他都知曉一二。「日月天帝」的遺記他一拿到手上，只一看書名，再隨手翻看一下內中的片段文字，就可完全的知道裡面寫的是什麼，因為在他的靈魂思想裡已是深植了「日月天帝」的思想，對於「日月天帝」所知道的一切東西，項思龍都能在大腦深處捕捉到影跡，並且使這些影跡清晰起來。

這也就是說「日月天帝」所通曉的一世武學知識，項思龍都能在默思片刻後知曉，所以對於「日月天帝」的遺記他只翻看了一兩本，發覺自己所擁有的這種異能後，就不再翻看「日月天帝」的遺記，而著重去看那幾十本古典籍來。

這些典籍內中記載的東西包羅萬象，大多是有關古代歷史發展的，連現代的文獻記載中也沒有。但最讓項思龍感興趣的是裡面一些有關兵法、醫學、機關玄學和對於世上一些奇毒介紹的古籍，還有一本有關殭屍的訓練和製作驅使的甲骨文古籍，以及一本有關驅蛇養蛇的羊皮古籍。

這一入神，不覺已是看了一天一夜的書籍。項思龍把那堆古文典籍全都覽看了一遍，內中的許多知識都讓他大開眼界，同時也暗暗敬服「日月天帝」竟能搜集到這許多的罕世珍藏。

這些典籍無論是那一本，都可以說是無價之寶，要是拿到現代去拍賣，自己至少可以成為個億萬富翁。看完了這一大堆的古籍，項思龍深覺大有所獲，對他無論是武學還是江湖經驗，以及一些邪門外道的奇術的提高，都大有幫助。

二女已是打坐了一次又一次，心中煩燥之極，卻又都不敢去打擾項思龍，只得在一旁甚是無聊而又焦煩不安的相互無聲戲笑打鬧著。

項思龍放下手中最後一本典籍，長長的打了個呵欠，伸了個懶腰，自言自語道：「他奶奶個熊，終於看完這一大堆的東西了！」

二女聞言，均都大喜，停下打鬧，嬌呼著向項思龍奔去。她們這刻均都換好了衣衫，且似已梳洗過，顯得更是一個如山谷幽蘭，一個如都市玫瑰，都是嬌豔亮目之極。

項思龍看得雙目一呆，嘖嘖讚道：「兩位娘子看起來似比以前更加亮麗了呢！看得為夫直想把你們拉過來再次瘋狂荒唐一番！」

苗疆三娘邊把嬌軀往項思龍懷中鑽，口中邊哂道：「來就來唄！你可也答應過我們，說你閱完了那些典籍後與我們親熱的！」

項思龍被苗疆三娘這話提醒，記起自己來這密室已是有四天時間了，脫口道：「哎呀，我們得趕快出室了！上面的山洞裡似乎有人在大鬧天宮呢！」

項思龍這話是脫口說出，但他的心神深處卻確是感應到神女石像洞腹正出著亂子。

苗疆三娘以為項思龍這話是搪塞之詞，一臉的不高興，不過她卻在多次遭項思龍斥責的碰壁中卻也學乖了，沒有出言頂撞項思龍。

孟姜女則看得項思龍的真實焦急神色，知道項思龍沒有說謊，心神也隨之一緊道：「不會是上面的人遭外敵來犯吧？這神女峰因被我劃為禁地，近十多年來已是罕有其他人跡的！這……不會是西方魔教的人找到這裡來了吧？」

苗疆三娘嚇得一跳道：「怎麼可能這麼巧？這麼多年沒有西方魔教的人來這神女峰，今天怎麼會有人來呢？再說，神女石像內的秘密據『日月天帝』說已是沒人知道了的啊！

「即便是有人知道，也不可能這麼多年沒有來這神女峰探秘而今天才來吧！嗯，難道是破了這洞內的機關使得西方魔教的教徒感應到了，所以火速趕到了這裡，而與在洞裡的人打起來了？」

項思龍的感應卻似乎沒有危險的感覺，但也被二女這番豐富的想像給說得心中緊張非常，頓忙道：「不管上面的情形怎樣，我們還是快出室去看看吧！唉，來這裡有四五天時間了呢！」

二女聞得此言，當下也沒再說什麼，自覺的離開了項思龍的懷抱，退站至一旁。

項思龍走到有「八卦迷幻圖」這方的石壁，閉目凝神把思想進入靜思中，卻果如「日月天帝」所言，內力頓然生起，且充盈體內的四肢百骸，每一處有知覺的地方都有真氣在流動，連雙目也不例外，而自己卻沒有提氣下令真氣運行，只要是意念所到之處，真氣就會大熾，發揮出自己意念裡想達到的目的。

項思龍覺到了這種現象，心下大喜，頓即把意念集中於雙目，卻見項思龍雙目厲芒大熾，有若兩個灼亮的光球般明亮，且目中射出兩束紅光向石壁射去，石壁背後的「八卦迷幻圖」頓然躍然眼前，如就放在對面一般，且圖中的那些組成「Z」字形的金字梵文的每一個字元都落入了項思龍的眼中，不過對於這些梵文項思龍一時卻也沒能破譯出來，想來這「八卦迷幻圖」的創建者「日月天帝」也不明其中之意，只是在那一古典籍中發現此圖，依樣畫葫蘆的把它照刻出來罷了吧！但不知「日月天帝」在何處發現此圖，是不是「聖火令」亦或「月氏光球」？

項思龍的思想在如此胡亂想著時，意念卻還是停留在石壁外的「八卦迷幻圖」上，這一感覺讓得項思龍心中又是一喜。

哈，俗話說「心無二用」，但自己似乎卻可以有二用呢！嗯，自己的左大腦和右大腦似乎可以同時去思考問題，這……自己可不可以根據這發現，練成一種「分身神功」呢？

讓自己的元神脫出體內，而帶走一半大腦思維，另一半大腦思維留在自己軀體內仍可進行思維，那自己不是一個人可做兩個人的事了嗎？

如果有兩個自己，那對於自己順利的幫助劉邦可以起到意思不到的效果。這倒是一個大膽的想法呢！

項思龍被這異外的發現驚喜得興奮莫名，但守在石壁外「八卦迷幻圖」的意念卻是清靜如水。

目中的紅光愈來愈灼，似可穿透石壁。項思龍的意念依機關開啟之法，把功力輸送了出去，把陣圖上的「Z」字形左八圈右八圈的旋轉一陣後，在「轟轟轟」的巨響聲中，石壁應聲而啟。

項思龍斂了心神，收功而立，向一旁正用駭異的目光看著自己的二女笑了笑道：「好了，石壁開啟了，我們準備出洞吧！」

二女卻似沒有聽清他的話似的，呆看了項思龍好一陣，孟姜女才「啊」的嬌呼一聲道：「思龍，你……方才施展的是什麼神功？人不動而用目光和意念開啟石壁！這……太不可思義了！難道你練至了武學上所言的『天人合一』的至高境界？」

項思龍不置可否的笑了笑道：「什麼『天人合一』的至高境界？據『日月天帝』說我練成的是個勞什子的『無影無意無色無相神功』，又名『不死神功』，馬馬虎虎的還算是門不錯的功夫罷了！」

孟姜女聽了喜極的嬌呼道：「天啊！不死神功？這乃是武學界人人夢寐以求的境界啊！據武學典記記載，練成此等神功的只有兩人，一個是已得道登仙的如來佛祖，一個是儒家的開宗祖師墨子。

「想不到項郎如此年紀輕輕，就練成了不死神功！你……可真算得上是個武學奇才了！想那如來佛祖和墨子練成此等神功時，都已是窮盡了三四百年的修練才得成正果，而項郎卻只有二十幾歲就已達到這種境界，真可謂是『前不見來者，後不見古人』了！」

項思龍聽得孟姜女這一番話，淡然一笑道：「想不到孟夫人卻原來是個拍馬屁高手呢！我可沒有那麼偉大，怎配與如來佛祖、墨子他們比擬，這不是月亮與太陽爭輝——臉上無光麼？」

孟姜女俏臉一紅，卻依然是激情滿懷的道：「我所說的都是事實呢！這些都是我在我師父孔雀公主的遺記中看到的呢！」

項思龍見得孟姜女一本正經的力辯之態，不由得失笑道：「我又沒說你說的是假話，你幹嘛如此緊張呢？好了，我們準備出洞吧！」

說罷，也不待二女還有什麼話說與否，縱身至石壁上摘下幾顆夜明珠，接著整理穿好衣衫，道了聲：「走吧！」

話音甫落，身形已是一閃，向石壁外的石洞縱去，二女當下也緊跟而去。

再次進得「生死岔道」和「Z」字機關洞道，經由「Z」字形石階向神女石像的中腹洞府行去。

當三人上了百來級石階時，上面的洞內突地傳來了張碧瑩的嬌喝道：「姥姥，石像外面來了十多個黃紅頭髮，高鼻子、藍眼睛的怪人正在跟義父天絕他們打鬥呢！怎麼是好呢？思龍進得地底已快五天五夜了，還沒有消息，會不會他傳來的信簡是被敵人逼寫的，而他則遇到了什麼麻煩？

「要不，怎麼會無緣無故的突地跑來這十多個怪人要求進入洞內，且不分清紅皂白的與我方的人發生爭鬥呢？」

項思龍聽得這話，心神劇震，果然被二女不幸而言中，有魔教之人打到這神女峰來了！

但他們是怎麼找到的呢？難道真如苗疆三娘所說，這神女石像洞府內有某一靈物被自己觸動而引發了魔教中人的關注，而找到了這裡來？

這……太不可思議了吧！這洞府可是在一千多年以前建造的，魔教中怎麼可能還有人知道這秘密呢？看魔教中人趕來得這麼快，那這幫魔教教徒定是西域分壇的了！但自己的心電感應，為何卻覺不到他們的敵意呢？

心念電轉的想著，項思龍雖是滿腹疑困，卻也無暇細想，再說，即使細想，也還是想不出個什麼結果來，自己還是先出了地底再說吧！對了，「日月天帝」臨終前交代過自己，出洞後務必把洞府毀掉，不讓任何人進洞打攪他的靈魂，自己倒也需做到這點，對他以作安慰！

項思龍心下火急火燎，加速身形的同時用意念傳功開後地室的「陰陽八卦反陣法」，「咔嚓」一聲，一扇石門應聲而開，外面的驚喜歡呼聲也應聲而起，只聽得舒蘭英大叫道：「大家快來看，地面上突地顯出一個洞口來了！會不會是思龍他出來了？嗯，我們下去看看吧？」

舒蘭英這大叫聲，頓即引來一連串的驚呼聲，洞內的項思龍感覺到洞口正有十多個人低頭俯身看著，距離洞口只有三四十級台階，一個轉彎的項思龍心神也倏地激動起來，不由得放慢了腳步，因為他怕在自己身形的疾衝之下衝撞著了洞口的人，平靜了一下情緒，項思龍發出不像自己的嘶啞聲道：「姥姥！是你們在上面嗎？我是思龍，快要出來了！你們退讓一下吧！」

項思龍這話再次湧起了眾人的一陣騷動，只聽得上官蓮聲音極是激動興奮的顫聲道：「快退讓！大家快退讓！思龍他……要出來了！」

接著是一陣在激動中歡呼著的腳步移動聲，項思龍在可以看見洞上的景物時，整理了一下心情，緩步走出了地道，身後是孟姜女和苗疆三娘。

一張張熟悉的激動欲哭的臉落入項思龍的眼中，項思龍見了心緒一陣激蕩，眼淚也欲奪眶而出。

一個人有著這麼多的人關愛著自己，是一件多麼幸福的事情啊！自己來到這古代唯一的最大收穫就是得到這麼多親人和朋友了！

說來自己可是另外一個時空的人，自己來到這古代理應是陌生而孤獨且被這時代遺棄的，但不想自己卻遇到了這麼多的朋友！

這或許也就是自己的幸運吧！

項思龍心下怪怪的想著時，幾個柔軟的軀體已是不容他細辨的撲入了懷內又笑又哭著。

上官蓮的責怨聲在耳際響起道：「你這傢伙，怎麼一進這地道去就是四五天？累得大家為你擔心死了！對了，你在地道裡到底幹什麼去了？」

說著這話時，上官蓮的目光落在了面帶羞澀笑容的孟姜女和苗疆三娘身上，又轉向項思龍，帶著質疑的意味，似是在道：「你這傢伙沒有與這兩位大美人怎麼樣吧？那苗疆三娘可是石青青的娘親呢！孟姜女麼，倒還是可以勉勉強強的接受她！但那苗疆三娘你小子可不能要她！」

項思龍感覺到有四五雙如上官蓮目光一般意味的眼睛正盯望著自己，只有石青青的目光是黯淡灰然的，臉色也是蒼白異常，她與苗疆三娘可是母女關係，一起生活了多年，苗疆三娘精神上的質變，讓她感覺到出了什麼事了，再有就是苗疆三娘看著項思龍的柔和目光，這與她往常的神態可是大有迥異。

項思龍只覺自己渾身突地似生出了許多刺般，甚是不舒服，怪怪然的笑道：「我……我在密室裡練武去了，因練成這神功需要這麼長的時間，所以……至於苗疆夫人和孟夫人麼，則是進地道內為我護法去了！」

上官蓮這刻成了眾女的代表，對於項思龍的解釋似是有些不大滿意，感覺著項思龍是在說謊，卻也不當面指破，只是突地又問道：「那你送信簡給我們時卻又何不出來與我們見面呢？你到底在地道下面搞什麼玄虛？」

項思龍知這話也一言難盡，擔心著洞外天絕、地滅、韓信等人與魔教教徒的打鬥情況，當下面有焦色的轉過話題道：「此事說來話長，待我們解決了洞外那十幾個紅毛鬼子後再說吧！」

上官蓮等因被項思龍的出現而全部一時差點忘去了洞外面的情況，這刻被得項思龍提醒過來，頓時有幾女「啊」的一聲驚叫了出來，舒蘭英在項思龍話音剛落頓脫口道：「那十幾個……紅毛鬼子武功都厲害非常呢！我們這邊二十幾個高手與他們對打還無法取勝，並且他們中還有一個我們中原人種的書生打扮的中年文士在一旁袖手閑著沒有動手，而這書生卻似那十幾個紅毛鬼子的頭領，武功定是更加高絕了！」

上官蓮也被轉移過思想，臉色一變的歎了一口氣道：「中原也不知何時來了這幫紅毛鬼子！他們的武功怪異高絕非常，連天絕地滅二人聯手也打不贏他們中的一人，我看他們似乎野心不小，中原武林這次看來有難了！」

說到這裡，頓了頓，接著又道：「他們也不知是怎麼找到這神女峰的？並且強行的要求入內，我們不允許，雙方就打了起來！對了，龍兒，這地底石洞內到底有什麼玄虛呢？讓得這麼一幫紅毛高手如此著緊？」

項思龍沉吟了片刻，苦然一笑道：「這地底石洞乃是當年西方魔教教主『日月天帝』的練功密室，那些紅毛高手就是西方魔教的教徒！」

項思龍這話音甫落，石像外倏地傳來一個陰陽怪氣的笑聲道：「我果然沒猜錯，教主原來在這神女石像內！」

第十三章　笑面書生

項思龍聽得那陰陽怪氣的話語，心神狂震，這人能夠隔著神女石像的石壁，並且在外面打鬥的複雜環境中聽清自己在洞內的說話，這份功力之高，確是非常駭人聽聞了，如自己不是接受了「日月天帝」的輸功，練成了「不死神功」，想來憑自己先前的十二成功力的「道魔神功」，也比對方略遜一籌吧！還有，這說話之人似乎也知悉「日月天帝」，其身分在魔教中定然不低吧！

舒蘭英說那十幾個洋毛鬼子當中有一個中原文士打扮的書生，那這書生會不會是「日月天帝」口中所說的當年掌管西域分壇的魔教軍師「笑面書生」的後人亦或弟子呢？如若這猜測是真的話，那這書生亦也就是西域的魔教總領了，自己如趁機收服了他，不但剷除了魔教的一大勢力，而且地冥鬼府的危機也可說已解去一大半。

不過，自己如以現在的模樣會見那幫魔教教徒，即便自己說出自己已被「日月天帝」奉命為魔教第二任教主，且拿出掌教令符「聖火令」，這幫魔教徒也定會不相信。

看來自己得用些心機了！嗯，如那書生真是當年「笑面書生」的後人或弟子，那他定然會識得「日月天帝」模樣，「笑面書生」定會告訴他。

自己只要略加易容，裝扮在「日月天帝」，如有七八分像，那書生也應識破不了吧！如此一著，既可讓魔教徒信服，又可起到震懾作用，只要暫且控制住了西域的魔教勢力，自己以後再想法完全收服他們，使他們臣服自己，這豈不是不費一兵一卒就打了個勝仗？

想到這裡，項思龍頓即語音一沉，轉為「日月天帝」的聲音冷冷的道：「你是『笑面書生』……」

項思龍的話還未說完，石像外傳來那陰陽怪氣「啊」的一聲驚呼，似欣喜又似失望的道：「教……教主，你原來果真還活著！屬下正是『笑面書生』！這近千年來，屬下一直都在尋找您，想不到今日終於被屬下找到你了！」

項思龍邊掏出革囊裡的一些易容藥，邊對自己易容，聽得這陰陽怪氣的話音的言語，心神劇顫之下，手上動作一停，差點就欲驚呼出聲。

什……什麼？這陰陽怪氣的傢伙是……是笑面書生？這……怎麼可能呢？一千多年了！

一千多年了，這傢伙還沒死？

項思龍驚駭非常的想著時，也很快的收拾了一下自己的心緒，他想起了「日月天帝」對自己說過的話，在他們西方有一種「嫁衣神功」，人只要練成了這種詭異的神功，就可以永保元神不死，而至生命也可能生生不息，難道這「笑面書生」就是練成了這勞什子的「嫁衣神功」？

項思龍強捺住心頭的震驚和滿心的疑問，繼續用「日月天帝」的語氣冷笑一聲道：「笑面書生，你是不是練成了我們西方的『嫁衣神功』了？」

笑面書生語音有些得意的應聲道：「托教主鴻福，屬下苦練『嫁衣神功』二百餘年，終於被屬下給練成了！不過，我們魔教卻在我閉關練功，教主失蹤的那段時日裡，發生了大亂子。

「我們國君王在教主失蹤一百餘年仍未回歸的情況下，已任命了國師『枯木真師』為新任教主，『骷髏魔尊』為副教主。屬下雖是滿心不服與怨恨，卻因雙拳難敵四手，所以只得忍了下來。

「但是在屬下的心裡，始終是感覺教主仍還活在這世上的，因為教主當年曾賞給屬下一個『如意神佛』，並且這『如意神佛』被你用『無相大法』貫注了你的生命意識，只要你活著的話，這『如意神佛』會發生靈光，如何遭遇不測，『如意神佛』就會失去光澤，並且會現出你遇不測的所在地。

「屬下打到這神女峰，就是從你賞給屬下的『如意神佛』裡顯現出來的位置。只不過，『如意神佛』的靈光並未消失，所以屬下心裡雖是驚急，卻還是深信你不會有事的。現在終於證實了屬下的預感，這……實在是太讓屬下興奮了！」

說到這裡，聲音竟是有些哽咽的接著又道：「屬下在這近千年來，一直不敢張揚自己的實力，忍辱吞生，等的就是這一天！還請教主出關，駕臨敝處，現出『聖火令』，重召我魔教勢力，重振我魔教聲威！

「我們魔教這近千年來，因沒有教主主持，聲勢已是如江河日下，在中原的三大分壇基地已經不堪抗抵中原對我們的攻擊，進入窮途末路之境了。

「在我們西方國家的魔教總壇，『枯木真師』和『骷髏魔尊』已都成為了我們君王『阿沙拉元首』的傀儡，我們西方魔教，在我們西方雖是勢如炎日當天，但卻只是名存實亡，成了我們君王的一件利用工具而已！」

項思龍因對魔教的這些內部間的勾心鬥角不大清楚，所以一直不曾作聲，任由「笑面書生」侃侃而談，從中他不但證實了「日月天帝」的元神已與自己融為一體的想法，而且也得知了魔教現今的一些狀況，這對他以後利用魔教中的這些微妙關係來瓦解魔教勢力很有幫助。

「笑面書生」見自己心目中的教主「日月天帝」沉默無語，還以為他在非常認真的聽自己的發言，因為當年的「日月天帝」一語不發時，就證明他已採納了你的話，並且心中在思考你的話。

「笑面書生」心下大喜，他對項思龍所說的這番話倒真是實話，因為他本通過「如意神佛」得知了「日月天帝」的閉關之所，心下大喜，以為「日月天帝」已經如他告訴自己的「如意神佛」出現這種現象就是預示著他已不在人世，所以風風火火的帶領著他的十幾個心腹武士趕到這神女峰。

不想卻碰上上官蓮、天絕、韓信等一眾人，以為他們發現了「神女石像」內的秘密，心中大是驚怒之下，所以叫手下的一眾武士不分青紅皂白的向對方發動攻擊，他本以為自己精心培訓出來的這十多個「天王衛士」花不了多少時間就可解決上官蓮他們一幫人，不想對方卻也是他在中原所見的一幫頂尖級高手。

雙方打鬥了快一個時辰不但未解決對方，連對方一根毫毛也未傷著，正心下又驚又怒的準備親自出手時，突聽得洞內有人說到魔教教主「日月天帝」，心神狂震之下，頓然出聲喝斥，可突地又聽得真正的「日月天帝」的聲音，嚇得他亡魂大冒，頓斂去了自己想吞奪「日月天帝」所遺寶藏和教主令符「聖火令」的邪心。

因為他深知「日月天帝」懲罰叛徒的狠毒手段，所以頓忙對「日月天帝」大拍馬屁，想獲取他的好感，不過他卻還未知曉這「日月天帝」的話音是項思龍假扮的，在他的心目中，「日月天帝」的聲音是沒有人裝扮得出來的，那獨特威嚴的話音，連他這當年因與「日月天帝」一樣是西方國家與中原的一男一女混生出來的混合人種，而深得「日月天帝」信賴和重用的心腹也模擬不出。

所以他對項思龍裝扮的聲音深信不疑。在他這刻的心思中只知道「日月天帝」定會討伐背叛了他的「枯木真師」和「骷髏魔尊」甚至「阿沙拉元首」的，憑「日月天帝」的超凡武功和智慧，以及他聲名的號召力和影響力，一定可以重建魔教，重振魔教。

說不定會推翻「阿沙拉元首」而坐上君王之位，那麼只要他討好了「日月天帝」，重建與他昔年般的友好信任感情，他就有可能會獲得魔教教主之位，最低限度他會得「日月天帝」的重用，成為魔教一人之下萬人之上的權威人物。

如此他這近千年的付出代價也就得到回報了！當年他因閉關苦練「嫁衣神功」而不曾得君王信任，而讓他留在了西域，這讓得「笑面書生」心下甚是惱火，自他出關後，本以為君王會奉任他，不想卻毫無消息。

他知道這是深忌自己的「枯木真師」和「骷髏魔尊」搞的鬼，他們已位居要職，自己想高升無望，於是苦忍心下不滿和憤恨，而專心的沉迷於練功和等候自己心下堅信「日月天帝」不曾死去這一奇蹟上，以圖東山再起，不想今日卻果真被他等到了，這一份欣喜程度自是非筆墨所能形容出來的。

「笑面書生」強抑心下狂喜，接著道：「教主這次出關，想來你的『陰陽五行神功』已是大成，練到了天人合一的至高境界了！教主只要重現『聖火令』，我們魔教就有重振聲威的希望了！

「現在中原戰火四起，正是我們教重振旗鼓的大好時機。只要我們統一了中原武林及至中原天下，那這天下還不全歸教主所有？

「屬下在這些年裡，雖是沉迷於對武學的探研中，卻還尚未忘卻教主意欲吞併中原武林的遺志，所以也暗暗培訓了一批『天王衛士』，有二百來人，他們都是以一當百的精衛武士，屬下也傳授給了他們『嫁衣神功』，足可獨當一面，可以作為教主的先頭振教主力。

「那些『天王衛士』被屬下用『天魔眼』攝住了他們元神的靈魂，絕對的忠心。『天魔眼』是教主你當年傳給屬下的，可以輕易的控制這批『天王衛士』！」

項思龍暗讚這「笑面書生」真可謂是使用心機的深謀遠慮絕頂高手，難怪他能脫穎而出的深得「日月天帝」的重用，任命他為魔教軍師了，確實算得是個智囊人物！

在心下暗讚「笑面書生」的同時，亦也暗暗心驚不已！兩百個都練有「嫁衣神功」的「天王衛士」，這確實是一份龐大的實力了！

想連天絕、地滅、韓信、鬼青王等一眾可以說已是代表了中原武林絕頂高手的一幫人，竟然以二敵一也鬥不過那些「天王衛士」，這等實力如進發中原，那中原還有得寧日麼？

不鬧得雞飛狗跳生靈塗炭才怪！自己既然知道了這個秘密，就一定得阻止這場劫難的發生！最好是能把這「笑面書生」和他訓練的兩百「天王衛士」都給收服過來納為己用，如若不行，那就得施展暴力手段把他們全都——殺光！免得成為隱患！

如此想來，項思龍當下裝作語氣顯出幾分欣賞來「嗯！」了一聲，緩緩道：

「軍師果然是有心之人，不但對本教主忠心耿耿，而且還能臥薪嚐膽淡泊於名利，一心為本教主重出江湖作準備，這一份功勞，本教主會銘記於心，日後完成了再次一統我西方魔教後，本教主定會有重賞的！

「嗯，叫你的那十幾個屬下停手吧！他們這一幫人乃是被本教主收服的第一批中原高手，有了他們，本教主就如虎添翼，更能輕易的就打入中原武林內部了！」

言語間，已是用意念把功力發射了出去，只聽得一陣陣的驚呼聲，外面打鬥的人似已全都停了下來，只有「笑面書生」語氣掩不住驚駭的顫聲道：「教主，你……已練成了『聖火令』上的『不死神功』了？這……天下間已是唯教主獨尊了！屬下恭喜教主賀喜教主！」

項思龍聽得出「笑面書生」語氣中的懼意，如他怕自己的「不死神功」對他生出感應，讓自己知曉他曾對自己懷有異心，心下不覺好笑，卻也更是敬服這「笑面書生」的才智，自己有意識地露出的一下本欲是讓「笑面書生」心生驚駭，更是深信自己是「日月天帝」。

不想「笑面書生」驚駭之餘，竟然一口說出自己練成了「不死神功」，這份眼力已是顯出他超於常人了！不過，管他這麼多呢！只要他不懷疑自己和對自己心生畏懼就夠了！

自己的裝扮「日月天帝」的計畫需要的就是這些，「笑面書生」如畏懼自己且相信自己是「日月天帝」，那麼他的敏銳洞察力就會下降，自己的裝扮計畫或許就能成功。心念電轉的如此笑著，卻是依著「日月天帝」的個性突地發出一陣哈哈狂笑道：「軍師的眼力果然不錯！本教主閉關苦練『陰陽五行神功』和『聖火令』上的『無相神功』一千多年，借助這神女峰地底的陰陽天地靈氣和『月氏光球』的異能，已被我練成了『無影無意無色無相神功』了！嘿嘿，軍師對本教主的忠心我不會忘的！」

項思龍學足了「日月天帝」的語氣，只嚇得「笑面書生」屁滾尿流的惶聲道：「教主，屬下……決對對教主沒有什麼異心！我起先所起的歹念，只是因為屬下以為教主……不在人世了，所以想進石像內取得你的遺學和『聖火令』繼承你的遺志想重振我西方魔教聲威，絕對不是想背叛教主！還望教主能饒恕屬下的罪過！屬下從今以後當絕不會再對教主有異心，誓死效忠教主！」

項思龍知威赫「笑面書生」的火候差不多了，當下又緩和語氣道：「軍師不必自責。古對賢者有云：人非聖賢，孰能無過？只要知過即改，本教主還是會信任他重用他的！嗯，在西域裡你對中原的勢力可有滲透？」

項思龍安慰鼓勵「笑面書生」的同時，亦也不失時機地旁敲側擊起地冥鬼府的情況來，想來也不會引起「笑面書生」的懷疑。

果然「笑面書生」聞言喜孜孜的恭聲道：「教主，不問這話，屬下也正準備向你稟報此事呢！」

說到這裡，頓了頓又道：「屬下已控制住了西域的第一大教派『地冥鬼府』，這『地冥鬼府』乃是六百年前的一中原高手『道魔尊者』所創，曾是威及一時的強大教派。

「屬下當年就想滲入我魔教勢力到『地冥鬼府』中去，怎奈『地冥鬼府』高手如雲，且每一任教主都功高絕頂，而屬下的『嫁衣神功』又未經十二次轉嫁，所以不曾練至最高境界，兩百『天王衛士』也未訓練成功，因此一直沒能達到目的。

「直到一百五十年前『地冥鬼府』的第五任教主歐陽明被他屬下西門無敵所殺，『地冥鬼府』內部發生大亂，屬下勢力才打入他們內部，但那西門無敵也謹覺非常武功不弱，屬下計畫未能得以實現，但已成功的埋下了顛覆『地冥鬼府』的幾顆種子，有三個出色的教徒深得了西門無敵的信任，成了他的四大弟子中的三，也等若控制了『地冥鬼府』繼承權的四分之三。

「但不想天意助我魔教，西門無敵因入中原剿滅上任教主的兩個餘孽，傾教中精英人出，所以被我教所乘，控制了『地冥鬼府』總壇，又聞西門無敵戰死中原，『地冥鬼府』可說是我魔教的囊中之物了！但讓屬下不解的是，西門無敵率出的一眾『地冥鬼府』高手，怎麼會成了教主手下？」

項思龍早知「笑面書生」會有此疑問，腹中已想好了答詞，淡淡的道：「我已練成『聖火令』中的『轉魂移魄大法』，降服他們的那項思龍小子實質上是我的化身，我把我的元神轉移到了他體內，而把他的元神轉移到我的體內繼續閉關練功，他元神所練得功力等若我在修練一樣，只要我元神歸體後運用『天魔眼』把他元神功力吸納入我的元神內就行了，所以鬼青王他們全被我所降服，而為我所用了！

「嗯，以後你們是自家人了，不可相互忌猜，知道嗎？我的屬下我要求的是團結一致，個個都對我忠心，稍有異心者都是一律殺無赦，決不有絲毫慈軟之心！」

項思龍這謊言雖不十分圓滿，但加上幾句威懾性的話，使得「笑面書生」雖是心下稍有疑念，卻也被對「日月天帝」的懼怕給抑壓消去了，連連應「是」道：「屬下定謹遵教主令諭！」

洞內的上官蓮等聞聽得項思龍的這一番胡吹亂吹，個個都是面面相覷，他們都隱隱覺得項思龍說這番話時有一種讓他們感覺陌生的氣質，但又說不出來是一種什麼味道，不過人人都嘆服項思龍的應變能力之高，都是目光敬服而又訝異的望著項思龍，只有苗疆三娘和孟姜女例外，因為她們知道項思龍氣質的改變是因為什麼。

項思龍也早就感覺到了眾人對他的詫異，但他已無暇去作什麼解釋，只是一邊與「笑面書生」說話，一邊為自己易容。

當他取下背後盛裝「日月天帝」的武學遺記和那勞什子的「陰陽璧玉斷魂劍」的紅木匣，打開來一看，讓他甚是驚喜不已。

這倒不是因為裡面有什麼寶物，而是裡面竟然有一套與自己所見的「日月天帝」虛影所穿的衣衫一模一樣的衣物，那衣物看起來是黑色的，但從不同的解度和側面看去，卻是不同的色彩，摸上去更是光滑如絲，手感非常的好。

上官蓮等都只是默默看著項思龍的一舉一動一言一語，而不敢對他說什麼話來，以免破壞了他的計畫。見得項思龍打開木匣內的衣衫和衣衫上面通體碧綠晶瑩通透，連著劍鞘亦可看清鞘內的長劍的「陰陽璧玉斷魂劍」時，眾女中有人差點驚叫出聲，幸得上官蓮瞪目阻住。

項思龍拿出衣衫在眾女的幫助下換上，心下暗暗敬服「日月天帝」的神機妙算，竟然算準了自己會用易容術裝扮他，早就為自己準備好了一切。著好衣衫後，項思龍又佩戴上「陰陽璧玉斷魂劍」，邊翻閱「日月天帝」的遺記，邊叫孟姜女和苗疆三娘在旁給自己指點她們可看出的破綻，不想二人卻瞪大了眼睛，滿面詫容的連連點頭傳音讚歎道：「一模一樣！沒什麼破綻！一點也沒有！噢，項郎的易容之術當稱天下無雙！」

項思龍聽得二女誇讚自己，不置可否的笑了笑，沒有說什麼，心下只是暗喜。「日月天帝」的遺記上說自己身上穿著的這套衣衫和披風，乃是用一種名叫「變色龍」的外皮加工而成，這「變色龍」的外皮不畏刀劍，不畏水火，乃是一天下至寶，這套衣衫自也是非尋常之物了。

當項思龍戴上那薄如蟬翼的「變色龍皮」手套時，覺著甚是有些不大習慣，但為了裝扮「日月天帝」，還是得勉為其難的戴著吧！

在上官蓮等眾人詫異的目光下和孟姜女、苗疆三娘二女大是滿意的讚賞下，項思龍意氣風發的飛身在洞腹內飛了兩圈，把兩枚「聖火令」插在背上，用披風蓋著，傳音對洞內眾人道：「姥姥，我們出洞去吧！想來現在可以鎮住那『笑面書生』一時了！嗯，我還要依我師父『日月天帝』的遺言，發動這神女石像洞腹的毀滅機關，毀去這地底的一切機關佈置呢！」

言罷，抬手拉啟神女石像洞門的機關射出一道真氣，只聽「嗤」的一聲過後，就是洞門「轟轟轟」的開啟聲。

項思龍在洞門開啟時，學足「日月天帝」的姿態，「哈哈哈」的一陣仰天長笑，身形亦是意動氣行而起，如若一道五彩閃電般的向神女石像外飛去，目光如若兩束鐳射般的射向神女峰頂上的眾人。

天絕、地滅、韓信等倒也趣識地臉上露出駭然的崇敬之色，其實他們倒也沒有假裝，項思龍的模樣和他武功的精進已是夠讓眾人敬服駭然的了。

項思龍的目光落在了那分外引他注目的一中年文士身上，卻見他一身白衣，手上拿一把「陰陽扇」，臉上掛著一絲祥和的笑意，雖是在懼怕中也未僵硬消減，目光卻是如兩束尖利的寒芒，射在人身上，似乎會教人不寒而慄。臉上的笑意和目中的寒芒這兩股絕然不同的氣質顯現在這「笑面書生」身上，讓人只覺有些詭異的意味。

項思龍的身形在空中縱飛了兩圈，在眾人駭然的目光中哈哈大笑的雙掌一陣劈空猛揮，只聽得「轟轟轟」的一陣巨響，石粉紛飛中一座足有十多米高的小山峰全然被項思龍的掌內震碎，山頂上頓然石粉塵土飛揚瀰漫一片，包括天絕、地滅、韓信和「笑面書生」等峰頂上所有的人都給驚駭得呆若木雞了，都是目瞪口呆的滯望著項思龍有若天神下凡般的身形從空中冉冉而降。

過得了好一陣子，峰頂的石粉塵漸漸散去，上官蓮等都已從神女石像內飛縱下了峰頂，「笑面書生」等十多個魔教教徒才清醒過來，頓忙屈膝朝項思龍跪下，口中高呼道：「教主神功，戰無不勝！教主神威，天下皆從！教主仙福，永享萬朝！」

天絕等見了這等仗勢，心下都覺好笑，但亦也大覺好玩，當下也隨著「笑面書生」等一眾魔教教徒高喊起什麼「教主神威」的口號來。

項思龍還從未感受過這等拍馬屁的景況，雖覺有些頭皮發麻，但心底裡卻又感覺一絲甚是舒服的感覺，知是「日月天帝」融入自己體內的元神在作怪，不禁心下苦笑，卻也無可奈何。

梟雄終究是梟雄，不管受了怎樣沉重的打擊，還是不能覺醒成佛！

想來「日月天帝」的死去真是中原萬民之福吧！要不這等對中原懷有報復心理的奇才活在世上，中原定會陷入萬劫不復之境！

項思龍心下怪怪的想來，卻還是依「日月天帝」的性子安然接受，他已從「日月天帝」的教務遺記中知悉了有關西方魔教的一切情況，包括魔教的一些禮節口令等。意念一動，把功力發佈於空中，形成一個可產生回音的真氣網來，聲音冷如寒冰的嗡嗡道：「你們都起來吧！」

說罷又轉向「笑面書生」道：「枯木真師和骷髏魔尊都已返回了我們魔教西方總壇，那現在苗疆和南沙群島這兩處中原分壇又由什麼人負責領首呢？他們這兩處的勢力怎麼樣？」

「笑面書生」目光不敢與項思龍對視，他那渾音效果更具震懾力，俯身垂首恭道：「稟教主，苗疆那邊現在是由骷髏魔尊的一叫飛天銀狐的弟子在執掌，至於南沙群島則是由四大邪神之首陰魔女在執掌。他們的實力合起來比屬下這邊的要強，主要的是陰魔女手下的其他三位邪神，他們可都是經由教主當年用藥物改變身體機能的超強戰士，經過這近一千來年的修練，想來武功都已與屬下不相上下了吧！

「他們的『無相神功』是由教主親教，威力強大無比，屬下訓練出的『天王武士』恐怕不是他們的敵手。至於飛天銀狐這邊，除了有一批骷髏魔尊當年留給他的『骷髏鬼』讓屬下尚有顧忌外，其他的人屬下都沒放在心上。

「現在教主回來了，要收服這兩處分壇，自是可不費吹灰之力。想那四大邪神都是由教主親手培訓出來的，要想重新控制他們還不是異於反掌？只要去掉了這幾個讓屬下頭痛的邪神，其他的可全交由屬下去打理！」

項思龍點了點頭，沉聲道：「嗯！四大邪神確是非同一般的頂尖級高手了！當我也培訓出他們四人時，可是費盡了心血！

「改造他們的藥物乃是『聖火令』上的神秘配方，連我也不知道這配方藥力的功效到底有多大，要重新收服他們看來也得頗費些功夫呢！

「為了節省時間，儘快的重振我西方魔教，我們就兵分兩路，軍師你就率領你的一眾『天王衛士』去苗疆，傳我令諭，叫飛天銀狐歸順本座，如有不從，一律殺無赦！

「至於南沙群島的四大邪神他們就交由本座去打理了！哼，本座只給他們一次改過自新的機會，如不珍惜的人，就全都得下地獄去！」

說到這裡，頓了頓又道：「西域就作為我重出江湖，重振我西方魔教的臨時總壇，我們各自辦完事情後，到西域會合！

「嘿嘿，收復了中原三大分壇，我們就漂過大洋去我們西方總壇與骷髏魔尊和枯木真師、阿沙拉元首他們決一雌雄了，我要他們知道誰才是真正的魔教教主！」

項思龍說出後面一番氣吞山河的壯語，其實都是為了穩住「笑面書生」的心，讓他知道自己雄心不減當年，只要他死心塌地的跟著自己，就一定會有出人頭地的那一天的。

「笑面書生」可是個精明的人，雖知項思龍這話是在籠絡自己，卻也是心中大喜，因為項思龍說把西域作為魔教的臨時總壇的話，也就暗示著自己地位的崇尊，已經凌駕於其他兩處分壇，甚至是西方總壇之上了。

不過他卻有一事不知曉，就是對他說這話的人不是真正的「日月天帝」而是裝扮的項思龍，所以他能不能得償所願出人頭地，就只能祈求老天了。

「笑面書生」興奮得臉上的笑意更濃了，連身形也輕顫著，苦熬多年的苦難日子終於過去了，有了教主這大靠山，自己的前途定然光明無限！

「笑面書生」心下樂滋滋的想著，項思龍話音一落，頓高喊道：「教主英明！屬下謹遵令諭！」

項思龍見得「笑面書生」對自己的那等恭敬之態，知道自己已是把他震懾和籠絡住了，不禁心下暗笑，怪怪的想道：「什麼魔教軍師嘛？還不是照樣被我項思龍玩弄於掌股之上？可見現代人的智商確是比這古代人高明多了！」

如此自吹自擂的想著，心神卻還是非常警備，知道自己絕不可得意忘形疏忽之下露出馬腳，那事情可就有些麻煩了。

嗯，自己還得封賞個什麼職位給這「笑面書生」，如此他就會更加爽歪歪的聽自己的話了！想到這裡，當下加重語氣大聲道：「笑面書生聽封，自今日起，你就是我西方魔教的第一副教主，在本座不在時，權掌管教中一切事務！當然，本座的直屬武士在沒本座手諭之下可以不受調遣！」

項思龍後面一句話是考慮到天絕、地滅、韓信、上官蓮等一眾人而被加上去的，所以使得整句奉令有些不倫不類，但「笑面書生」卻已是欣然接受了，因為他悉知「日月天帝」的個性，做任何事都會留一手，項思龍的這失誤，倒讓得「笑面書生」對他更是深信不疑，當下跪地恭聲道：「謝教主恩典！屬下為教主赴湯蹈火，萬死不辭！」

項思龍自覺火候差不多了，當下聲音又轉冷道：「好了，本座還有一些事情尚未辦妥，副教主就領你的幾個屬下先行回西域去吧！待後我自會去與你會合！」

言罷，從腰革囊掏出一面「日月天帝」給自己的木匣裡留下「聖火令」的複製小金令牌拋飛給「笑面書生」後接著又道：「你拿此令去告訴我們魔教教眾，本教主重出江湖了！」

「笑面書生」接過令牌後，面露恭敬之色和狂喜之色的沉聲應「是」，他狂喜的原因是因為每一個小令牌上都刻有一門「聖火令」上的武功，得此金牌既有著至高無上的權力，又可獲得一門絕世武功，這怎教「笑面書生」不狂喜？

項思龍倒沒想到這小令牌中有什麼文章，他只是感應到「日月天帝」元神的思想，無意識的賞給了「笑面書生」一面小令牌，可不知這小令牌的權力象徵等若教主親臨，裡面記載的武功更是高深無比，「笑面書生」得此令牌無異於身價大漲。

強抑心下激動，「笑面書生」謹重的收好小令牌，朝項思龍深深行了一禮後，卻也沒有多說，領了那十幾個紅毛鬼子施展身形轉瞬不見。

「笑面書生」等走後，包括項思龍在內的峰頂上所有人都大是鬆了一口氣，天絕第一個忍不住的怪叫道：「哇咋，想不到你小子演戲也還真有一手呢！對了，你這副尊容就是那勞什子的西方魔教教主模樣嗎？嘿，挺有派頭的呢！」

說到這裡，頓了頓接著又道：「西方魔教？嗯，當年確是有這麼一個教派，只是略有耳聞罷了！他們在中原的活動很少，乃是一個行蹤詭秘的神秘教派，想不到卻還有一個多年的歷史呢？小子，你這下可發達了，又給你撈了個什麼西方魔教的教主當當！」

項思龍卻是神色一正的嚴肅道：「不要小看這西方魔教！你們沒有看到他們

神乎其技的武功嗎？銷聲匿跡的養精蓄銳這麼多年，現在是他們蠢蠢欲動的時候了，弄得不好，我們中原武林乃至中原天下都會陷入萬劫不復之境的險境，所以我們必須認真嚴肅的去對待這件事情，而決不可小視了他！」

說罷，當下把自己所知曉的西方魔教的概況簡要的對眾人述說了一遍，接著又道：「西方魔教一直對我中原虎視眈眈，現在他們都已有了強大的實力，再加上我們中原內亂四起，戰火連綿，這更讓他們有可乘之機，所以我們作為一中華兒女，就必須擔負起挽救這場劫難的使命！

「憑武力我們是不可與他們相拚的，現在唯一可利用的就是我化身為魔教教主『日月天帝』的身分！只要不被他們識破，只要我們處理得好，就可把這場劫難血不手刃的化之於無形，並且把魔教勢力收歸己用。」

項思龍的這番話讓得眾人的心情都沉重起來，在這個以武制武的時代裡，武力就是強權，就可以起到震懾他人的效用，現在西魔教教徒人人武功高絕詭異，自己等除項思龍外，或許沒有一個能是那「笑面書生」之敵，這份危機能不讓眾人心懷憂慮的不能平靜麼？

不錯，現在唯一可利用的就是項思龍的身分和超人武功，只有他才可解救這場劫難！

上官蓮和眾女都已暫時忘了質問項思龍和苗疆三娘、孟姜女二人到底有沒有發生什麼關係，連石青青也一時忘卻了悲痛，都眉頭緊鎖心事重重的望著項思龍。

項思龍倒也樂得個輕鬆，他現在最害怕最頭痛的事情就是眾人質問他與苗疆三娘和孟姜女之間的事了，看來這西方魔教所帶來的危機感可以暫時轉移眾人的關注目標，自己一時半刻也不會有得煩憂，待時間一長，但願眾人都能淡化心中對自己的猜忌甚至接受，那自己可真就要高呼：「眾位老婆萬歲！」了！

第十四章　惜花之人

神女峰頂上籠罩著一股凝重的氣息，上官蓮、天絕、韓信等都被項思龍方才所說的西方魔教將給中原武林乃至中原天下帶來劫難的話而苦惱著。

這確實是一件非常棘手的事情，如果稍是處理不當，將會導至生靈塗炭血流成河的悲劇發生，這是在場中所有人都不想要的結果，倒是怎樣才能使這悲劇不致發生呢？

在場所有的人都是沉默無語，氣氛一時是異常的靜寂，只有孟姜女和苗疆三娘二人臉上的神色顯得較是輕鬆些，但是後者卻是用一雙非常憂鬱痛苦的目光望著石青青，她看得出女兒凝沉的面容背後所隱藏著的深深痛苦。

知女莫若母！石青青對自己態度的冷漠，讓得苗疆三娘心下一陣劇烈的刺痛，她感覺女兒已經看出自己和項思龍之間有著不尋常的關係了，這讓得她心下甚是不安，極其的不自然。

苗疆三娘的心在作著一種痛苦的掙扎。

女兒石青青的一生都是活在自己冷酷無情的管教下，她的童年生活是沒有歡聲笑語的，她的少年生活是憂鬱不堪的，在她成長的歷程裡，不但從來沒有享受過一點點的父愛，就是母愛她也未曾得到過一點點，自己給予她的只有是對她父親絕毒淫魔的仇恨的發洩，這些都在她的心靈深處留下了陰影，她定是在對著自己勉強微笑的同時，心底在詛咒憎恨自己。現在自己奪去了她的愛情幸福，這定然讓得她甚是脆弱的心更加痛苦，讓得她憎恨自己的心更是仇恨自己，鄙視自己。

自己確實是一個不稱職的母親！女兒自小在自己的嚴厲管束下，年紀小小就已經是思想成熟了，具有著成年人的沉著與穩重，幸得她生性好動，喜歡幻想，追求天真活潑的爛漫生活，驅除了她心中壓抑的苦悶，也過得了些許開心的生活，但是……自己欠她的實在是太多了！現在自己到底應該怎麼辦呢？

捨棄思龍，隱居起來？這自己做得到嗎？愛情是自私的啊！自己今後的生活如沒有了思龍，那活著還有什麼意義呢？

與青青爭奪情郎嗎？

可自己是母親啊！

這叫自己怎麼狠得下這份心腸傷害女兒呢？

看得出女兒如失去了思龍的愛，她生活的希望也就會全部破滅，說不定……會做出什麼傻事來！

這……天啊，你為什麼要這麼殘酷呢？難道命運真的是要讓自己痛苦一輩子嗎？

先是狠心的父親為了權勢利益把自己送給了絕毒淫魔作妾，再是失去丈夫絕毒淫魔的愛憐，自己變成了一個人見人怕的魔女，接著又是讓女兒憎恨自己，兄弟童千斤自殺身亡……

這些苦難伴隨了自己一輩子，現在好不容易才人到中年又找到一個幸福的歸宿，可是卻又生出個女兒和自己之間的恩怨來，自己是否前輩子做下了什麼孽，這輩子老天要叫自己來償還呢？

苗疆三娘心下極其痛苦的掙扎著，她的臉色也漸漸變得蒼白起來，嬌軀也搖搖欲倒。

孟姜女見了，心下一驚，頓忙伸手扶住了苗疆三娘，知她心裡的痛苦，把她輕摟在懷中，纖手輕輕的拍著她的酥肩，低聲道：「妹子，不要難過了，任何問題都會找到解決的辦法的！思龍不是承諾過你，絕不會拋棄你嗎？你不用擔心的，他一定會遵守諾言的！思龍不是那種言而無信的人！我們都應很清楚了！」

苗疆三娘嬌軀乏力的靠在孟姜女身上，強忍著就要奪眶而出的淚水，輕輕搖頭道：「我不是不信任思龍！只是青青……她也非常喜歡思龍，並且可以說已經是思龍的未婚妻了，這……叫我如何是好呢？我……唉！」

孟姜女沉默了片刻道：「依我們苗疆的習俗，你和青青是都可以嫁給思龍的！這……可以去爭取這個習俗的嘛！思龍十有八九是不會反對的了，他不會不考慮到你們母女二人的心情！」

苗疆三娘苦笑道：「只怕是思龍的一眾妻妾不同意，還有他姥姥也怕會阻止，你沒看到她們質疑的望著思龍的目光嗎？

「再就是青青，這孩子性格甚是好強，她或許也不會同意！孟姐姐，我……現在真的是心裡痛苦極了！」

孟姜女和苗疆三娘在私下裡傳音密聊時，又是天絕率先打破沉寂道：「嘿，擔心著有個屁用呢！車到山前必有路，問題嘛只要發現了，終會有辦法解決的，我們還是放鬆一下精神吧！」

說到這裡，頓了頓，接著又道：「對了，小子，你新練成了個什麼的『不死神功』，這門功夫是不是說你練就了金鋼不壞之身，可以得道登仙長生不老了？

「如真是這樣，那可不是一件好事！——沒了你的日子裡，我們也似沒了生機！你不知道你這幾天在那鳥洞地底練什麼『不死神功』，上面這些人都是多麼的擔心牽掛著你呢？所有的人都沒了說話做事的精神，只是在那神女石洞洞腹和神女峰頂苦等著你出來！」

項思龍聽得心下一陣激動，連眼睛都有些發脹，卻也不願說些什麼傷感的話，打趣天絕的笑道：「還沒為我兩位義父娶到媳婦，我又怎會得什麼道登什麼仙呢？嗯，羅剎雙豔怎麼沒有來？雲中郡城中的情況是否還穩定？」

項思龍不想給天絕還擊的機會，免得說到苗疆三娘和孟姜女身上去了，使得自己不知怎麼招架，所以後面兩句話頓即又轉過話題。

果然天絕本是被項思龍說得老臉一紅，聞得後面兩句話倏又神色一正道：「羅剎雙豔麼，因怕與苗疆三娘這毒婆娘見面，所以自告奮勇的甘願留在了雲中郡城中守城，至於城中的情況呢，是由鬼青王和他女兒傅雪君打理的，剛剛來稟報城內情況，那十幾個紅毛鬼子就來了，所以要知詳情，就問鬼青王好了！」

天絕話音剛落，不待項思龍詢問，鬼青王已越眾而出，走到項思龍身前，躬身作了一禮道：「稟少主，城內一切情況穩定！只是我們鬼府的教眾聞得少主失蹤的消息，都吵吵嚷嚷的要到這神女峰來。還有，匈奴軍士聽得這消息也顯得甚是焦燥不安，軍情沸沸揚揚，也都要求來神女峰。幸得韓將軍趕回去了一趟，壓下了這股騷動，現在情況好了許多！」

項思龍「嗯」了一聲，苦笑道：「欠了這麼多人情債，叫我這輩子可怎麼還得清呢？」

上官蓮突地接口冷冷的道：「只要你小子不欠下什麼感情債，讓他人痛苦一輩子就好了！」

項思龍心下一沉，頓忙閉口不再說話，倒是天絕哈哈一笑的為他解圍道：「這小子，命裡註定了會有桃花劫！破解的最佳方法是——照單全收，如此就不會有什麼女娃子為你痛苦了。不過，卻會累了小子你些，到時你家裡就成了個女兒國了，比之皇帝的妻妾只會多不會少，後宮裡演出的恩恩怨怨也就夠你心煩的囉！」

上官蓮「哼」了聲道：「女人多了可不是一件好事，終日縱情聲色，還有得精力來做大事麼？要知道思龍肩上負著的擔子可是要安定天下的！」

天絕苦臉道：「大妹子，你要訓斥少主，可也不要衝著我來發什麼脾氣嘛！

我又沒有得罪過你來著！你儘管罵他就是了，我不會護著他的！這小子也是需要警醒警醒呢！」

項思龍聽得天絕這等不夠義氣的話，心下大是對他咒罵不已道：「我還沒有找你算出賣我的帳呢！想不到你這老小子又再次找我碴來著了！哼，看我以後怎麼找你算帳！」

心下氣來，朝天絕投出一束怪怒的目光，天絕見了，心下也暗暗嘀咕道：「你小子在咒罵我出賣你啊？這可也怪不得我嘛！你這姥姥上官蓮可不知道有多凶蠻，你又甚是聽她的話，為了明哲保身，我可是不得不說出一些實情了。俗話不是說過『好漢不吃眼前虧』麼？我總不能為了你小子，被你姥姥臭罵吧？」

二人這般的你瞪著我我瞪著你的滑稽模樣，讓得上官蓮見了破怒為笑道：「你們兩人不要古古怪怪的對望個什麼勁兒了！對了龍兒，你真的要去南沙群島收降那什麼魔教四邪神嗎？」

項思龍大是鬆了一口氣，點了點頭，沉聲道：「為了剷除西方魔教給我中原的隱患，我這次是要徹底的把西方魔教給驅逐出我中原邊境，所以南沙群島之行看來是勢在必行！」

上官蓮聽了微微一怔道：「那你至少也得解決了西域的一切事情後再去！」

項思龍笑了笑道：「這個自然！我可不放心西域的一些魔教兔崽子給姥姥和我的眾位妻子以及我們地冥鬼府帶來什麼麻煩呢！這次到了西域，我會重建我地冥鬼府，並且會訓練出一批超強的武士，保護我地冥鬼府，然後才可以放心的去南沙群島，所以到了西域，我至少會住上一段時間吧！」

上官蓮臉上露出笑意道：「你這小子原來早就考慮周全了，我倒是白擔心了呢！」

天絕接口大呼道：「這神女峰頂冷嗖嗖的，可不大舒服！我們還是回城去吧！嘿，這幾天大家都憂心忡忡，沒吃好沒睡好。現在少主平安無事的出來了，且練成了什麼『不死神功』的厲害功夫，倒是要慶祝一下，吃它個奶奶的飽，喝他個奶奶的夠，再痛痛快快的睡它個奶奶的一覺，明天起程出發進軍西域吧！」

上官蓮、韓信和眾女等峰頂上的絕大多數人都齊聲叫好，只有苗疆三娘是一臉的強歡淒然之色，石青青也顯得甚是悶悶不樂。

項思龍早就注意到了苗疆三娘和石青青臉上的怪異神色，頭大如斗，卻又不能去安慰她們，只得狠下心腸不去理睬。這刻天絕的話倒是提醒了他「日月天帝」交代自己毀去神女石像內洞府的話來，當下大喝了聲道：「義父說得不錯，我們還是回城去再說吧！現在我要發動神女峰地底洞府的毀滅機關了，大家都下峰去吧！」

眾人聽了項思龍的話，頓也都依言展開輕功身法，縱身向神女峰下飛去。

待得峰頂不剩一人後，項思龍意動氣發縱身而起，衝離地面足有十多丈高，伸指射去幾道罡氣，向神女石像中部那開口處射去，把罡氣射入洞內泉井，啟動隱藏在泉井內的洞府毀滅機關。

「轟轟轟」一陣地動山搖的震天巨響沖天而起，神女石像在巨響聲中驟然倒陷，神女峰頂上的地面也都劇烈的震抖著，不少地方出現裂痕，土石飛揚起五六丈高，其威勢絕不下於一次地震的威力，只看得項思龍在內的所有目擊者無不心下駭然，只是項思龍驚駭「日月天帝」在地府內所設置的機關的威力，而其他人則是震驚這洞府倒陷的威能，其意迥然不同。

項思龍在咋舌中驀地仰天一聲清嘯，身形在土石飛揚的上空一陣盤旋飛轉，再一個俯衝直向神女峰山腳降去，剛剛到得眾人落腳處上空四米之高處時，突聽得上官蓮喝叱道：「你們母女不要哭哭啼啼的爭執個什麼了！待得思龍那小子來了後再說你們與他之間的糾葛！」

項思龍心下一突，暗呼：「糟了，難道是自己與苗疆三娘、孟姜女二人苟合的事洩露了？」

心下忐忑想來，頓然目光一掃，把身形悄無聲息的降落在天絕身邊，碰了碰他輕聲道：「發生什麼事了？姥姥怎麼似在發脾氣啊？」

天絕伸手輕拍了一記項思龍後背，俯首到他耳際低聲道：「還不是你小子搞出的麻煩來！方才那苗疆毒婆向你姥姥說出了與你已有苟合的事來，求你姥姥收容她！毒婆娘的女兒即大哭起來，你那幾個老婆又七嘴八舌的說些閒話，尤其是蘭英那小妮子，玲玲和鬼青王女兒倒好些。你姥姥左右為難之下，便氣急得發起脾氣來了！我看你小子有難了！」

項思龍渾身都起了雞皮疙瘩，像長滿了刺般的不舒服，一張俊臉更是變成了苦瓜臉，哀求道：「這……義父，待會你可得幫幫我了！嘿，我也是沒有辦法嘛！救人一命勝造七級浮屠啊！拜託了，一定得給我打圓場！你如幫我搞定了此事，羅剎雙豔的事我就打包票成定了！」

天絕聞言，渾身是勁的喜形於色道：「這話可是你小子說的！待會我就幫你說好話，救脫不救脫得了你，我可不管！如此說定便成交！」

天絕這一興奮來，話音不自覺的提高了許多，也不知是不是他在故意搗鬼，只嚇得項思龍頓忙道：「好！就如此說定！」

話音剛落，上官蓮冷冷的聲音傳來道：「好啊，原來你小子躲在你義父那裡！方才你們兩個嘀嘀咕咕的在說什麼鬼主意啊？告訴你們，這回思龍這小子闖出了事情，他就一定得自己去給我擺平，任何人幫他說話也不行！」

天絕聽了做了個鬼臉，項思龍則是心下大呼：「辣皮子媽媽，誰來救我？」

上官蓮則只是頓了頓，突又大喝一聲道：「小子，快給我站出來！你這一大一小兩個婆娘都在為爭你而哭哭啼啼呢！你快來把她們擺平了！反正我是管不了這麼多了！你小子闖下的冤孽你自己解決！還有，你現有的一幫婆娘你都得擺平了，不許有什麼隱患禍根！」

項思龍聽了這話樂得真想衝上去抱住上官蓮親她一口，因為她這話雖是凶狠的斥責，卻也明顯的擺明不插手干涉自己的「後宮」之事了，那自己只要說服了兩隻最難忍的母老虎——蘭英和碧瑩，那這事情可就解決了一大半了！嗯，還有苗疆三娘和石青青母女，她們似乎關係緊張，自己可也得哄好她們，要不，她們出了什麼問題，那自己可就罪大惡極了！

項思龍心下大是暢快的想著，對上官蓮送出了甜甜的一笑後，頓又換作普色拖長聲音道：「在此謹遵姥姥法旨，一定不辱使命！」

說罷，避開舒蘭英兇神惡煞的目光和朱玲玲、傅雪君二女無限幽怨的目光，走到苗疆三娘和石青青面前，一人望了一陣，沉默了良久才壓低聲音道：「你們二人不要哭哭啼啼了好嗎？我最怕的就是看見女人哭了！唉，都怪我不好，幹嘛要認識你們母女二人呢？讓你們化為一人那該有多好！不過，我保證不會背棄你們中任何一人！對了，你們苗疆不是有個可母女二人同嫁一夫的習俗嗎？那我就屆時去你們苗疆一趟，依了這習俗，娶了你們二人怎麼樣？」

石青青止住哭聲，冷哼了一聲道：「不！我不會嫁給你的！你已經有了那麼多嬌妻美妾了，何必在乎我呢？好了項少俠，小女子還有他事，現下就先行告辭了！」

說罷，嬌軀一扭，就欲縱身起步，臉上卻是悲痛之色再也控制不住的流露無遺，連眼角也掛著兩滴隱隱淚光。

項思龍想不到這小妮子大反以前的溫馴之態，竟然如此僵烈起來，心下苦惱不堪，真想索性不去管他奶奶的這麼多了，你要走就走唄，老子才不稀罕你呢？但心下即便有些許怒火，臉上卻也不敢表露出來，伸手一把攔住石青青。嘻皮笑臉的道：「哎，你可走不得！要走也需得到你夫君大人我的允許才行！要知道我已闖過了你們五毒門的五毒大關，依約之言，你已經是我的未婚妻了，怎麼可以說走就走呢？這年代還只有男人休妻，沒有女人休夫的規矩吧？」

石青青心下咳喜竊笑，臉上卻還是悲痛中冷若冰霜的道：「我可以逃婚的嘛！這年代裡女人休夫的現象雖沒有，但女人逃婚的現象可有！」

項思龍裝出一副可憐兮兮的模樣，哀聲道：「唉呀，我這輩子可做了什麼孽喲！自己喜歡的女人竟然不喜歡自己，說出要逃婚這等話來！我難道是做錯了什麼事得罪她了嗎？」

項思龍這等大哭大鬧的婦人放潑之樣，是從苗疆三娘那裡學來的，想不到這一刻卻也給派上了用場，並且還裝得似模似樣，讓得舒蘭英、上官蓮等幾位婦人都暗暗破涕為笑，韓信、鬼青王等則是面面相覷啼笑皆非，只有天絕卻是大為讚賞，暗豎起大拇指朝項思龍晃了晃，傳音道：「小子，好樣了！這一招『以其人之道還治其人之身』之法可真不賴！」

石青青果也是微一愕然之後，手足無措的略略哦哦的不言語，好一會，才突地跺腳大喝道：「你……無賴！快給我讓開！否則可別怪我不客氣了！」

請續看《尋龍記》第二輯　卷三魅影

無極作品集

尋龍記 第二輯 卷二 魔教

作者：無極
發行人：陳曉林
出版所：風雲時代出版股份有限公司
地址：10576台北市民生東路五段178號7樓之3
電話：(02) 2756-0949
傳真：(02) 2765-3799
執行主編：劉宇青
美術設計：許惠芳
業務總監：張瑋鳳
出版日期：2024年12月
版權授權：蔡雷平
ISBN：978-626-7464-70-0
風雲書網：http://www.eastbooks.com.tw
官方部落格：http://eastbooks.pixnet.net/blog
Facebook：http://www.facebook.com/h7560949
E-mail：h7560949@ms15.hinet.net
劃撥帳號：12043291
戶名：風雲時代出版股份有限公司

風雲發行所：33373桃園市龜山區公西村2鄰復興街304巷96號
電話：(03) 318-1378　　傳真：(03) 318-1378
法律顧問：永然法律事務所 李永然律師
　　　　　北辰著作權事務所 蕭雄淋律師

行政院新聞局局版台業字第3595號 營利事業統一編號22759935

定價：340元　　**版權所有　翻印必究**

國家圖書館出版品預行編目資料

尋龍記　第二輯／無極 著. -- 臺北市：風雲時代出版股份有限公司，2024.12 -- 冊；公分
ISBN：978-626-7464-70-0（第2冊：平裝）

857.7　　113007119